JN007584

幸せになりたいオメガ、騎士に嫁ぐ

Kiyo Date

伊達きよ

Contents

登場人物
紹介
ガォルグ
αの木こり。
筋骨隆々な美丈夫。
ランティから騎士だと勘違いされる。
ランティ
宿屋の下働きのΩ。
ガォルグを騎士だと
思い込み、
結婚するが…？

アレク
ランティの元同僚のΩ。
助けた騎士に
見初められ結婚する。
フィガロ
ザッケンリーの
道場に通う。
ランティに
一目惚れし…？
ザッケンリー
元騎士で、
国都で有名な
剣術道場を
開いている。

幸せになりたいオメガ、
騎士に嫁ぐ

一

あるところに心優しいΩの青年がおりました。宿屋の下働きとして働く彼は、ある時宿屋の裏通りで蹲る男を見つけます。

誰も彼もが「あぁ嫌だ、浮浪者だよ」とちらりと一瞥して通り過ぎる中、彼は水を一杯汲んで男の前で膝を折り、それを差し出しました。青年は、困っている人がいたら声をかけずにはいられない性分だったのです。

「もし、大丈夫ですか。お怪我でもされているのですか?」

親切にそう言って、男が腕に怪我をしているのを見ると、自分が汚れるのも構わず手当てをしてやりました。そして、「せめて傷が治るまで、休まれてください」と古びた自宅に招いてやり、温かい布団を与えてやりました。

男はぼさぼさの髭面でしたが、目には知性の光が宿っていました。青年が質問すると、きちんと真っ当に返してきます。知識も豊富で、見たこともない国の話や、そこに住む人や生き物の様子を教えてくれました。男の話はとても興味深く、生まれてこの方一度もその街を出たことのない青年には、まるで夢物語のように聞こえました。「もっと話してください」とねだればねだるだけ、男は話を続けてくれました。浮浪者のような男が語るそれは、もしかしたらただのほら話だったかもしれません。しかし、たとえそれが嘘であれ、青年は男の話が好きでした。

男の怪我は五日ほどですっかり良くなりました。男は、涙を浮かべて「このご恩は決して忘れません」と言い、しきりに頭を下げて去っていきました。Ωの青年は恩を売ったつもりなどなかったので、とにかく彼が動けるようになっただけでもよかった、と思っていました。少しだけ寂しかったのは、彼の面白い話が聞けなくなるからでしょうか。青年はそんな胸の痛みには気付かないふりをして、いつも通りの毎日へと戻っていきました。

——それからひと月後、Ωの青年の働く宿に立派な騎士様が現れました。騎士といえばこの国の誉れです。宿屋の主人や働く者たちはもとより、街の人々も大いに驚きました。

騎士団の象徴である四本角の牡鹿の紋章が入った剣を腰に差し、金の記章を胸元に光らせた騎士は、颯爽と馬から下り、群衆の後ろの方で呆然とそちらを見ていた一人の青年の前に進み出ました。それは、あのΩの青年です。

「約束通り、恩を返しに参りました」

騎士はそう言うと青年の前に恭しく跪き、優しくその手を取りました。

そうです、その騎士は先月青年が助けた見窄らしい男だったのです。彼は極秘任務を受けて単独で行動していたところ、怪我をして動けなくなり、この宿屋の裏に蹲っていたのでした。そしてそんな彼を助けたのは……。

「騎士の服を着ていない私を気遣い助けてくださったのは、あなた一人でした」

街にはたくさんの人が溢れかえっているのに、何者でもない騎士を助けたのは、青年ただ一人だったのです。騎士はそのことで、大切なものに気が付かされました。

「もしあなたがお嫌でなければ、私と結婚していただけませんか」

青年は驚いて目を見張った後、くしゃりと顔を歪めて笑いました。そして、畏まって差し出された手を取り、騎士と同じ目線になるように膝をつきます。

「ええ喜んで」

一世一代の結婚の申し込み、しかも騎士からΩの青年への。そんな場面に立ち会った街の者たちは皆、どっ、と沸き立ちました。

心の綺麗なΩの青年が、清く正しく勇ましいαの騎士に見初められる。まさに、おとぎ話のようなお話です。

しかしこの物語の主人公は、心の綺麗なΩの青年ではありません。

その話を聞いて「見窄らしい怪我人？　それなら僕も見たぞ。なにっ、あの男がαの騎士だったのか？　……くそっ、ぬかったわ！　いつもの物乞いかと思って気にも留めてなかった！」と喚くような、がめついΩの青年……、彼こそがこれから始まる物語の主人公。真面目で勤勉、しかし幸せに対して貪欲で、「いつか幸せになってやる」が口癖の、Ωの青年です。

*

「はぁー……、どこかにαの騎士は落ちてないものか」

ランティがそう言って洗濯物をごしごしと擦ると、向かいでシーツを踏んでいた同僚がけたけたと笑った。

「またアレクの話をしてるのか？　あんなの、おとぎ話みたいなものだって」

宿屋の朝の大仕事といえば、洗濯だ。昨夜泊客たちが使ったシーツやら何やらを、宿屋の裏にある井戸の側（そば）でごしごしと洗う。廃油で作った石鹸（せっけん）を使って手や足で洗い、冷たい水で流し、最後に香油を一滴だけ垂らして良い匂いをつけて。その繰り返しで、手はぼろぼろに荒れている。

「おとぎ話じゃない、事実だ。現にアレクは嫁に貰（もら）われていっただろう、αの騎士様に」

アレク、というのは、この間まで一緒に働いていた同僚の一人だ。いつも優しげな笑みを浮かべたおっとりとした人物で、ランティのことを「ランちゃん」と呼んで慕ってくれた。そのアレクが、先日騎士に見初められて嫁に行ったのだ。しかも、本当におとぎ話のような出会いを経て。

「アレクは現実で幸せを掴（つか）んだ！」

んぎぃ、と濡（ぬ）れたシーツを力一杯絞るついでにそう言えば、同僚は「まぁそうだけど」と肩をすくめた。

「Ωのランティにとっちゃ、羨（うらや）ましい話か」

その言葉の中にわずかに含まれた「Ω」に対する嘲笑（ちょうしょう）に気が付いて、ランティはムッと眉根（まゆね）を寄せる。ここにいるほとんどはβ（ベータ）であり、Ωはランティだけだ。以前は二人だったが、そのもう一人のΩこそがアレクだった。

「お前も発情期が来たら上客を誘惑すりゃいいじゃないか。Ωのフェロモンってのはこの上なく性欲をくすぐるんだろう？」

そう言ってわざとらしく腕を肘で小突かれて、ランティはますます眉間に皺を寄せ、下唇を突き出して、ついでに目もすがめてみせた。

「僕ぁ、Ωの力でどうこうしたいんじゃない。ランティ・アグナムの力で幸せを掴み取りたいんだ」

そう言って手に持ったシーツをパンっと広げると、一瞬静まり返った後、どっ、と皆が笑った。

「ははは、なぁに言ってんだΩの分際で」

「そんなぶっさいくな顔してないで、Ωならもっと可愛い表情しときなよ」

「アレクくらいしおらしい態度しときゃあ、目にかけてもらうこともあるかもしれねぇぞ」

彼らはランティを散々馬鹿にし、笑った後、「まぁせいぜい頑張れよ」と肩を叩いてから、それぞれ仕事に戻っていった。

濡れた洗濯物を踏む音、こそこそ噂話に姦しい笑い声。その音を背に、ランティはぶすっとふくれっ面で一度は広げたシーツをくしゃくしゃっと握りしめた。

「言われなくても頑張るさっ!」

たとえばアレクがこのように笑われたら、儚げに微笑んで「そうだね、僕には身の程知らずな話だ」と悲しそうに俯いたかもしれない。が、ランティはランティであって、アレクではない。アレクになりたいわけではないのだ。

男女性別とは別に第二の性として、α(アルファ)、β(ベータ)、Ω(オメガ)という三種類に人間は分類されている。たった三種類、されど三種類。この世界は残酷にも、平等とは程遠い、第二性による差別が蔓延(はびこ)っていた。

国の王も、宰相も、元老院の面々も、騎士も文官の上層部に至るまで、すべからく世界を廻(まわ)すのはαである。αは人口の一割にも満たないにもかかわらず、そのほとんどが中枢でこの国を操っている。

その手足となり働くのがβ。人口の九割近くを占めている、いわゆる一般人。まれに優秀な者も生まれるが、能力でαに敵(かな)うわけもない。αとβでは持って生まれるものが違うのだ。

そして、最後の一種、ただαの子供を産むためだけに存在してるのではないかとさえ疑ってしまう脆弱(ぜいじゃく)な性が、Ωだ。Ωの割合は三種の性の中で最も低い。

Ωは、αのように特筆した能力もなく、βのように普通に生きることすらままならない。なにしろ「発情期」があるからだ。Ωは身体の成熟と共に、発情期を迎える。出産に適応した体へと変化していくのだ。それに伴い身体能力は格段に落ちる。

一応国では第二性差別をなくす試みがなされており、Ωに対しての支援も諸々(もろもろ)ある。が、定期的に休みを必要とする体の弱い生き物など、一体誰が好き好んで雇うだろうか。結局のところΩは重要な仕事など任されることもなく、誰にでもできる仕事にしか就けない。

そんなΩが成り上がる方法といえば、いわゆる「玉(たま)の輿(こし)」だ。地位も名誉も財産も持つ優秀なαの嫁に収まること。それはΩのなによりの幸せと言われていた。そうなれば人生は安泰、薔薇色(ばらいろ)の生活。家の第二主人として性別に左右されることなく豊かに暮らしていける。何を他力本願な、と言われることもあるが、仕方ないのだ。そもそも玉の輿に乗るのだって楽じゃない。たしかにΩのフェロモンは魅力的なので「嫁に」と選ぶαもいるが、全てというわけではない。女性であれば第二性にかかわらず子を孕めるので、わざわざΩ……しかも男性を選ぶなんてことは大変稀なのだ。

というわけで、アレクが騎士に娶られた話は世間では「夢の玉の輿婚」としてわいわい騒がれているのだ。たしかに夢に溢れているし、誰しもは得られない幸せである。


「げ、もう蝋燭がなくなってきたな」

蠟燭入れにしている箱をひっくり返すと、短い蝋燭がころりと二本だけ出てきた。次の蝋燭が支給されるまで、これをくっつけて使うしかない。ただでさえ「お前は蝋燭の減りが早い」と宿の店主にぶつくさ言われているのだ、支給日前にねだることはできない。

ランティは古紙を広げた木箱を持ち上げて、窓辺へと移動する。幸いにして今日は満月なので、いくらか文字を読むことができた。

「えぇと……、今日は計算問題だな」

ランティが見下ろしているのは、街にある学校……の塵捨て場から拾ってきた問題用紙だ。そこには計算問題が書かれている。

「数式を使って、数の合わせ……、合わせ算、……なんて読むんだこれは」

黙々と取り組んでいると、ランティには読めない単語が出てきてしまった。首を傾げながら紙を右に向けたり左に向けたりしたものの、それで読めるはずもない。

「ちぇ。今度調べるしかないか」

ランティは舌打ちしてから次の問題に取り掛かった。ランティの成長に合わせて塵が出てくるわけではないので、突然難しくなったり簡単になったり、まちまちなのだ。ランティは古紙を丁寧に手で撫でつけて皺を伸ばしてから、もう一枚拾ってきた紙を広げた。そちらは油染みがついて薄汚れているが、ランティにとっては大事な勉強道具だ。

ランティはベッドひとつしかない狭い下働き用の部屋で、毎日こうやって勉強している。一応Ωということを考慮され個室を与えられているのだが……部屋というより物置だ。いや、元々ここは物置だったらしいので、まさしくそのものだ。

ランティに親はいない。というより、いるにはいるのだが今現在どこにいるのかが知れない。第二性が「Ω」だと判明した六つの年に、この宿屋に売られたのだ。以来、ランティはずっとここで働いている。

ランティは、学校に通うことも許されなかった。本来学費を工面してくれる親はいなかったし、宿屋の主人は「学校に行ってる暇があるなら、自分の食い扶持ぶんくらいは稼げ」という考えだったからだ。

アレクの方はある程度歳を取ってからの雇われだったし、宿屋ではなく自宅があった。きちんとした家庭で育ち、肉親からの愛を受けてきた、真っ当で、そして優しい人間だった。

『ランちゃんは努力家だし、とても心根の真っ直ぐないい人だから、きっと幸せになるよ』

アレクはよくそう言って、にこにこと微笑んでいた。ランティはそれに対して毎度「きっと、じゃなくて絶対幸せになるぞ」と返していたが、アレクは気を悪くした様子もなく楽しそうに笑っていた。

『ランちゃんらしいや』

ランティはアレクのことが好きだった。もちろん恋愛的な意味ではなく、人間的な意味合いで。アレクが玉の輿に乗ることになって、周りの人間には「嫉妬しているんだろう」「羨ましいんだろう」と言われるし、もちろん、その気持ちが欠片もないとはいえない。だが、たとえ記憶を持ったまま過去に戻って宿屋の裏で怪我人を見かけたとしても、介抱などはしない。アレクの幸せを奪い取ろうとは思わない。そう思うくらいには、アレクのことを好いていた。

そしてまた、アレクの方もランティをよく慕ってくれていた。結婚する前日はランティを自宅に招いて食事を振る舞ってくれて、話しながら同じベッドで眠って。そしてそっと手を重ねながら何度も『ランちゃんと離れるのが一番寂しい』と言って。

『ランちゃんはさ、幸せに対してとっても真っ直ぐだけど、思い込んだら一直線っていうか、思い込みが激しめっていうか……。うん、正直抜けてるところもあるから心配』

なんて、『失礼な！』と鼻に皺を寄せたくなるようなことも言われたが、まあ心配してくれているようだ。

「大丈夫。幸せは、自分の手で掴み取ってやる」

ランティは、アレクの顔を思い出しながら、フッと片頬を持ち上げる。

そして、これまた学校の塵捨て場で拾った、やたら短い鉛筆を指先で握りしめるようにして、がりがりと古紙に文字を書きつけた。

二

「ったく、買い出しの量が多いんだよ、量が」

　両腕に紙袋を抱えながら、ランティはえっちらおっちらと通りを歩いていた。宿屋の主人に依頼された買い物をこなしているのだ。どんなに量が多くともお駄賃ひとつ出たことはないし、戻ったらきっちり計算されるので銅貨一枚たりともちょろまかすことはできない。まぁ、そんなことをする気などさらさらないが。

（金は自分で稼いでこそだろう）

　ふん、と鼻を鳴らしながら一歩一歩のしのしと歩いている……、と、視界の端にきょろきょろとあたりを見渡している男が見えた。

（ん？）

　ここらへんではあまり見かけない、えらく体躯のいい男だ。しかし、身に纏っている外衣は見るからにぼろで、身なりは良くない。髪もぼさぼさで、しっかりと目すら見えないほどだ。あれでちゃんと前が見えているのだろうか。

　普段なら見過ごすかもしれないが、アレクの件があって以来、ランティは周りをよく見るようにしていた。いつ何時、玉の輿が現れて「はい！　はやく乗って！　今すぐ乗って！」と誘ってくるかわからないと知ったからだ。

（ん？　んん～？）

男はたしかに金のなさそうな格好をしている。しかし「困ったな」というように髪をかき上げたその腕には、しなやかな筋肉がついていた。

宿屋の下働きという仕事柄、ランティは色んな種類の人間を見てきた。一般人に、金を持った商人、美術家、役所のお偉方、それに騎士。人というのは、その職業によって身なりも違うし、姿勢も違うし、体つきも身のこなしも違う。日に当たらない室内仕事の人間の腕は細く白いし、金持ちは金の指輪をしているし、力仕事が多いと自然と逞(たくま)しくなる。

(あの筋肉の付き方……、只者(ただもの)じゃないな)

男の腕はがっしりとしていて、長年の鍛錬が目に見えてわかる。かつ、腕の至る所に切り傷らしきものも見えた。そんな腕をしているのは、商人ではない。たとえば鍛冶屋(かじや)だとて腕は逞しいが、あんな剣で切ったような傷がいくつもついてはいない。

(まさか、まさか……)

ランティはどきどきと胸を高鳴らせながらゆっくりと男に近付いた。

「もし、何かお困りごとですか?」

声をかけると、男は周りを、きょろ、と見やった後、自分の下にある紙袋の塊……もといランティに目を向けた。

「俺に声をかけたのか?」

紙袋を抱え直して隙間から男を見る。と、そこでようやく男が見上げるほど大きいということに気が付く。

（でか……、いな）

全体的にがっしりとして肉付きがいい……が、縦にも大きい。彼が力一杯腕を振るえば、ランティなど紙切れのように吹き飛ぶだろう。

強そうな黒髪の隙間から、意志の強そうな太い眉と切れ長の目が見えた。よくよく見てみると眉のあたりにも傷があった。真っ直ぐ伸びた背筋は、彼が生真面目な人物であろうことを教えてくれる。

「はい、何かお困りのようだったので」

そう言うと、男は軽く目を見開いた。

「ありがたいが、こんな風体の男に声をかけるなんて危ないぞ」

「そうですか？　どんな見た目の人であれ、困っている人に声をかけるのは当たり前です」

しれっとした顔で首を傾げてみせる。と、男は一、二度瞬きをした後「なるほど」と短く頷いた。

「たしかにその通りだな」

にこりともせず真顔で頷く男は、やはり真面目な性格なのだろう。でなければ、普通声をかけられて一番に「こんな男に声をかけない方がいい」といったことは言わないはずだ。

「何かお困りごとだったのでは？」

「あぁ……。仕事でこの街に来たんだが、店が見当たらなくてな」

「なんのお店ですか？」

「ゲパァンの鍛冶屋だ」

ランティはその名を聞いて「あぁ」と目を瞬かせた。

「ゲパァンの鍛冶屋は店主のキースさんが腰を痛めて、何ヶ月も前に閉めてしまいましたよ」

「……なる、ほど。そうか、キースもそんな歳か」

ゲパァンの鍛冶屋はこの街……いや、この国でも有数の、有名な鍛冶職人キースの店だ。元は国都の鍛冶屋で働いていた一級の職人であるキースは、かなり仕事を選んでいた。噂を聞きつけて出向いたところで、おいそれと仕事を受けてはくれない。

「キースさんと顔見知りで？」

「そうだな。俺の知る中で一番いい仕事をしてくれる鍛冶職人だ」

つまり、彼に仕事を受けてもらえるということは、「それなりの人間」という証にもなるわけで……。

キースに仕事を依頼していたというこの目の前の男は、やはり只者ではない。

（これは、もしかすると）

（もしかする……のか？）

もしかすると……の後に続くのはもちろんあれだ。「もしかすると、この男は身分を隠した騎士ではないのか」だ。

騎士というのは国の有事に働く誉高き戦士たちのことだ。市民の安全を守るため、犯罪者たちや、場合によっては他国の敵と剣を交えて戦うのももちろんだが、先日アレクを娶った彼のように、密命を受けてひっそりと国を飛び回っていたりもする。

日に何十何百もの人を見るランティが滅多に見ないほど立派な体躯、生真面目そうでいて人を気遣う優しい性格、キースに仕事を依頼できるだけの身分……。

（これは、僕にも機会が巡ってきたな）

ランティは期待にそわそわと騒ぐ胸を抑えるように「んん」と咳払いした。

「キースさんの個人工房なら存じておりますが、ご案内しましょうか？」

「工房を？」

「えぇ」

この街に長く住まうランティは、いろいろな物事に精通している。特に宿に関わりのある職人たちの情報なら尚更だ。

キースには以前、食堂の料理人が使う包丁を作ってもらえないかと直談判に出向いたことがある。結局引き受けてはもらえなかったが、しつこく通い詰めたランティのことは気に入ってくれたらしく、行けば茶菓子を出してくれるようになった。

「お知り合いなのでしょう。顔を見れば喜んでくださるのでは？」

「まぁ……、しかしいいのか？」

男がランティの抱えた紙袋を見やって問いかける。頭の中でこれを宿に置いて、出かけて、その後の仕事の算段までつけてから、ランティはにっこりと笑って頷いた。

「もちろん。困っている人を助けるのは、当っ然のことです」

「そうか。じゃあ、お言葉に甘えよう」

ありがたい、と几帳面に礼を述べる男に「いいえいいえ」と首を振りながら、ランティは内心でにやりと口端を持ち上げた。

＊

男をキースの工房に案内してみると、キースは大層驚いた様子だった。かつ、「これは、お久しぶりです」と男に向かって頭を下げていた。男の方は「ご無沙汰(ぶさた)している」と穏やかな様子であったが、どうやらランティの見立ての通り、キースの上客らしい。

気難しくて普段にこりともしないキースが男にはにこやかに話しかけ、ランティには「よく連れてきてくれたな」といつもより上等な菓子を渡してくれた。仕事の話をしている間は工房の外にさりげなく追い出されてしまったが、それでも以前ここを訪ねてきた時より随分な高待遇であった。

(あの頑固なキースさんが頭を下げていた。これはもう、間違いないぞ)

ふんふんと興奮で鼻を鳴らしながら、ランティは地べたに座り込んだまま、焼き菓子を「もむ」と口に含んだ。

キースと男の話が終わるまで、ランティは工房の入り口で待っていた。男は工房から出たすぐの場所に座り込んでいたランティを見て驚いたように「まだいたのか」と少しばかり失礼なことを言ったが、ランティは「まだいました」と胸を張って答えた。と、男は自分の発言のまずさに気が付いたのだろう。

「いや、まだいてくれて……ありがたい」

と、柔らかく言い直してくれた。その、生真面目ながらもどこか照れたような物言いに、ランティは内心にんまりとほくそ笑む。

「んん。旅の御方、今日泊まるところはお決まりですか？　もしよければ私の働いている宿屋はいかがでしょう。この街一番の宿ですよ」

そう、ランティが用もないのにここでねばっていたのは、男を自分の働く宿屋に案内しようと狙っていたからだ。

言葉通り、ランティの勤める宿屋は街一番だ。平屋が多いここら辺にしては珍しい三階建てで、部屋もたくさんあるし食堂も広い。お湯だって頼まれればいつでも用意するし、旅人が乗ってきた馬の世話をする厩番もいる。

しかし男は少しの悩むそぶりも見せずに、首を振った。

「いいや、今日は野宿するつもりだったから、大丈夫だ」

「えっ？　野宿……？」

驚いて目を丸くした後、ランティは「いや、待て」と驚く自分を咎めた。男の身なりは一見してほぼ浮浪者のそれだ。彼の「本当の身分」がどうであれ、今はそうやって金のない「振り」をしているのかもしれない。

（なるほどなるほど）

勝手に納得して、ランティは男に向かって「こほん」とひとつ咳払いをする。

「では、私の部屋はいかがでしょう？」

「君の部屋？」

きょと、とする男に、ランティはにっこりと微笑んでみせた。

ランティは「いや、しかし」と渋る男の背を押して、「さぁさぁ」と宿屋に案内した。そして泣けるほど少ない給金の中から夕飯を奢ってやり、酒まで付けてやり、お湯も準備した。仕事の合間に部屋に顔を出し「狭いところですが寛いでください」と気を使い、果物も運んでやり……。

（どうだ、僕の気遣いに溢れたおもてなしは……！）

仕事終わり、体はへとへとに疲れていたが、妙な高揚感がランティの心をほかほかと燃やしていた。

「どうもどうも遅くなりました。どうですかゆっくりされていらっしゃいま……」

元物置の狭い部屋にほぼノックと同時に入ってみる。と、途中で言葉をなくしてしまった。

「あぁ、仕事終わりか。お疲れ様」

立派な体躯の偉丈夫が、狭い寝台の上でゆったりと寛いでいたからだ。宿屋から借りた成人男性用の部屋着は男には小さかったらしく、前が締まりきっていない。いくつか開けたままのボタンの隙間から見える胸筋は、ランティのぺたりとした胸と比べると平原と山脈だ。

「俺ばかり寛がせてもらって、悪いな」

「いえいえいえ」

なんとなく自分の胸元に手をやりながら、ランティは、そそ、と部屋に入った。一応主人には自室に一人「友人」を泊めると話している。

「そういえば、使用人の部屋とはいえ、勝手に泊めてもらってよかったのか？」

「あぁはい。ちゃんと許可は取っております」

男を泊めることについて、宿屋の主人は最初「金も払わず宿屋に泊まるなんて」とご立腹ではあったが、普段我儘（わがまま）を言わないランティの珍しい頼み事に「今回だけだぞ」と許可を出してくれた。

「あ、それは……」

そこでふと、ランティは男が手に持っているものに気が付いた。ランティがいつも勉強に使っている古紙だ。どうやら机代わりの木箱の上に置いてあったものを手に取ったらしい。

「ん？　あぁ、勝手にすまない。手慰みに解いていた」

「いえ、いえ……いいのです」

ランティは男に近付いて、そろりと寝台の端に腰掛けた。

「文字が読めるので？　計算も？」

「そうだな。まぁ、多少だが」

男が書き込んだものを見ると、多少どころではないのがわかった。古紙に書かれていた問題を発展させたのであろう、ランティが見たこともないような数式が事細かに書かれていた。

「すごい……」

思わずぽつりと呟（つぶや）いてから、ランティは問題文を指差した。

「あの、この文字は読めますか？」

「あぁ」

昨日、ランティが読めずに苦労していた単語に、男はあっさりと答えてくれた。

それから、書かれていた問題について、解き方をわかりやすく教えてくれた。ランティは初めて人から勉強を教わり、目が覚めるような思いで「はい、はい、なるほど」と何度も頷いて話を聞いた。ランティがあまりに熱心に質問してくるからだろう、男も、途中からあぐらをかいて背を丸め、本格的に教えの態勢に入った。

「あっ」

ふ、と部屋が暗くなり、ランティは机の上を振り返る。短いふたつを組み合わせた歪な蝋燭は、しっかりと燃え尽きてしまっていた。

「すみません。もう蝋燭がなくて……」

「いいや、こちらこそ気付かなくて悪かった」

暗闇の中なんとなくの気配で男の方を向くと、男もランティの方を向いている気配がした。探るように手を伸ばすと、ちょうど男も手を伸ばしていたらしく、お互いの指先が触れ合った。思わず、ふふ、と笑ってしまう。と、男は何故か気まずそうに「んんっ」と喉の調子を整える。

「君は……、その、親切な子だな。それに、勉学も頑張っている……努力家だ」

「ふふ。子、ではないですけど」

柔らかい口調でそう言われて、ランティは少し口を尖らせながら答えた。

「そうなのか?」

「もう十七になります」

「……そうか、十七。俺とは八つも離れている」

暗闇の中から手が伸びてきて、頭の上にのった。ぽんぽん、と弾むように撫でられてランティは肩をすくめた。

「そんなにですか？　もっとお若いかと思った」

「よく『年齢より歳に見える』と言われるんだがな」

「いいえ、そのきらきらと輝く瞳は、とても若々しい」

暗闇の中なので見えづらくはあるが、月明かりに照らされた男の輪郭はわかる。ランティはそっと向かい合った男の顔に手を伸ばした。

……が、触れるか触れないかといった微妙な距離で、男がパッと顔を背けた。前髪に隠れた目元からこめかみにかけて薄らと赤くなっているようにも見えたが、いかんせん薄暗いのではっきりしない。

「いや、その、……すまん」

「はい？」

何と言っているのか正確には聞き取れないが、悪く受け取られたわけではないらしい。

「君は、Ωか？」

端的にそう問われて、ランティは少し言葉に躊躇った後「はい」と頷いた。

「でも、発情期はまだですので。誘惑するつもりはありません」

発情期を迎えた後のΩは、周期があるとはいえ、いつ何時フェロモンを発するかわからない。同じベッドで寝ようというのは、性交渉を誘っているのと同じだ。

邪な気持ちで宿に誘ったのではない、というつもりできっぱりと宣言すると、男は「ゆうわく」と惚(ほう)けたように呟いて、次いでぶるぶると顔を振った。

「それは、わかっている。いや、まぁ、そうだな。うん。……しかし俺はαだ。一緒に寝るのは嫌じゃないか？」

「そりゃあ騎士だからα様でしょうよ」と心の中で頷きながら、ランティはふるふると首を振った。できるだけしおらしく、大人しく見えるように、男の指に指を絡める。

「良いのです。あなたとは……何故だか、嫌じゃない」

どうしてでしょう、と潤ませた瞳で見上げてみる。男の顔は薄暗くてよく見えないが、どこか困惑したような空気は漂ってきた。

「それは、俺もそうだ。こんなこと初めてで戸惑っているんだが、君といるとどうにも胸のあたりが……」

「あたりが？」

誘惑するつもりはないと言っておきながらなんだが、ランティは、ずい、と男に近付いた。そのまま胸元に手を置こうとしたのだが、その手はスカッと空を切った。

「いや。そういえばお互いまだ名前も名乗っていなかったな」

男は少し距離を取って姿勢を正すと、自らの胸に手を当てた。ランティは、ひく、と頬を引きつらせてから「そぉですねぇ」と無理矢理にこやかな笑みを浮かべる。

「俺はガォルグ・ダンカーソンだ」

「私はランティ・アグナムです」

男が名乗ったので、ランティも素直に答える。

「ガォルグ、ガォルグさん。強そうな、素敵なお名前ですね」

少しおべっかを使うような気持ちでそう言うと、男は「そ、うか」と言ったきり黙りこくってしまった。どうにかこう、好印象を与えたいのだが、なんというか先ほどから押しても押しても手応えがない。妙に視線を逸らされるし、距離を置かれる。

(僕は、顔の良い方だと思うんだが……いまいちな反応だな。まさかもっと崩れた顔の方が好みだというのか？)

ランティはハッとして顔に手をやる。宿屋の客にもよく「美人だ」「可愛い」と声をかけられるし、顔の造りは悪くないと思う。しかし、ガォルグからは全く褒め言葉が飛んでこない。

「しかし。こんな身なりの俺に優しくして、君になんの利がある？」

男が探るような、しかしどこか戸惑ったような、それでいて照れたような声でランティに問いかけてくる。

(そりゃあ利があるからに決まってるけども)

ランティは心の中でそう呟いてほくそ笑む。が、もちろんおくびにも出さず、にこりと微笑んだ。

「当たり前のことをしたまでです」

聖人のような笑みを湛えながら、ランティは胸の前で両手を組む。

「それに、ガォルグさんが喜んでくださると……嬉しいから」

あまりにも歯の浮くような台詞に、言いながら喉をかきむしりたくなる。が、どうにか耐えて、ランティは微笑んだ。おそらく、頬は赤くなっているだろう。主な原因は、心にもない言葉を吐いたことによる羞恥だが。

「君は……」

「ラン、とお呼びください」

ガォルグはぐっと言葉に詰まった後、「ラ、ン」といち音いち音区切るようにランと呼んだ。ランティはあえて何も言わず、にこりと微笑んでおくだけに止めておく。

「ランは、……いい子だな」

そう言われて、ランティは心なし目をうるうるとさせながら「嬉しいです」とガォルグを上目遣いで見上げた。

「ガォルグさんは、私みたいなΩを嫁に貰ったら、嬉しいですか？」

「嫁？　……嫁か？　いや、それは、おそらくそうだろうが……」

唐突な問いにガォルグは曖昧に頷いた。肯定か否定かわからない返事に、ランティは一瞬ムッと唇を引き結ぶ。が、すぐに笑みの形をとった。

「本当に、そう思ってくださいますか？」

「すまん。俺はなんというかこういうやり取りに慣れていないんだ」

ガォルグのぼそぼそとした言葉を聞き、ランティは目を瞬かせながら、ずい、と迫った。迫ったぶん若干ガォルグが身を引いたが、気にせずさらにずずいと前に出る。

「じゃあ、私を、嫁にしたいですか？」

「まぁ、……そうだな」

ぐぐーっと顔を寄せてそう言うと、ガォルグが咳払いをしながらわずかに頷いた。

「それはよかった」

「よかった？」

ランティはにっこりと笑って、「はい」と強く頷いた。

「実は私、一目見た瞬間からガォルグ様に運命を感じておりまして」

ランティのその言葉は、狭い部屋の中にしっかりと響いた。その余韻は部屋の外から聞こえてきた、食堂の賑やかな声にかき消されてしまったが。

「はっ？　俺に、か？」

多少間抜けなガォルグの声を聞いて、ランティはにこっと微笑んだ。

「嫁にしたいと仰ってくださいましたよね。ええ、どうぞどうぞ貰ってやってくださいませ」

「は？」と目を見開くガォルグの顔を正面から見つめながら、ランティは「ね？　ね！」と力強く拳を握りしめた。

三

「嫁に貰ってください」「何故俺が？」の攻防は地味にねちねちと続いた。なんでだ、と言われてさすがに「あなたが騎士だからですよう」とがめつさ丸出しで言うわけにもいかず、ランティは粘り強く「どうしても気になるんです」「惹かれるのです」「これが運命の番というやつでしょうか」と頬に手を当て運命を信じるΩを演じ続けた。

ガォルグはその逞しい腕を組んで「八つも離れた子供に」「いや、その……嬉しくないというわけではない」と悶々と悩んでいる様子（その悶々があまりにも長すぎて、ランティも途中から聞いていなかった）だったが、最終的には「ランが、それでいいなら」と受け入れてくれた。

「うぅ、ガォルグさんにお嫁に貰っていただけなければ、私は発情期を迎え次第どこぞの男に売られるのです。一度の恋も知らぬまま……うぅぅ！」

と、ランティがほろほろ泣いてみせたのがどうやら一番効いたようだ。

「しかし、本当に出会ったばかりの俺でいいのか？」

おそらくガォルグの方も戸惑っているのだろう。まぁ、先ほど名前を知ったばかりの相手に「結婚して欲しい」と言われても「何故？」となるのが当然だろう。だが、ここで引くわけにはいかない。

ランティは「ここが押しどころ」とばかりに、しおらしくこくこくと頷いた。

「ガォルグさんの方に、私に対する気持ちが、欠片も、微塵も、これっぽっちもなくとも、私は……愛してしまいましたので」

まぁ嘘だけれども。という言葉を胸の内に飲み込んで、ランティは頭を下げる。

「いや、欠片もということは……。自分がまさか出会ったばかりの人物にこういう感情を抱くとは思ってもいなかったが、いや……」

「え？　なんですか？」

ぼそぼそと低い声で口籠（ご）もるガォルグに、ランティは耳に手を当てて問い返す。が、ガォルグは内容を繰り返すのではなく、ごほんっと咳払いした。

「しかし、俺のところに嫁に来てもいい暮らしはできないし、苦労すると思うぞ？」

「私はΩですが、体も丈夫です。きっと良き嫁となり尽くすと誓います」

「本当に、後悔しないか？」

「はいっ」

ガォルグはしばし顎（あご）に手を当ててから、腹を括（くく）ったように「わかった」と膝を叩いた。ばちんっといい音がして、ランティは「それは、痛くないのか？」とガォルグを見やるが、彼は無表情ながら拳を握りしめていた。喜んでいるのか困っているのか、いまいち感情が読みづらい。しかし、今はそんなことどうでもいい。

「では、まず……宿屋から君を貰い受けねばならんな」

「ガォルグさん……！」

ぱぁ、と顔を明るくしてガォルグを見やる。彼はランティを見下ろして、そして自分の握りしめた拳を見ると、それをパッと背後に隠した。

「それは、また明日だな」

「はい。今日はこのまま寝ましょう」

「えっ……？」

その日は二人並んで小さな寝台の上ですやすやと眠った。時々ガォルグが身動ぎしているような気配を感じたが、夢現だったのではっきりとは覚えていない。とにもかくにも、半ばごり押しのような形で、ランティは騎士（暫定）から結婚の承諾をもぎ取ったのである。

翌日。ガォルグは朝早くから宿を出て、しばらくして金の入った袋を持って帰ってきた。そしてそれを宿屋の店主に差し出すと「ランティを嫁として貰いたい」と申し出てくれた。ランティからしてみれば願ったり叶ったりの状況だ。

店主は突然のことに「は？　え？」となっていたが、先日のアレクの件もあり、男の姿を見て納得した様子だった。

（やっぱり……金持ちだった！）

金を出す男を見ながら、ランティは心の中でにっこり笑って拳を握った。

そうだ、そう。やはりそうなのだ。男は身なりは見窄らしいが、金持ちだ。でなければこんな簡単に金は出てきやしまい。

天すら突き抜けよ、とばかりに鼻を高々と持ち上げて、ランティは他の下働きに「僕は嫁に行くぞ」と報告してまわった。初めは「はっ、なんの冗談だ」と笑っていた同僚たちであったが、ガォルグを見ると途端に口をつぐんだ。

「いやあの……なりはでかいが金を持ってそうには見えないぞ。大丈夫なのか？」

「金は払ったそうだが、やたらと小銭が多かったと店主が言っていたぞ」

嫁ぐ準備を進める間に何人かがこそこそと耳打ちしてきたが、ランティはそれら全てを笑い飛ばした。

(ガォルグさんが騎士かどうか疑っているのか。ふっふっ、あいつらはガォルグさんがキースさんの客であることや、学問の知識があることを知らんのだからしょうがない)

わざわざ教えてやる義理はないが、と思いながらランティはにこにこしていた。

そしてガォルグと出会ってから二日後、ランティは十年以上下働きとして勤めた宿を旅立った。

「必ず幸せになります」

と、一応の親代わりであった店主にそう言って手を振りながら。内心はもちろん「今まで散々こき使ってくれてありがとうよ!」という一心だったが。

(捨てられっ子のΩが騎士に貰われて幸せになるのだ! あぁ、こんな素晴らしい話が他にあろうか、いやない)

アレクの話に次いで、きっと自分の婚姻譚もこの街の語り草になるだろう。ランティはそう思いながら、ガォルグと連れ立って歩き出した。

「俺の家まではしばらくかかるが、大丈夫か?」

「はい、もちろん。ガォルグさんとであればたとえ火の中水の中。どこまでも一緒に参ります」

晴れ渡った蒼天よりもまだ眩しい笑みを浮かべながら、ランティは少ない荷物を手にるんるんと鼻歌でも歌い出しそうな上機嫌で告げた。ガォルグは「そうか」と平坦な声を出して頷いていたが、多少……まぁ嬉しそうに見えなくもない。というより、嬉しく思ってもらわねば困る。

アレクはまずは拾った男を見送って、後日騎士として迎えに来てくれたところで嫁に貰われていったが、ランティは一日だって無駄にしない。

（僕は一日でも多く、人生を幸せに過ごすんだ……！）

ランティは幸せのための一歩を踏み出した。

＊

「はぁ、はぁ……ガォルグさん、ま……、待って」

ランティは、途中で拾った木の棒を杖代わりに、よたよたと山道を踏み締めていた。幸せのためにと力強く踏み出した勇ましい足取りは見る影もなし、今やよろよろのへろへろだ。

「山、草、木、やまぁ……」

どこまでもぐねぐねと曲がりくねった道が続いており、道といっても獣道。右から左から上から下から草や木がにょきにょきと飛び出して、たまに獣の糞も見えた。

左手を見れば山肌の斜面がどこまでも続いており、下の方は木と草に覆われて見えやしない。ゾッ、としながら、ランティはまた前を行くガォルグに声をかけた。

「ガォルグさん」

「ん？」

木の棒を振って蜘蛛の巣を払い道を広げてくれていたガォルグが振り返る。

「水か？　しかしあまり飲みすぎるのもよくないぞ」

腰に下げたなめし革の水入れを持ち上げるガォルグに、ランティはぶんぶんとゆっくり首を振ってみせる。

「も、少しだけゆっくりお願いできるかな、と思いまして」

ランティとガォルグは、もう何日も歩き続けていた。途中の街で宿屋に宿泊もしたが、それも最初の方だけ。人里離れてからはほぼ野宿だ。いつ獣に襲われるか、という恐怖でここ数日安眠できていないし、風呂に入れてないので体は汚いし、足の裏は肉刺だらけだ。

枝に体重をかけてどうにか足の痛みを逃しながら頼めば、ガォルグは「なるほど」と頷いた。

「悪かった。少し休んでいくか？」

人ひとりがようやく通れるほどの狭い山道で休憩しても、心は落ち着かない。ランティは力無く首を振った。

「あ、いえ、……大丈夫です。ゆっくりであれば歩けます」

「そうか、わかった」

ランティの返事を聞くと、ガォルグはあっさりと前を向いて木の棒で道を広げて歩いていく。

（いや、もう一回聞いて……！）

「大丈夫か？」「はい……」「本当に大丈夫か？」「実は少し疲れていて」という会話のやり取りが欲しい。この旅が始まってから毎度休みを申し出るのはランティの方だ。せめて二往復くらいは休む休まないの問答をしなければ、「体力には自信があります」と言った手前「休みたい！」と言い出しづらいのだ。

（ガォルグさんってどうも生真面目っていうか融通が利かないというか……っていうか、ここどこだ？）

　街を離れてもう十と三日だ。一回だけ乗り合い馬車に乗ったが、それも久しい。てっきり騎士団本部のある国都にでも向かうかと思っていたのだが、全くその気配もない。

（『家に向かっている』と言っていたから、不都合な相手に見つからないために遠回りしているのかと思ったが、しかし……）

　ぜぇぜぇと息を吐きながら、ランティは額の汗を拭う。清潔な布で汗を拭きたいし、湯を浴びたい。最後に体を洗ったのは一昨日、人のいない湖で……が最後だった。

（うぅ、多少なら構わないがこんなに小汚いのは好ましくない、好ましくないぞ）

　暑くない時期だからまだいいが、これが夏なら目も当てられない惨状になっていただろう。ゾッ、としながらランティが一歩踏み出した……と、その時。

「わっ！」

苔むした地面で足を滑らせてしまった。ずっ、と片足を振り上げて、見事に尻餅をつく。

「……ったぁ！」

転げた拍子に、ぐきっと左足首を捻ってしまって、ランティは情けない声を上げる。

「大丈夫か？」

声を聞きつけて振り返ったガォルグが戻ってきて、座り込んだ。

「あ、大丈夫で……ぎゃあ！」

大丈夫だと言いかけたところで足を持ち上げられ、軽く左右に向けられて、思わず痛みで喚いてしまった。

「捻ったみたいだな」

ガォルグはそう言うと、ランティの靴の紐を解いてそれを脱がせてしまった。

「どわっ、わっ、ちょっとガォルグさん」

まさか靴を脱がされるとは思っていなかったので抵抗しようとするが、なにしろガォルグの力が強すぎる。石でも仕込んでいるのか、というくらい押さえられたところがずっしりと重たい。

「なんっ、このっ、ぐっ！」

それでも負けじと足を引き抜こうとするが、全く、全然、ぴくりとも動かない。

（ば、化け物か）

ゾッとしながらガォルグを見やる。と、足の裏に当てていた布を捲った彼の眉間に皺が寄った。

「かなりひどいことになってるな」

なんのこと……、と言いかけて、足の裏の肉刺のことだと気付く。柔らかかった足裏は肉刺ができて潰れて、治る前に歩き出すから薬を塗った布を貼り付けていたのだ。たしかに見るも無惨なことになっているかもしれないが、別に死にはしないしもう慣れた。むしろそう言われて痛みを思い出し、ランティは顔をしかめた。

「まぁ、大丈夫です」

嘘でも冗談でもなくそう言うが、ガォルグは眉間に深く皺を刻んだままだ。

「ランは忍耐強いな」

そう言うと、ガォルグは近くにあった短めの木の棒を拾い、腰に下げていた袋から取り出した布でぐるぐると足首に巻きつけた。新しく薬を出して足裏に塗って、布を貼る。それからランティの靴を、自身の持つ荷物に括り付けた。

「あっ、ちょっと」

靴がないと歩けないだろうと手を伸ばすが、ガォルグは動じずにランティに背を向けた。そして、その場にしゃがむ。

「靴を……って、はい？」

「もう近い。背負っていくから乗ってくれ」

「はぁ？」

山道を、人を背負って歩くなど無理な話だ。しかも旅の荷物だって全部ガォルグが持っている。

「無理ですよ。ゆっくり歩きますから大丈夫です」

「大丈夫じゃない」

とにかく立ち上がろうと、ガォルグの肩に手を置いて腰を上げ……かけたところでよろりとよろめいてしまった。思わず地面についた足がじぃんと痛んで、「うっ」と情けない悲鳴をあげてしまう。

「ほら、大丈夫じゃない」

「いや、でもその……、おおっ？」

太腿（ふともも）を引き寄せられて、半ば無理矢理背負われる。ランティは「なにを」「あの」「ちょっと」としきりに文句を言ったが、ガォルグはそれら全てを無視してのしのしと歩き出した。

体の前面に荷物、背後にはランティを背負っているというのに、その足取りはとても軽い。ひとしきり言葉での抵抗を試みた後、ランティは諦（あきら）めてその肩に手を回した。

「僕、すごく汗くさいですよ……」

負け惜しみのようにぼそぼそとそう言うと、前を向いたままのガォルグが「はは」と声を上げた。

（あれ、笑った？）

基本の表情が真顔であるガォルグの笑顔はかなり珍しい。ひと目見ようと顔を傾ける……が、覗（のぞ）き込んだ横顔は相変わらずの真顔だった。一体どこから笑い声が漏れたのか、甚だ疑問である。

「ランは、本当は自分のことを『僕』と言うんだな」

「……！」

慌てて口を押さえて取り繕おうとしたが、ランティは視線を彷徨（さまよ）わせてから、「そうです」と鳥が囀（さえず）るような小さな声で肯定した。

「全然汗くさくなんてない。ランはいい匂いしかしない」

「ええ……？」

それはさすがに嘘だろうと語尾を持ち上げると、ガォルグは真剣な声で続けた。

「本当だ。白い……、なんだ、あの小さな花が連なったあれの匂いだ。よく暖かくなり始めた頃に見かける」

「……すずらん、ですか？」

しばし迷った後、ランティは思いついた花の名を告げてみた。ガォルグは「正解はわからんが」と前置きした上で、頷いた。

「多分その匂いだと思う」

ランティはガォルグの肩に回した自身の腕に鼻を寄せて、すん、と匂ってみる。そして、くわっと顔をしかめた。昨日風呂に入っていない人間のそれ、としか形容しようがないにおいがしたからだ。鼻をつまみたいほどではないが、とにかく早く風呂に入りたいと切実に思わせてくれる。

（それを言うなら）

ガォルグの方こそ、不思議なほど嫌なにおいがしない。荷物とランティを抱えているのに首筋には汗ひとつかいていないし、なんというか清潔な香りがする。

「ガォルグさんこそ、何か香水を使われているのですか？」

首筋に鼻先を寄せて、すん、と匂いを嗅ぐ。なんというか、爽やかな草原のような香りがした。目を閉じると、眼裏に草っ原と青空が浮かぶ。

「いいや、何も」

「なんだかさっぱりとした爽やかな匂いがします」

すん、すん、と何度も匂いを嗅いでいると、ガォルグが「くすぐったい」と首をすくめた。

「ラン」

笑いを収めるとガォルグに名を呼ばれて、ランは彼の背後で「はい？」と首を傾げた。

「足の怪我、気付かなくて悪かった」

「え？　いや、僕が言わなかっただけですし」

恥ずかしかったので、治療もこそこそと隠れてしていたほどだ。歩き方がぎこちなかったが、それは筋肉痛やら何やらも併発していたので、怪我に気付かないのも当たり前だろう。

「夫婦になったからには、お互い助け合ってしかるべきだろう」

「まぁ……そうですね」

おかげでこうやって今背負ってもらっているわけだし、ランティは、うんうん、と素直に頷いた。

「もう少しで着くから、しばらく背負われていてくれ」

「はい、わかりました」

夫婦か、となんだか不思議な気分になる。そういえば夫婦だな、うん、そうだそうだと内心で繰り返しながら、ランティは夫の背にしがみついた。

（そうか、ガォルグさんは僕の夫か）

不思議な気持ちで頬をその肩に預けていると、ゆったりと歩くガォルグの歩みに合わせて振動が伝わってくる。なんだかその動きがこそばゆくて心地よくて、気が付いたらランティはうとうとと目を閉じてしまっていた。

四

「着いたぞ」

その声にハッとして顔を上げる。口元を触るとわずかに濡れていて、涎を垂らして寝こけていたことに今さらながら気が付いた。ランティは「わ、わ」と繰り返してから、慌てて身動ぐ。

「わぅ」

そのせいで地面に落ちそうになって……、尻を大きな手で支えられた。もちろん、支えてくれたその手はガォルグのものだ。

「すみません、僕、寝ていたみたいで……」

「いい。疲れていたんだろう」

少ない単語でガォルグが慰めともつかない言葉をくれる。ランティは少し笑ってから、ガォルグの肩越しに見える建物に目をやった。

「…………ん、え？」

森の木立の中、少しだけ開けた場所におんぼろの小屋が建っていた。

それはもう本当に、おんぼろとしか形容しようがないおんぼろ小屋だ。いつ建てられたのか、壁の木は変色して黒く、もしくは苔が生えて緑になっているところもある。ところどころ穴があいており、隙間風がすごそうだ。

「この、ぼ……小屋は？」

ぼろ小屋、と言いかけて、どうにか言葉を飲み込みガォルグに問うてみる。と、ガォルグはのしのしと歩いてその小屋のかんぬきを持ち上げた。

「俺たちの家だ」

あっさりとそう言って、ガォルグは部屋に入った。ランティは「は？」と情けない声を上げてから、背負われたまま同じく部屋に入る。

部屋の中は薄暗く、なんというか、どんよりとしていた。隙間風が吹くおかげで風通しはいいらしく、じめじめと湿気(しけ)てはいない……が、暗い。とにかく暗いし、どよどよと陰気な雰囲気だ。

「なん……」

衝撃に言葉を失(な)くしていると、部屋の隅にあったベッドの上にゆっくりと降ろされた。クッションが馬鹿になっているのか、ぐん、と妙に体が沈んで、ランティは踏ん張れずベッドにひっくり返る。

「え……？」

天井の隅にはった蜘蛛の巣をぼんやりと見上げながら、ランティは呆然と声にならない声を漏らした。

「えぇっ！　いいいっ、いっ家っ？」

「あぁ」

驚きすぎて、何度も言葉に詰まってしまう。が、ガォルグは気にした様子もなく荷物を下ろしている。ごそごそと棚を開けて閉めて、台所らしき場所の水甕(みずがめ)の横にある桶(おけ)を腕に抱えた。

「水を汲んでくる。汚れを落としたいだろう？」

「やっ、いやいやいや、そうじゃなくてっ！」

ランティはわたわたと手足を動かして沈みきった体を持ち上げる。よろけながらベッドを下りて、そして二、三歩歩いて……床の上で膝をついた。それだけで、ぎぃいっ、と断末魔のような音がして、むしろよく穴があかないな、という気すらする。

「こん……っ、こんなっぼろ小屋が、家？　家っ？」

「ぼろ小屋」

ガォルグは桶を抱えたままランティの言葉を冷静に繰り返している。が、頭を抱えているランティに、そんなガォルグを気遣う余裕はない。

「は？　いやだって、え、騎士……ですよね？」

「騎士……、誰が？」

桶を右手から左手に持ち替えたガォルグが一瞬考えるように言葉を区切ってから、はて、と首を傾げる。

「ガォルグさんですよ！　えっ、えっ、騎士ですよねっ？」

「いや？　そんなこと言ったか？」

「言って……」

いない。そう、言ってはいないのだ。ランティは言葉を飲み込んでから、よろよろとガォルグを見上げた。

ごわごわとした黒い髪、意志の強そうな太い眉毛(まゆげ)、黒々とした目を持つ偉丈夫が、黒い部屋でランティを不思議そうに見下ろしている。

「だっ、だって、だって、仕事で街に来たって……キースさんに依頼もして」

「あぁ。仕事道具を作ってもらいにな。仕事の一環だろう」

ガォルグはそう言うと、壁の方に顔を向けた。視線を追ってそちらを見やると、そこには立派な斧がかけられていた。よく磨かれてはいるようだが、刃は薄く、かなり使い込まれているのがわかる。

「仕事、道具?」

「そうだ。木こりなんだから、斧は不可欠だろう」

斧に向けていた顔を、ゆるゆる……とガォルグに向ける。

「きこり」

頭の中にその単語はあるのに、今は全く意味のわからない言葉に成り果てていた。

「木、こ、り?」

「あぁ、木こり」

たしかめるようにゆっくりと、一文字一文字を噛み締めるようにそう言えば、至極あっさりと頷かれてしまった。

「木こりって、騎士の別名か何かですか?」

自分でも何を言っているのかと思ったが、ほとんど無意識でそんな意味のない質問をしてしまう。

「だからどうして騎士になるんだ。木こりは木こりだ。言っていなかったか?」

案の定淡々とそう言われて、ランティはぶぶぶぶっと首を振った。

「聞いてないです、聞いてないですよっ！　じゃあ、あれっ、あのっ、なんであんな知識があるんですか！　あんな文字も読めて、計算もできて」

「学校に通っていれば、あれくらいの文字は読めるし計算もできる」

すぱっと返された言葉は、学校に通ったことのないランティの胸を突いた。「うぐ」と言葉に詰まりながら、それでも「だって、や、だって」と言葉を探す。

しかしやはり、思い返してみても、同僚の中にあれほど素早く正確に問題を解けた者はいなかったし、教えるのが上手い者もいなかった。

（それは……ガォルグさんがαだからか？）

そこでハッとして、ランティはガォルグを見上げる。

「で、でも、ガォルグさんαなのに、なんで木こり？」

ガォルグはランティの質問を聞くと、無言になってしまった。

「なんで……？」

考え込むように顎に手を当てるガォルグを見て「あ、何かまずいことを聞いただろうか」と考えていると、彼は「おぉ」と間延びした声を上げた。

「考えたこともなかったな。ただ祖父からこの小屋ごと継いだんだ」

木こりであることが当たり前すぎて、ということらしい。ランティはがくっと肩を落として床に拳を擦り付けた。

（いや、いやいやいや……木こり？　木こりっ？　騎士じゃなくて木こり？　それでもって住まいは豪邸でもなんでもなく、ただの荒屋(あばらや)。こんな、この、隙間風吹き荒(すさ)ぶぼろ小屋。使用人どころか買い物すら不便そうな辺鄙(へんぴ)な森の中にある、……小屋)

絶望、という感情がランティの心を覆っていく。騎士の嫁になれると思って結婚までしてついてきたのだ、どうして納得できようか。そこでまたもや、はた、とあることを思い出し、ランティは負けじと顔を持ち上げた。

「そういえば、僕を嫁に貰うために宿屋に金を払ってましたよね、あれは……」

そう、ガォルグはたしかにまとまった金をポンと用意した。家や身なりは質素かもしれないが、金だけはちゃんとあるのかもしれない。金を貯(た)めるために日々の生活は質素に過ごしている金持ちがいると聞いたこともある。朽ちかけた小屋での暮らしはもはや質素を通り越しているのだが、そのことには目を瞑(つぶ)って、ランティは必死の思いでガォルグを見上げる。

「あれは斧を作ってもらうために用意した金だ。全財産だったから、またいちから貯め直しだ」

それを聞いて、ランティは今度こそしおしおとその場に崩れ落ちた。ささくれ立った床が肌に刺さって痛いが、それ以上に心が痛い。

「……うっ、うっ」

突っ伏したまま呻(うめ)いていると、ガォルグが「ラン」と声を上げた。

「疲れたのか？　今水を汲んできて沸かしてやる」

桶を手に、あっという間に外に飛び出していったガォルグは悪い人物ではないのだろう。というより、悪くない。全然全く悪くない。そんなことランティだってわかっている。しかし……。

（騎士じゃない？　本当に騎士じゃない。僕が嫁に来たのは騎士じゃなくて木こり……木こり！）

あまりの衝撃に、がんがんと頭が痛くなってきた。ついでに目の前もちかちかするし、今まで我慢してきた足の裏も痛い。

ランティはずるずると床に這いつくばって、しまいにはうつ伏せた。腕の中に顔を埋めたせいで自分の荒い呼吸がより伝わってくる。

「は、うぅー……うううぅ――」

ランティはついに、ぽろぽろと涙をこぼした。熱い涙は後から後から溢れて止まらず、床の上にぽたんぽたんと跳ねる。

騎士の嫁になって、玉の輿に乗って、誰よりも幸せになるはずだったのに。結局のところ木こりに全財産でもって買われただけだ。しかも、その何もかもは自分が望んだこと。自分からガォルグに「嫁にして欲しい」と頼んだのだ。

「自業自得うぅー……うぁ、うぁ」

ランティ以外誰も悪くない。頼みをきいて嫁に貰ってくれたガォルグも、金を受け取って嫁に出してくれた宿屋の店主も、この世に身分を隠して仕事をする騎士がいるのだと教えてくれたアレクの夫も、しがない宿屋の下働きだって騎士の嫁になれるのだと夢を見させてくれたアレクも、皆々悪くない。悪いのは、全ての元凶は、ランティ本人だ。

「これからどうしようー……っ！　僕の馬鹿、馬鹿、ばかっ！　うわぁー、あぁー！」

おいおいと泣きながら、ランティは自分を責めた。足も痛ければ頭も痛いし心臓も痛い。もうそこかしこが痛くてばらばらになりそうだ。

……と、あまりにも大きな泣き声に驚いたのだろう、バンッと扉を開いてガォルグが戻ってきた。

蹲るランティに近付いてきて、背を撫でてくれる。

「どうした？　怪我が痛むのか？」

「うぇっ、うっ、うっ……騎士じゃないぃ」

「は？」

「ガォルグさっ、ひっく、騎士じゃなかった、きっ騎士だって、思ったのにっ」

ガォルグはランティの言葉を聞いて思案するように桶を抱えて、そしてそれを自分の脇に置いてから「もしや」と口を開いた。

「ランは、俺が騎士だと思ったから嫁に来たいと言ったのか？」

ランティは取り繕おうとした。「違いますよぉ」「何言ってるんですか」「ガォルグさんが好きだからに決まってます」と、ぺらぺらと話そうと。しかし、無理だった。

「うぇえ、ご、ご、ごめんなさいぃ」

もはや嘘を言うこともできず、ランティはぐしゃぐしゃの顔を手で擦りながらぽろぽろと涙を流した。

「そ」

一瞬、ガォルグが何者かに殴打されたかのように仰け反った。

「それは……、いや、そうか」

衝撃を逃がすように額に手を当て言葉を飲み込んで、ガォルグがすぅと息を吸う。

「つまり、俺のことが好きだと言ったのも……」

ランティはもさもさの髪の隙間から覗くガォルグの目が切実に自分のことを見つめていることに気が付かないまま、こく、と頷く。

ガォルグは一瞬衝撃に耐えるように下を向いたが「ごめんなさい」と泣き続けるランティの背中に置いていた手を……ゆっくりと離した。

「そうか。いや、問題ない。俺も……まだそういう意味でランティを見ていたわけじゃない。働き者の、嫁がいればと……そう思っただけだ。何も気にするな」

「ガ、ガォルグ……うぅ、さん、ごめ、なさっ」

ランティの謝罪に、ガォルグは「気にするな」と数度繰り返す。泣きじゃくっているランティはその声に含まれた落胆の感情を察することができなかった。

「とにかく水を持ってくる。体を綺麗にしてから一度寝るといい」

そう言うとガォルグは桶を持って立ち上がった。最後に、ぽん、とランティの頭を撫でてから。


ひとしきりわんわんとそこで泣き続けたランティは、そのうちに疲れ果てて眠ってしまっていた。そして、どうやらそのまま熱を出してしまったらしく、ふと気が付いたらベッドの中で寝巻きに包まれていた。

ぽっぽっと顔も体も熱くて、喉がからからに渇いていていて痛かった。大きな影のようなものに水を飲ませてもらった気もするし、額に冷たい布を置かれた気もする。それはガォルグだったかもしれないが、はっきりとは覚えていない。

　夢か現実かわからない曖昧な世界の中で、ランティはただただこんこんと眠り続けた。

五

　ガォルグの屋敷……という名の荒屋に到着してから五日目の朝。ランティはベッドの中でぱちりと目を覚ました。

「んん、んっ」

　喉を鳴らしてみると、若干の違和感はあったが痛みはほとんどなくなっていた。ガォルグが蜂蜜を何度も舐めさせてくれたおかげかもしれない。甘いあの味を思い出し、ランティはぺろりと唇を湿らせた。ちゃんとお腹も空いてきている。

　そろ……と身を起こす。と、掛け布の上にさらに重ねてあった毛皮が落ちた。毛の短い、しかしぬくぬくとしたそれは、熊の毛皮のように見えるが……どうだろうか。ランティはそれを「よいしょ」と畳んで退けると、ベッドから下りた。

　窓から光が差し込んではいるが、小屋の中は相変わらず薄暗い。ランティは靴を履いてから、そろりと外に顔を出した。途端、カーンッ、カーンッ、と小気味いい音が耳に届く。

「？」

音の出どころを辿っててくてくと家に沿って裏側へと行く。と、そこにはガォルグがいた。

「ガォルグさん」

どうやら裏は薪置き場になっていたらしい。簡素な屋根のついたそこには、麻の紐で括られた薪がずらりと並べられている。その手前では、太い切り株を台にして、ガォルグが斧を使って薪割りをしていた。

「起きたか」

ガォルグはランティに気が付くと顔を上げて声をかけてくれた。

「具合はどうだ？」

「だい……丈夫です」

気まずい思いでランティは斜め下を見ながら謝る。何故気まずいかといえば、そう、熱が出ている間にいらないことをたくさん言った記憶があるからだ。

『うぅ……騎士、騎士ぃ』

『騎士じゃなくて悪かったな』

たしかこんな会話をした。「きしきし」と鳴き声のように繰り返しぐぜるランティに、ガォルグは都度訂正を入れてくれた。

『お金、お金ぇ』

『金はない』

こんな会話もしたはずだ。金、金と呻くと、ガォルグはこれまたさらっと「ないものはないから諦めるんだ」なんて言って諭した。

『木こりって、木こりってぇ』

『よしよし、……もう寝ろ』

木こり、も連呼した。こんな会話を何度繰り返したかわからない。心の根深いところで、相当悔しく思っていたらしい。熱で朦朧としたせいで、それがとんでもない熱量で表層化してしまった。

「こ、このたびは多大なるご迷惑をおかけして……」

もじもじと謝って頭を下げると、ガォルグはもさもさの頭を傾けた。

「何も迷惑はかけられていないぞ」

あまりにもあっさりとそう言うので、逆に「嫌味か、嫌味なのか」と顔色を窺ってみる。が、ガォルグは至極普通の顔をしていた。いつもの真顔だ。

（まぁ『働き者の嫁がいればと思っただけだ』って言ってたけど……）

「朝飯は？　食えそうか？」

「へ？　あ、はい」

飯、と聞いたせいか「ぐぅう」と腹が情けない音を立てた。躊躇いつつも頷くと、ガォルグは「わかった」と斧を切り株に突き刺してからのしのしと家に向かって歩き出した。

（本当に、怒って……はいないんだな）

あれだけ「期待はずれ」のようなことを言われたら少しは嫌な気分になるのではないだろうか。馬鹿にされたと怒ってもいいだろうに、ガォルグは何も言わない。

まぁなにはともあれ飯だ飯、とランティはてくてくとガォルグについて歩いた。


「やっぱり怒ってるんですよねっ？」

どん、とテーブルに拳を突いて問えば、干し肉を手にしたガォルグが「ん？」と首を傾げた。ランティが手を勢いよく置いたせいで、テーブルにのった木の椀がぐらぐらと揺れる。

木の椀の中には冷えきった野菜くずのスープ、その横には石でできているのか、と尋ねたくなるほどかちかちになったパンに紐のような干し肉が並んでいる。

「あまりその、出された食事に文句を言うのは良くないとわかっているのですが、あの、まぁその……これはあまりにも食べ進めるのが難しいと言いますか……」

何をどうしたら病み上がりの人間にこの献立を振る舞おうと思うのか。硬いパンを握った手をわなわなと震わせながら問うてみる。結構な力を入れているはずだが、パン屑ひとつ落ちてこない。かぶりついたら歯が欠けるのではなかろうか。

「なんでだ？　栄養たっぷりだろう」

しかしガォルグはやはり不思議そうな顔をしたままである。

「は？」

「肉と野菜、スープには塩を振ってるから塩分も摂れる。十分食べられるだろう」

「……」

どうやら本気でそう思っているらしい。ランティはあんぐりと口を開けたまま、手に持ったカチカチのパンを見下ろす。そして、反対の手で椀を持ち上げて（スプーンがないのだから仕方ない）中身を、ず、とひと口啜ってみる。

「しょっ……」

ぱい、と叫ばなかったのは、塩辛すぎて口を窄めてしまったからだ。しばし「ぎゅうぅ」と呻いてから、ランティはどうにかこうにか言葉を絞り出した。

「なんっ、で、こんなに塩辛いんですか……」

「体を動かすからな。多少多めに塩を入れている」

多少じゃない、と喚きたいが、とにかく今は水分の補給だ。ランティはコップを手に持ってごくごくと水をひと息に飲み干してから、空のそれをカンッとテーブルに置いた。

どうやら、ガォルグは本気でこれがちゃんとした食事だと思っているらしい。美味しさなんて二の次、とりあえず栄養が補給できればいいようだ。

「ちなみに……なんでスープを温めないんですか？」

「？　手間がかかるだろう」

とにかく効率しか考えていないらしい。ランティは痛み出した額を押さえて、ちらりと部屋の中を見やった。

向かい合って座っているテーブルは、一人掛けだからか妙に狭い。二人分の食事がみちみちに詰まっている。椅子は脚が不均等に擦れて、がたがたしているし、ガォルグが腰掛けているのは木箱だ。

床はところどころ……どころか大半がささくれだっていて、靴を履かねば棘(とげ)が刺さりそうで。灯(あか)りのひとつも置いていないので、光源は窓から差し込む光のみ。壁の一部は穴があいていて、風が吹き込むたびに「ぴーぷー」と情けない音を立てている。

台所には鍋(なべ)がひとつ。かなり大きなその鍋にはもしかしてこの塩辛いスープがたんまりと入っているのだろうか……。そこまで考えて、ランティはゾッとして肩をすくめた。そして、すぅ、と大きく息を吸い込み、肺に空気を充(みた)す。

「……ガォルグさん」

「なんだ？」

改まって名を呼ぶと、ガォルグは硬いパンに齧(かじ)りつきながら首を傾げた。どうやらガォルグにはその程度の硬さなど屁(へ)でもないらしい。むしゃむしゃと普通に噛み締めている。健康な歯をお持ちで……と言ってやろうかと思ったが、ランティはそれをグッと堪(こら)える。

「僕はガォルグさんの伴侶(はんりょ)です」

「そうだな」

「ということはつまり、この家は僕の家でもあります」

「まぁ、そうだな」

うん、とガォルグが頷いてくれたので、ランティはずいっと顔を突き出した。

「では、僕も暮らしやすいように家を改造していきたいんですが、よろしいでしょうか」

ガォルグは「改造」と呟いてから、ぱちぱちと瞬いた。

「ランがそうしたいなら、すればいい」

「本当ですか？　ありがとうございます！」

元気に礼を述べたランティを見ながら、ガォルグがむしゃりと干し肉を噛みちぎる。そして、わずかに顔を俯けた。そうすると、前髪のせいで表情がまるきり見えなくなる。

「てっきり離縁したがるかと思ったんだが、……いいのか？」

「え？」

ガォルグの言葉に、ランティは目を見張る。

「騎士と、結婚したかったんだろう？」

そりゃあランティが寝込んでいる間散々「騎士騎士」と喚いたので、そういう疑問にも至るだろう。ランティは、むぐぐ、と口を結んでから、ふるふると首を振った。

「離縁は、したくないです」

寝込んでいる間、色々なことを考えた。玉の輿に乗れないのであれば離縁させてくれと頼もうかとも考えた。最低な話だが、ガォルグなら「そうか」と受け入れてくれるかもしれないと思ったのだ。

しかし、離縁してそれからどうすればいいのだろうか。また何日もかけて山を越え谷を越え、えっちらおっちら生まれ育ったセバクの街まで帰って、宿屋の店主に「あのすみません。結婚に失敗したのでもう一度雇ってください」と頼むのか。同僚たちに呆(あき)れた目で見られながら、「結婚に失敗したΩ」というレッテルを貼られて生きていくのか。そしてまた次の結婚相手が現れるまで、あの宿屋でずっとずっと暮らしていくのか。

（そんなの、まっぴらごめんだ）

ランティは宿屋を出た。勘違いとはいえ、ガォルグとなら幸せになれるだろうと確信して結婚したのだ。最初の一歩に躓いたからといって、その先に待っているかもしれない幸せを諦めたりはしない。自分自身が幸せに向かって歩き続けていれば、いつかは絶対幸せに辿り着くのだと、ランティは信じていた。

「たしかに僕は、騎士の嫁になりたかった。けど、それはただの手段で……目的は『幸せになること』です」

ランティはぼそぼそと、しかししっかりとした声音で自分の本音を伝えた。

「僕はここで、幸せになってみせます……！」

拳を握り熱く宣言するランティを見やりながら、ガォルグは「そうか」とあっさり、しかしどこかほっとしたように頷いた。そんな彼の様子を見て、ランティは少し気まずげに「でも」と続けた。

「ガォルグさんは、嫌じゃないですか？　僕、散々失礼なこと言ったし……その……」

「いや？　まぁ思うことがなくはないが」

ガォルグは干し肉の最後の欠片を口の中に放り込むと、もぐもぐと数回咀嚼してごくりと飲み込んだ。

「ランがいいならそれでいい」

「え？」

「仮初のような関係だが、夫婦は夫婦だ。助け合ってしかるべき、だろう？」

ガォルグの言葉は真っ直ぐで、とても嘘を言っているようには思えなかった。

「でも、軽蔑したんじゃないですか？　金、金っていう奴……」

「いや？　たしかに金は大事だからな。それに、たとえ俺に対する気持ちは嘘でも、あの時助けてもらったのは事実だ」

「ガォルグさん」

そういえば、押せ押せという形ではあったが、最終的にはガォルグもランティとの結婚を受け入れてくれたのだ。ランティには理由があったが、ガォルグにはそれもない。どうして受け入れてくれたのだろう。

はて、と首を傾げたところで、ぽく、と情けない音が鳴った。椅子だ。右に体を傾ければ、ぽく、と音を立てて椅子も傾き、左に体を傾けても同様に、ぽく、と鳴る。ランティはしばし体を揺らしぽくぽくと椅子を鳴らしてから「ぃよし」と手を打った。

「果てしない道のりだって、まずは初めの一歩から、ぽくぽくいう椅子の上から」

自分に言い聞かせるように、ぶつぶつと呟くと、ガォルグが「ん？」と首を傾げた。ランティはぷるぷると首を振って「なんでもありません」と答えると、椀を両手で包むように持ち上げてごくごくごくっと中身を飲み干した。

「っくぁ――っ！　……っ、よしっ！　本当に本当に失礼しました！　嫁として最低な滑り出しになりましたが、これからはランティ・ダンカーソン……、ガォルグさんの嫁として精一杯生きていきます！」

ランティはケジメをつけるようにガバッと頭を下げてから、きっちり十秒そのままの体勢でガォルグに「本当にすみませんでした」と謝罪する。

そして今度はしっかりと顔を上げて背筋を伸ばし、胸の前で拳を握りしめた。

「今日からよろしくお願いします！」

「あぁ、よろしく」

多少面食らったような顔をしたガォルグが、こく、と頷く。ランティはにっこりと微笑んでみせた。口の中は相変わらず塩辛かったが、気分は上々だ。

六

ランティはまず手始めに、家の掃除から始めた。住環境が整わないと、いい暮らしも始まらない。できる限りの家具を外に運び出して、まずは床を綺麗にした。ささくれだった部分はやすりを使って磨き上げ、どうにか裸足(はだし)でも歩けるくらいの床に仕上がった。本当は塗料でも塗って艶々(つやつや)にしたかったが、それはまた追々だ。

次に、家具だ。なにしろどの家具も古すぎる。ランティはガォルグに、初めは「あのぅ、この椅子がどうにもガタついていて使いづらくて……」と申し訳なさそうに、次第に「ぐわ〜！　なんですかこの棚！　がたがたすぎて引き出しが出てこないじゃないですか！　……と思ったら中には何も入ってないし！　もう、壊して薪にしましょ、薪！」と遠慮なしに家具の新調を申し出るようになった。

もちろん、ランティを娶るためにほとんどの金を出してしまったこの家に、新しい家具を買う金などない。……が、しかし、それを作り出す材料と力は揃っていたのだ。

「ガォルグさ〜ん。調味料を片付けておく棚が欲しいんですけど、いいですか？」

ちょうど太陽が頭の天辺あたりに昇った頃、山から降りてきたガォルグにランティは紙を一枚渡した。そこには、ランティが線を引いた棚の設計図が描かれている。ガォルグは肩に抱えていた丸太を、ずしんっ、と地面に下ろすと「ん」とその紙を受け取る。しばしそれを眺めてから、ガォルグは「わかった」とあっさり頷いた。

「あ、よかった。よろしくお願いします」

「ん」

ガォルグは短く返事をすると、丸太を抱えて裏庭へとのしのし歩いていく。その背を見送りながら、ランティは「にひ」と笑った。これで今日の夕方には棚が完成しているだろう。

そう、家の家具はことごとくガォルグが作ってくれる。机も、椅子も、棚も、小物入れだってなんだって。設計図さえ準備すれば、山から伐り出してきた木でなんでも作ってくれるのだ。

「ふんふふん」

ランティは鼻歌を歌いながら家に入る。

（家の中もだいぶん明るくなったな。うんうん、いいことといいこと）

玄関扉を開けて右手には、以前はなかった窓ができている。これは壁の木をぶち抜いてガォルグに作ってもらった窓だ。これでかなり部屋の中が明るくなったし、人が訪ねて来た時に扉を開けずに確認することができる。まぁ、ここに越してきてから人など一度も来たことはないが。鹿や兎(うさぎ)など森の動物はよく現れる……が、大抵ガォルグに狩られて肉はその日の夕飯に、毛皮は防寒着なりなんなりに使われる。骨まで含めて、動物に無駄なところなどないのだと、ランティはこの家に来て初めて知った。

「うーん」

ランティは入り口から入って左手にある台所に立ち、腕を組んで壁を見やった。

「やっぱりそう。うん、ここの壁に棚があった方が便利だ」

右手と左手を使って四角い枠を作り、そこから覗き込むように台所を眺める。調理器具は剥(む)き出し状態で隅の方に重ねられており、調味料は箱に詰め込まれている。これではあまりに見場が悪すぎる。

ランティはうんうんと頷いてから、炉の中に手を入れて火をつけた。これまたガォルグに付けてもらった煙突窓を開ければ換気も十分だ。窓辺に掛けていた日持ちする野菜を数個取って、さくさくと刻んできのこや水にさらしていた豆と共に軽く炒(いた)める。そこに水甕から汲んだ水を足して調味料を加えてくつくつと煮込む。間違っても塩だけで味付けなどしない。

それから、燻製(くんせい)肉を薄く切って卵と共にフライパンでジュワッと焼く。その間に窯に突っ込んだパンは、ランティのお手製だ。もちろん石のようにカチカチではない。一昨日焼いたものだが、湿らせた刷毛(はけ)でパンの表面に水気を足してやったので、温まる頃にはふっくらとなっているだろう。肉がじゆうぅと音を立てて、その煙が外に流れ出して間もなく、家の扉が開いてガォルグが戻ってきた。

「ただいま」

「おかえりなさい。もうすぐ昼飯できますよ」

「あぁ」

ガォルグは軽く返事をすると、そわそわとした様子で部屋の真ん中にあるダイニングテーブルに腰掛けた。

どっしりとしたテーブルと椅子は、山奥の方にあるかなり太く大きな木を伐り出してきてガォルグが作ってくれたものだ。椅子は四脚あり、二人で向かい合って座っても余裕がある。部屋自体は少し狭くなったが、元々殺風景すぎたことを考えると、まぁまともになったと言えよう。

ランティはスープにとろみをつけてから、胡椒を散らした。そしてそれを木の椀に注いでガォルグの前に出してやる。それからほかほかに温まったパンの上に燻製肉と卵をのせて「はいどうぞ」と差し出す。ガォルグは「お」と小さく感嘆の声を上げてから「ありがとう」と両手で恭しく受け取った。

「先に食べてていいですよ」と伝えると、少しだけそわそわと目の前の食事とランティとを見比べたガォルグは、「いや、ちゃんと待つ」と首を振った。待て、と言われた犬のように目は食事に釘付けで、自身のスープをよそいながら、ランティはくすくすと笑ってしまった。

家の中も綺麗になったが、食事事情もかなり改善された。それはもちろん、ランティの努力の賜物だ。

まず、家から一番近いティンゴという街に連れて行ってもらって、これまで貯めていたなけなしの給金を使って調理器具と調味料、それから小麦といったものを揃えた。かなり痛い出費ではあったが、まずは食生活をどうにかしなければならない、という固い意志でもってそれを遂行した。

それから、若い雌鶏も二羽買った。それはもちろん、卵を手に入れるためだ。「何も鶏そのものを買わなくてもいいのでは？」とガォルグに言われたが、卵は立派な栄養になるし産まなくなったら肉も食べられるいわば生きた保存食だ、と滔々と語って納得させた。宿屋でも鶏を飼っており世話をしていたので、面倒を見るのに困ることはない。

今は裏庭に柵を作ってもらって、鶏はそこでこけこけと楽しそうに生きている。毎日きっちりひとつふたつ卵を産んでくれるし、雑草も食べてくれるので、大助かりだ。

ガォルグはいつの間にか「ドレイク」と「テリー」という名前を二羽につけており、なんだかんだ可愛がって世話をしている。雌につけるにはどうかという名前だが、本人が楽しそうなので黙っている。卵を産まなくなったら保存食に、とランティは考えているのだが、この調子だとガォルグが嫌がりそうな気がしないでもない。

それから、本屋に寄って食べられるきのこや野草について書かれた本も手に入れた。ランティには読めない文字もあったが、そこはガォルグが教えてくれる。最近はガォルグが山に入るのにランティも一緒について行って、細々ときのこを集めたり野草を採ったりしている。

「あ、ピクルス漬かってますけど、食べます？」

そういえば、先週作ったピクルスが瓶の中で完成している頃合いだ。ガォルグに尋ねたら食い気味に「食べたい」と返ってきた。ランティは「ふふ」と笑ってから、辛いものが好きなガォルグのために漬けたスパイス入りのピクルスの瓶を棚から取り出し、かぽっと蓋を開けた。つん、と鼻を刺す匂いが漂って、ランティとガォルグは揃って「んー」と声を上げ、そして笑いあった。

こんな感じで、食生活の方はかなり充実してきた。初めは「食事など栄養が摂れればそれで十分」というスタンスだったガォルグだが、ランティが毎日毎日きちんと味付けをした温かいものを提供するうちに、段々と態度が変わってきた。

以前は、朝ご飯を食べたらそのまま夕方までは山に籠りきりだったが、最近は昼飯時になるといそいそと戻ってくる。どうやらランティの昼飯を楽しみにしているらしい。特にランティの作るパンにご執心らしく、パンを焼くとどこからともなく戻ってきて、「その……端の方をひと口貰ってもいいだろうか」とそわそわ尋ねてくるようになった。

「焼きたてのパンは美味しいでしょう？」

と腰に手を当てて聞いてみれば、「とても美味だ」と素直に頷く。

どうも餌付けに似た何かになったらしく、以降、ガォルグはなんでも素直にランティの言うことを聞くようになった。元々何にしても文句を言う方ではなかったが、ランティが「棚が欲しい」と言えば「わかった」とトンテンカンすぐに作って、「窓が欲しい」と言えば「わかった」とバキバキバリバリあっさり壁に穴をあけて作ってくれた。「花を飾りたいなぁ」とぽつりと呟けば両手に余るほどの花をわんさと摘んできて、「最近冷えますね」と言った数日後には熊を捕らえてきてくれてその毛皮で上着を拵えてくれた。なんというか、食事に対する恩返しが手厚すぎる。

(まぁ悪いことではないし、いいか。うん、よし)

最初は戸惑ったりもしたが、今ではランティもその好意をありがたく受け入れている。家の中が綺麗に整っていくのだから、ガォルグにとっても悪いことではあるまい。

というわけで、山奥のダンカーソン家はなかなかに充実してきた。ベッドだけは相変わらず妙にゃわやわで寝心地が悪かったが、それもいつか金を貯めて買い換えればいいと思っていた。

全てが順風満帆、薔薇色の生活の始まりに思えた。

＊

「うーん、うーーーん？」

ランティは短い鉛筆の尻で眉間を押さえて、そして机に広げた帳簿を見下ろして、また「うーん」と唸(うな)った。

「どうした？」

いつの間にか帰ってきたらしいガォルグが、壁に斧を掛けながら不思議そうに問いかけてきた。

「あれ、今日はもう上がりですか？」

「あぁ」

窓の方を見やれば、まだ日はだいぶん高く明るい。昼飯を除けば夕方にならないと家に戻ってこないガォルグにしては、大変珍しい。

まぁ何にしても、帰ってきたのならば今日の仕事は終いなのだろう。ランティは立ち上がっていいそいそと台所へ向かう。ガォルグが着替えている間に湯を沸かして、乾燥させた草や花で作った茶葉に注ぐ。ほんわりといい香りがしてきた頃カップに注いで机に置くと、ガォルグが「ありがとう」と礼を言って椅子に腰掛けた。

多少ぎこちなさはあるものの、少しずつ夫婦らしくなってきた……とランティは思っている。まぁ、ガォルグの方がどう思っているかはわからないが。

「で」

「で？」

ひと言問われて、ランティは首を傾げる。

「何を悩んでいたんだ？」

言われて、ランティは「あぁ」と机に広げていた帳簿をちらりと見やった。

「いやそのぅ……」

言っていいものか悪いものか悩んで、自身のカップに両手を這わせる。

「ん？」

促すように再度問われて、ランティは「うー」と唸ってから、ぼそぼそと話し出した。

「お金がね、貯まらないんですよ」

「なるほど」

ランティの言葉に、ガォルグはあっさりと頷いた。ランティはその呑気な様子を見て、む、と眉根を寄せる。

「わかってます？」

「あぁ、金が貯まらないんだろう。二人で生活しているし、当たり前じゃないか？」

今までガォルグ一人で生活していたところに、一人増えたのだ。単純に考えて生活費が二倍になるのは当たり前だろう。ランティはそれを聞いて、ぶぶぶ、と首を振った。

「違うんですよ。僕、かなり節約して生活してます」

「ほう」

ランティは帳簿を開いてガォルグに差し出した。

「ほら、食費だって最初こそ調味料とか投資がありましたけど、大事に使ってるからまだまだ持ちますし。野菜やきのこもピクルスにして、卵もあるし、肉も燻製にしたから保存食も増えたでしょ？食費自体は減ってるんですよよ」

「本当だな」

「家具や小物はガォルグさんが作ってくださるから、買うとしても金具くらいで。でもそれだって貰い物で済ませることの方が多いし」

「あぁ」

最近はガォルグが作った木の家具をちょこちょこと市場で売ったり物々交換で何かを手に入れたりしている。たとえば新しく作った服を入れる棚の、その取っ手の金具は街の雑貨屋で貰ったものだ。お礼にガォルグが作った木の小物入れを渡したらたいそう喜ばれた。

「出ていくお金はそんなに多くないのに、入ってくるお金が少ないんです」

そう。暮らし自体は慎ましやかなのに金が貯まらないのは、単純に稼ぎが少ないからだ。しかし……。

「でも、ガォルグさんってすんごいたくさん木を伐ってくるじゃないですか」

ガォルグは朝から山に入って、昼に一度帰宅して、その後は夕暮れ前までカンカンコン木を倒し続けている。森の木がなくならないかと心配になるほどだ……というのは冗談だが。しかし、どんなに太い木でも一人で倒すし、さらにそれを持ち運びやすいように加工して、斜面を利用しながら一人で運んでくるのだ。家の裏のさらに奥は開けた場所になっていて、伐ってきた木はそこにずらりと並べてある。

ガォルグはそんな感じで仕事に対してとても真面目だし、優秀な木こりだと思う。なにしろあの鍛冶屋のキースが斧を打ってやろうというくらいだ。きっとものすんごい木こりに違いない。

「木って安いんですか？　でも家を作るのにも船を作るのにも、それこそ家具にだってたくさん木は使われてるのに。街の雑貨屋さんだってガォルグさんが作った小物入れ喜んでたし……」

雑貨屋の店主は「こりゃあ滅多に見ないいい木だな」と言ってくれた。多分お世辞ではないだろう。実際「店に置かないか？」とまで言われたのだ。

うんうんと唸っていると、ガォルグが「じゃあ聞いてみるか」と声を上げた。

「聞く、って、誰にですか？」

「木の買い付け商人に」

「へ？」

商人、と目を瞬かせると、ガォルグは「あぁ」と頷いた。

「ちょうど今から来る。だから今日は早めに切り上げてきたんだ」

「えぇっ、そうだったんですか？」

それならそうと言ってくれればいいのに、とランティはおろおろと立ち上がる。商人がここまで来るなんて、お茶か何か出すべきだろうか。茶菓子なんて常備してないし、大したもてなしもできそうにない。

「わ〜、え、何か準備することとかありますか？」

「いや、特にないな」

焦るランティに対して、ガォルグは落ち着いたものだ。こく、とひと口お茶を飲み下してから「どうせすぐに終わる」と肩をすくめた。

「は？」

たしか材木置き場には大量の木が用意してあったはずだ。そんなに簡単に買い付けが終わるとは思えない。が、ガォルグは「まぁ後でわかる」と慌てる様子もない。なにがなんだかわからないまま、ランティは「はい」と頷いた。

七

「はいはいどうも。じゃあこれいつものね」

「あぁ」

でっぷりとした腹を揺すった商人が、小さな麻の袋をガォルグに渡す。ガォルグは中身をたしかめることなくそれを受け取って、懐にしまった。

「は？　え？」

思わず声を出したのは、ランティだ。商人……ガォルグの伐った木を買い取りに来た商人とガォルグとのやり取りがものの数十秒で終わってしまったので、驚いたのだ。

「え？　もう終わりですかっ？」

「んん？　なんですかこの子は」

商人は突然大きな声を出したランティをじろりと上から下まで睨むと、袖元から取り出した扇子を開いて口元を覆った。あからさまに馬鹿にした態度にムッとしながらも、ランティはにこっと笑みを浮かべた。

「これは失礼しました。私はダンカーソンの妻のランティと申します」

「妻？　……ということは、Ωですか？」

明らかに見た目が男であるランティが「妻」の立場になれるのは、Ωだからだ。そのことをすぐに察したのだろう。商人はますます嘲るような目をして「それはそれは」と笑った。

「ダンカーソンさんようございましたねぇ、まさかこんな山奥に来てくれるお嫁さんがいらしたとは」

ほほ、と笑う商人は、いかにも成金といった身なりだ。ランティは宿で働いている時分、こういった輩（やから）をよく見かけた。たしかに小金持ちではあるが、本当の金持ちが纏う品性に欠けている。それでもって、自分より権力がなく貧乏な人間にはとことん冷たいのだ。

商人は高級な油で撫でつけてあるのだろう、てかてかとした髪を光らせながら、ランティをちらりと見やった。

「して、奥さん。何か問題でも？」

「問題ありありですよ。なんで木を見もせずに金を渡すんですか？」

ランティは後ろにある木を指して、ふんっ、と鼻を鳴らす。木の買い付けに来たのであれば、実物を見て値段を決めるのが当然だろう。しかし商人は木を見ることもなく、ただお金だけをガォルグに渡した。

「ラン、金は定額で支払われるように決まっているんだ」

と、それまで黙っていたガォルグが口を開いた。諭すようでもなく、冷静に事実を伝えてくれる。

「は？　どうしてですか？　しかもそれ、絶対絶対少なすぎます！」

ランティはそれでも納得できず、拳を握ってガォルグを見上げる。先ほど渡されていた袋はそれほど大きくなかった。これだけの量の木につけるには、少なすぎる。

「いいえぇ、決して少なくありませんよ」

割って入ったのは商人だ。いやらしい笑みを浮かべて、ぱたぱたと扇子で顔を扇（あお）いでいる。

「こんな山奥にある材木、この後一体誰がどうやって運ぶとお思いで？　うちの職人たちがわざわざ取りに来るんですよ？　わざわざ」

何度も「わざわざ」と強調して、商人はわざとらしく肩をすくめて首を振った。

「ご納得いただけないのであれば他の業者を頼ってくださって構いませんよ？」

別にぃ、と間延びした声で言う商人は、明らかに「まぁ無理でしょう」とたかを括っているらしい。

「ま、わざわざここまで足を運ぼうとする方がいらっしゃればの話ですが」

「……なっ」

ほほほほ、と笑った商人は空を見上げてから「あらいけない」とわざとらしい声を出した。

「長居してしまいましたね。そろそろ出ないと、今日中に街に辿り着けなくなってしまいますので。山奥は困りますね〜。それでは失礼しますね、ダンカーソンさん、それからその妻のΩさん」

商人が「おぅい」と呼ぶと、付き人らしき人が二人、街へ向かう方の獣道から顔を出す。

ランティはぽかんとそれを見送ってから、ぐぬぬ……と上の歯と下の歯を擦り合わせた。

「なんですかあれ！」

鍋をかき混ぜながらぶつくさと文句を言うと、やすりで木箱を削っていたガォルグが「ジャンガーリエンか？」と首を傾げた。

「ですよ、あの商人。普通商人ならもうちょっと下手に出ません？　なんで買い取る側のあちらが偉そうなんですか」

商人の名前はジャンガーリエン。ランティたちが住む山から一番近い街ティンゴに店を構える商人だ。船を持っており、材木やその他の商品もランティが生まれ育ったセバクや、国都の方にまで売りに行っているらしい。

「仕方ない。ここまで材木を取りに来るのは手間がかかるからな。その分の費用を引かれているんだ」

「でもどの材木も同じ値段なんて、信じられません」

「と言うと？」

唇を尖らせてそう言うと、ガォルグが「お」という顔をした。

「だって、木の感じが全然違います。一番よく伐っているのは、あれですよね、中身がちょっと白っぽい木」

ガォルグが伐ってくる木は、全く同じものではない。それぞれ色や匂い、質感が違う。

「あれって、柔らかくて細工しやすくて、小物入れとか作るのにちょうどいいですよね。ほら、今ガォルグさんが持ってるやつ」

「そうだな」

ガォルグが手の中で加工していた木を指すと、彼は素直に頷いた。

「でもほら、この机を作ったやつは色が濃ゆくてどっしりしてて硬くて、年輪の幅も大きい」

「うん」

感心したような声を上げて、ガォルグは頷いた。

「たしかにその通りだ。ランはよく見ているな」

「ふふん。それ以外にもちゃんと種類があることは知ってますよ」

威張りながら背中を反らすと、ガォルグが「すごいぞ」と褒めてくれた。

ガォルグはとても真面目で、仕事もランティの頼み事もきっちりこなしてくれる。そんなガォルグに評価されるとなんだかむずむずと嬉しくなる。彼が絶対に嘘を吐かないと知っているからだ。

「普通、それぞれに値段がつくんじゃないですか？　価値の高い木だってあるでしょう」

「そうだろうな」

そう言うガォルグ自身、木の値段について興味はなさそうだ。ランティはむむと眉根を寄せてから、椅子に腰掛ける彼の前にのしのしと歩いていった。

「どうしてそれを主張しないんですか？」

「木を伐って、それを売って、暮らしていくのに困らないくらいの金があればいいと思っていたからな」

欲のないガォルグの言葉に、ランティは思わず「ぐ」と息を飲み込む。それは多分、嘘偽りない彼の本音だからだ。ランティは俯いて、ガォルグの手元を見た。

ガォルグの手はゴツゴツとしていて、分厚い。おそらく何度も肉刺ができては潰れたのだろう。指の根元はでこぼことしている。ランティは騎士の手なんて見たことはないが、きっとガォルグのこの手は、彼らに負けないくらいに傷ついていて、逞しくて、力強いはずだ。

「ガォルグさんの考えはわかります」

ランティはそれを見下ろしながら、下唇を突き出した。

「でも、……悔しいじゃないですか」

「悔しい？」

ランティの言葉を拾って繰り返したガォルグの膝下に跪いて、その手を取る。

「こんなになるまで頑張って木を伐ってるのに、その成果がきちんと評価されないのは、悔しいです」

ぎゅ、と指先を握りしめる。大きくて硬くて、ランティの指なんかでは包み込めそうにもない。

「……たしかに僕はお金が好きですよ。だって、お金は幸せになる手段のひとつだからです」

ランティは素直に気持ちを伝えた。そう、金は幸せにしてくれる。なんだって欲しいものが買えるし、まずもって金があれば飢えることはない。親に売られたランティは寄るべなく、万が一宿屋の主人に追い出されたら生きていくこともできなかったかもしれない。だからこそ一生懸命金を貯めた。

「お金は裏切らない。裏切るのはそれを使う人間です」

ジャンガーリエンのてかてかした髪とにやけ顔を思い出して、ランティはむぎぎと歯を食いしばる。

それから、ゆるゆると力を抜いて、ガォルグの手を優しく撫でた。指先が、ぴくっと揺れたが、ランティは気付かずに話を続ける。

「ガォルグさんの頑張りに相応しい金額をつけて欲しいというのは、おかしいことですか？　悔しいと思うのは、悪いことですか？」

それは、ランティの切実な問いだった。

夫婦になってまだ少しの時しか過ごしていないが、ランティはガォルグという人のことが好きだ。夫として、というよりなにより、まず人として。

この人が侮られるのは嫌だ。ちゃんと評価されて欲しいし、毎日頑張っている仕事には相応の対価を得て欲しい。

「ラン」

不意に名前を呼ばれて、ランティは顔を上げた。と、もさもさの髪の隙間から真っ直ぐに自分を見下ろすガォルグと目が合って、ランティはしぱしぱと瞬く。

「……っは」

自分がガォルグの指を、きゅ、と握りしめ続けていたことに気付き慌てて指を放そうとする。が、今度は何故かガォルグの方に指を掴まれてしまった。

「ガォルグさん？」

ガォルグは何かをたしかめるようにランティの指を持ち上げて、眺める。

(なんだ、なんで指を見るんだ)

しげしげと指を見つめられたと思ったら、今度はガォルグが、その高い鼻を指先に近付けてきた。

「……のわっ！」

すん、と匂いを嗅がれて、慌てて指を引く。勢いよく引き抜いたせいで体勢を崩し、どしっと尻餅をついてしまった。

「大丈夫か？」

「あ、だ、い丈夫ですけど……なんですか？」

なんだかじんじんと痺れたように疼く指先をすりすりと擦り合わせる。

「いや。良い香りがしたから何かと思って」

「か、香り？」

ランティは自身の指を鼻先に持っていってくんくんと匂いを嗅いでみた。と、ふんわりと花の香りが漂ってきて「あぁ」と納得して頷く。

「お茶を作るために花を摘んでいたから。匂いが付いたんですね」

よっこいしょ、と立ち上がって台所から花を詰めた瓶を持ってくる。かぱっと蓋を開けてガォルグの眼前に差し出すと、すん、と鼻を鳴らした彼は「うん、……うん？」とかすかに首を傾げた。そしてハッとしたように自分の手を見下ろす。

「あ……、突然手を握って、悪かった」

ガォルグが恐縮したようにそう言うので、ランティは笑って首を振った。

「いいえ、先に握ったのは僕ですよ」

ふふ、と笑うとガォルグは首の後ろをかきながら「そうか」と困ったように頷いている。真面目で堅苦しいかと思えば、時折こうやって照れた顔を見せたりする。

そんなガォルグを見ながら、ランティはふと自分の指先がじんわりと熱を持っていることに気が付いた。先ほど、ガォルグが触れたところだ。

「ラン？」

「あっ、……お、お茶淹れましょうか？」

「？　あぁ、頼む」

不思議そうな顔をするガォルグに慌てて問うてみる。と、ガォルグはこくりと素直に頷いた。そしてまた、一旦(いったん)放っていた木の箱をやすりで擦り始める。

ランティはなんとなく「ほ」と息を吐いてから、ガォルグに背を向けて湯を沸かすために鍋を火にかけた。

(なんか、なんか、……なんか?)

なんか変な空気だったな、とランティは内心首を傾げる。何がどうとはいえないが、ガォルグに指を掴まれた時、どうにもそわそわと落ち着かない気持ちになった。

(あぁいうのは、なんというんだろう……)

そわそわ、もやもや、どきどき。言葉にするととても稚拙で抽象的なその気持ちは、どうにも表現しづらい。

自分の気持ちを言葉にできなかったことなど、一度もないのに。

(変なランティ。しっかりしろよ)

自分で自分を叱咤(しった)しながら、ランティは茶器の中に乾燥した花をぽとりと落とした。

八

ガォルグは「別に暮らすのに困っているわけではない」と言っていたが、やはりランティの腹の虫がヤイヤイと騒いでどうにも収まらない。なんというかつまりそう、ガォルグを侮る態度を取ったジャンガーリエンに腹が立って仕方ないのだ。

ジャンガーリエンがやってきたその次の日から、ランティはガォルグについて山に入るようになった。以前もきのこや野草を採りに入ってはいたが、今興味があるのは「木」の方だ。

山に入るには、装備はきちんと備えておかなければならない。山の中は斜面が多いし、腐敗した落ち葉で滑りやすい。じめじめしたところには苔も生えていたりするので要注意だ。ぴたりとした長めの革靴を履いて、土踏まずのあたりに粗めの縄をぐるぐると巻いておく。もしもの時のための滑り止めだ。

虫に刺されたり毒性のある草や葉でかぶれないように、服は必ず長袖。腰には水を入れた皮袋。何かあった時咄嗟に取れるように手のひらサイズのナイフを常備しておくこと。それらを身につけておくのは、山に入る上でのガォルグとの約束であった。

「ふぅ、よっこいしょ」

縄を巻いて歩くのはなかなか慣れない。よたよたと斜面を登っていると、上から縄が降ってきた。

「掴まって歩くといい」

縄を渡してくれたのはガォルグだ。反対側は、先の方にある大きな木に括り付けてくれている。辿って引っ張れば、そこまで楽に歩けるだろう。

「ありがとうございます」

「ん」

軽く頷くと、ガォルグはさくさくと森の奥の方へと消えていった。今日伐るのに手頃な木を探しているのだろう。

木を伐るのはとても大変だ。やたらめったら幹を斧で打って倒せばいいというものでもない。基準にあった木を見つけたら、上まで登りながらまず枝葉を落とさなければならない。でないと、倒れた時に周りの木も巻き添えにしてしまうからだ。ガォルグは木の幹にぐるりと縄を回して軽々と登っていくが、何度見ても「落ちてきやしないか」とひやひやしてしまう。

それから、木を倒す方向にも気を使わないといけないし、倒したら倒したで、そのままでは運べないのである程度その場で解体する必要がある。もちろん片付けだってあるわけで……。木を一本倒すのには、かなりの労力と時間がかかるのだ。

（だからこそ、あんな安い金で買い叩かれては困るんだ）

昨日、ガォルグはジャンガーリエンから受け取った金をそのままランティに渡してくれた。「ランが管理してくれればいい」と。麻袋の中には本当に端金(はしたがね)……ランティが宿屋で稼いでいたのと同等か、それ以下ほどの金しか入っていなかった。

（そんなの、絶対絶対、絶対おかしい！）

縄をぎりりと握りしめながら、ランティは黙々と山を登る。

（あんな、あんな少ないお金で、ガォルグさんは……）

あの稼ぎの中から貯めた金で、ガォルグは斧を新調しようとしていた。が、それはランティを娶るための金として使われてしまった。

当時は何も思わなかった……いや、むしろ「わーい金持ちだ！　よかったよかった」なんていやらしいことしか考えていなかった。しかし、今となっては後悔しきりである。

（ガォルグさんが一生懸命貯めた金を、僕は……僕は）

無理矢理「嫁にしてくれ」なんて迫って、ガォルグが新しい仕事道具を得る機会を喪失させてしまった。悔やんでも悔やみきれないし、「僕の貯めたお金で斧を新調してください」と申し出てはみたが、あっさりと断られてしまった。

「ならば、新しい斧と同じくらいの働きを……っ、ふっ、してみせるべき、だっ！」

どうにか斜面を登り切って、ランティは「ふぅ」と息を吐く。縄が食い込んだ手のひらは痛いが、泣き言を言っている場合ではない。

ランティは、ごそごそと胸元から帳面と鉛筆を取り出すと、周りの木々を眺めた。

「よし」

軽く気合を入れてから、まずは一番近くにあった木の特徴を帳面に書き記す。

「これは……木肌がごつごつしていて、焦茶色。ところどころ黒い点々があって……」

ぶつぶつと呟きながら、ランティは上を見上げ、帳面を見下ろし、かりかりとひたすらに目の前の「木」の情報を書き留め続けた。

＊

ランティはそれから数十日かけて、ただひたすらにガォルグの山にある木の特徴を書き記し続けた。隙間なくみっしり書いてはいたが、帳面はどんどん白い部分を失って、最終的に三冊も費やしてしまったほどだ。

それから、ランティはティンゴの街で木について書かれた書物を手に入れた。そこで、自分の書き記した木の特徴とその本に書かれた木の特徴とを照らし合わせ、木の名前や種類、どんな環境でどう育つか、また、その材木は何に使われるのかなどをきっちりと調べあげた。

木というのは、調べれば調べるほど奥が深い。以前ランティが考えた通り、同じ木でも使われる先は全く違った。しなりが強く家を作るのに適したもの、水気に強く船の材料に適したもの、柔らかく細工がしやすいので家具を作るのに適したもの。本当にそれぞれだ。

ガォルグの山に一番多く生えているのは、カンヤギという強度の高い木である。それこそ家や船を作る際の土台となる木で、価値も高い。次に多いのは、サン、それからククという木。いずれもカンヤギと同じく硬質な木だ。柔(やわ)い材質の木は、だいたい山の麓(ふもと)の方に多く生えており、ガォルグも「比較的伐りやすい」と言っていた。

ランティはガォルグにも話を聞きながら、おおよそひと月に伐る木の種類やその量をせっせとまとめていった。

もちろん、嫁としての務めも疎かにできない。朝昼夜のご飯の準備はもちろん、家の掃除や洗濯、ドレイクとテリーの世話もきっちりとこなした。最初のうちは山登りで足の裏が肉刺でぼろぼろになっていたし、筋肉痛もひどかった……が、そのうちにそれも慣れてきた。元がΩなのでそう逞しくはなれないが、最近は少しだけ筋肉もついてきたように思う。

ガォルグは基本的にランティのしたいようにさせてくれた。しかし時折釘を刺すように「無理はしないように」「山の奥に行きすぎないように」と目を合わせて言い聞かせてきた。ランティが山に慣れてきて、ガォルグから離れてちょろちょろと動き回るようになったからだ。

しかし、その頃には山を駆け回るのにも苦労しなくなっていたランティは「はぁい、わかりました」とおざなりな返事をするようになっていた。山がどれほど危険な場所なのか、本当のところを理解していなかったのだ。

その日は朝から天気がよかった。ランティは朝飯と一緒に昼飯も作って、大きくて丈夫なカシィという植物の葉で包んだ。いわゆる弁当だ。大きな方をガォルグに渡し、小さな方は自身の腰にさげる。

「お昼になったら一緒に食べましょうね」

そう約束して、ランティはいつも通り森の中へと入っていった。

森の中はとても迷いやすい。なにしろ同じような景色が続くからだ。一応獣道はあるものの、それも似たようなものがごろごろあるので、一本間違えるとすぐに来た道がわからなくなる。

斜面はあるので、上か下かというのはわかるが、それが山のどの位置かというのは全くわからない。

万一場所がわかっても、進んだ先でごつごつした岩に阻まれたり、とても人間では降りられないような急な斜面や崖にあたったらどうしようもない。しかも方角を間違えると、山と山の間の谷に降りてしまって戻れなくなる。

ランティはいつも木に目印を付けていた。ガォルグに「俺の目や声の届かないところに行くなら、そうした方がいい」と言われていたからだ。使わなくなった古いシーツを赤い花を潰して作った染料で染め、数字を書き、細く引きちぎって何本も腰紐に巻いている。木に括り付けた赤い紐が目視できなくなる前に、数の小さい順に次の木に紐を結ぶ。そうやって森の中を進むようにしていた。ガォルグもできる限り気にかけてくれていて、時折必ず「ラン」と名前を呼ばれた。

「……あれ？」

ふと、長いこと名前を呼ばれていないことに気が付いて、ランティは顔を上げてきょろきょろとあたりを見渡した。

見上げれば日は頭の上にあり、もう昼時だというのが知れた。ランティは最後に結んだ紐を確認しようと背伸びをして、後方を見やる。かなり先の方に、はたはたとはためく赤い紐が見えた。

「やばい、結構先まで来たな」

必死で書き記していた帳面を閉じて、懐に仕舞う。……と、挟んだつもりの鉛筆が胸元からころりと転がり落ちた。

「おっと、待て待て」

鉛筆は岩の上でかつんと弾んで、草の間に落ちる。かなり短いが、ランティにとってはまだまだ使える立派な鉛筆だ。

「ラン！」

その時。少し離れた場所からランティを呼ぶガォルグの声が聞こえた。その声はわずかに掠れていて、二人の間に結構な距離があることがわかった。

「ガォ……っ」

ここにいます、と伝えようと、手元では鉛筆を掴んで頭だけ振り返る。が、狭い山道で急にそんな動きをしたのがまずかった。しっかりと地に着いたはずの足が、落ち葉に取られてずるりと滑る。体の重心がズレて、視界がぐわんと揺れた。

「う、わ、わ――っ！」

「ランっ！」

先ほどよりだいぶ近いところで声が聞こえたが、それでもまだ遠い。ぐるりと体が回って、木々の合間に青空が見えた。そして、何かを掴もうと縋るように差し出された自分の腕が視界に入って……。

「あっ、わっ、うぅっ！」

しかしその何もかも全てわからなくなって、視界は茶色と黒に染まる。

「ガォルグさ、んっ！　うわぁ――！」

ランティは転がるように山の斜面を落ちていった。

「う……いってて……」

頭と肩、それに腕に背中に腰。さらに尻や太腿やふくらはぎも痛い。つまりそう、全身どこもかしこもずきずきする。

「やっ……ばいくらい滑り落ちたな」

咄嗟に頭と首を庇(かば)ったので、そこはひどくぶつけてはいない、と思う。頭痛が治まったことを確認してから、ランティはゆっくりと体を起こした。

ランティがいるのは、斜面の途中だった。ちょうど二股(ふたまた)に生えた木の根本の間に挟まって止まったらしい。元いたであろう場所は遥(はる)か上の方だ。

(あそこまで、登れるか？)

少し体を動かすと、足元でみしっと嫌な音がした。どうやら引っかかっている木はそう強くはないらしい。

(やぁこれはオゥンナの木だな。幹はそれほど太く育たず、柔らかいから加工品に向いている軟材だ。はははははさすが僕、しっかり勉強してる)

現実逃避のように頭の中でそう言って、ランティはゆっくりゆっくりと根本の方へと体を移した。

下を見ると、まだまだ斜面が続いている。このまま滑り降りるのは難しそうだ。かと言って上にも戻れない。近くの木を見るが、だいたいオゥンナしか生えておらず、しかもどれも今ランティが引っかかっている木より細い。運が良いのか悪いのか……、いや、即死していない時点で運は抜群に良いのだろうが。しかしそれにしても……。

「これは、ど、どうすれば」

ランティは震える手で腰を探り、縄を取り出す。そして自分の腰にそれを巻き、反対側を自分の今いるオゥンナの木の根本に括り付けた。一応これで、滑り降ちても縄が助けてくれるだろう。オゥンナの木が、ぽっきりと根本から折れない限りは。

他に何か助かる手段はないかと、あたりを見渡す。と、今いる場所からさらに下の左手の方から何やら音が聞こえる。

(あれは、……水音?)

「ざぁざぁ」という音は、たしかに流水音だ。つまり、下の方では川が流れている。

(そうか、この山は川が流れていたんだな)

頭の中で地図を広げて、ランティは「ふむ」と腕を組む。

(ここは山の南側。もし南の方に流れているのであれば、ティンゴの方へ繋がっていく。もしこれが僕の住んでいた街に流れていたレニ川の源流なら……)

「ラン! そこにいるか!」

考え事に耽っていると、上から声が降ってきた。思わずパッと顔を上げるが、木に邪魔されて上は見えない。

「あ、え、ガォルグさんっ?」

「いたな。待ってろ、すぐ行く」

ガサガサと木が揺れる音がしたかと思ったら、しばらく後に「下りるぞ」と声がかかった。と、上から何かが降ってくる……いや、斜面に沿って滑るように降りてきた。

「ガ、ガォルグさん！」

それは、腰に縄を巻き付けたガォルグであった。縄を支えに、斜面を足で蹴りながらじわじわとランティのところまでやってくる。

「腕を」

「あ、はいっ」

言われるがままに腕を伸ばすと、あっという間に抱き上げられた。何か言う前に腰に縄を巻かれて、既にそこにあった、自分とオゥンナを結ぶ縄は……舌打ちと共にあっけなくナイフで切られた。ガォルグは片手で縄を掴んだまま、もう片方の手でランティの救出をするすると進める。

「首に腕を回すんだ」

「は、い」

これまた言われた通り、ガォルグに抱きつく。ひしっ、としがみついても、ガォルグはぴくりともぶれない。自分とランティとの腰を紐で繋ぎ、上から伸びている紐をぐっぐっと引っ張ってたしかめ、勢いをつけて斜面を蹴る。

「ひっ」

一瞬、ぶらんと宙に浮く形になって、ランティは短い悲鳴をあげてしまった。バキッと音を立てて折れたオゥンナの木が、他の木を巻き込みながらごろごろと斜面を転がり落ちていく。

「ひっ、えっ」

もしかすると自分もああなっていたのかもしれないと思い、ランティは言葉に詰まる。恐怖を逃が

すように、ただただ必死にガォルグを掴み、ぎゅっと目を閉じた。

目を閉じると、視覚以外の感覚が鋭くなる。ガォルグが斜面を蹴りながら登る音、縄の軋む音、ガォルグの息づかいが耳をくすぐる。そして、ガォルグの肩口に埋めた鼻先は彼の匂いをとらえていた。なんともいえない、安心する香りだ。まだ出会ったばかりの頃、おんぶされて家まで運んでもらった時と同じその匂いを嗅いで、ランティは「ふ」と小さく息を吐く。

ランティは必死にガォルグにしがみついたまま、上へ上へと運ばれていった。

九

「何を考えているんだ！」

ガゥオッッッ、と野生の獣が吠えるような一喝に、ランティはぶるっと肩をすくめて縮み上がった。

「う、すみませ……」

「山は平地とは違うんだっ。俺が場所をある程度把握していたからいいものの、全く目の届かない場所だったら、一人であのままだったんだぞ」

続けて吠えられて、ランティは「あの」「その」「仰る通りです」とただただ項垂れて頷くしかなかった。俯いた先にある、ガォルグの足が目に入る。足に巻いた縄が擦り切れかけており、かなり無理をして山を降りてきてくれたことが今さらながらわかった。よく見ると、どんなに重い木材を運ぼうと汗ひとつかかないガォルグの額に、汗がきらりと光っている。余程焦って助けに来てくれたのだろう。

「もし、あのまま見つけられなかったら……」

そこで言葉を切って、ガォルグが黙り込む。

「ガォルグさん？」

そこでようやくランティは、ガォルグの様子がいつもと違っていることに気が付いた。

（なんというか）

どこがどうとは言えないが、ガォルグの中にあるのは、怒りや心配だけではないように見えるのだ。

（恐れているような？）

それはランティという妻を失う、その恐怖にも見えなくはないが、どうもそういうものとは少し違う気がする。

ランティはちろりと視線を持ち上げてガォルグの表情を窺う。黒い目は苦痛を感じているように眇められて、ランティではない何かを見ている。

「俺のせいで」

その言葉を聞いた途端、ランティは意識せずに「はぁ？」と声を出していた。そしてそのあまりに不遜な物言いに口を塞いで、もごもごと口籠もってから、もう一度口を開いた。

「ちょっと、ガォルグさん、何言ってるんですか？」

足元の落ち葉を踏み締めるように踏ん張って、腰に手を当てガォルグを睨み上げる。その際、足と腰とがズキッと痛んだが、軽く眉をひそめるだけに留めておいた。

「なんで僕の不注意による僕の怪我が、ガォルグさんのせいになるんですか」

「何故？　ここは俺の山で、ランは俺の嫁だ。俺が責任を持つべきだろう。そもそも俺がきちんと見張っていれば、ランが滑り落ちることもなかった」

淡々と詰められ、ランティは思わずたじろぐ。が、負けじと顎を持ち上げた。

「いいえ、悪いのは僕です。僕の責任です」

「俺だ」

「いえ、僕です」
二、三度「俺だ」「僕です」と言い合ってから、二人してむっつりと黙り込んだ。お互いキリがないと悟ったからだ。
「なんでそんなに責任を負いたがるんですか」

このまま自分のせいだと言い張ってもガォルグは折れないだろうと、ランティは別方向から話を進めてみる。

「別に『ランがもっと気を付けておくべきだった』と怒れば済む話じゃないですか」

「何故だ。これ以上ランを責めて何になる」

「何になる、とかじゃなく……」

真剣な顔で首を振るガォルグの目は、本気の色を宿していた。本気で、ランティの行動の全ては自分の責任だと思っているらしい。どこまでも譲らないガォルグを睨んだまま、ランティは痛む手をドンと自身の胸に押し付けた。そしてそこに入れていた帳面を取り出す。びりびりと肋が痛んで、思わず「うぇ」と涙を浮かべてしまったが、どうにか無理矢理にそれを飲み込む。

「ぼっ、くは、僕の意思でこの森の木の調査をしていました。ここに、こうやって記しながら」

ずい、と帳面を差し出すと、面食らったような顔をしたガォルグが、それとランティの顔とを見比べた。

「ガォルグさんに指示されたわけじゃない。僕がしたくてしたことです。違いますか？」

「それは、そうかもしれないが……」

「かも、じゃなくてそうなんですぅ」

少し困ったような顔をするガォルグに向かって、多少わざとらしく語尾を伸ばしてみせる。それから、こほん、と咳払いして真摯に続ける。

「僕はΩで、あなたの妻ですが、あなたの所有物じゃない。自分で考えて動きますし、やりたいことをやります。……その代わり、責任だって自分で負います」

ランティはΩで、ガォルグの嫁だ。一般的に、嫁は夫の言い分に従うことの方が多い。しかし、ランティはそれを望まないし、ガォルグもまたそういった行為や意識の持ち方を強制するような人物ではないと……そう信じている。

「全てガォルグさんが面倒を見て責任を取ってくださるなんて、そんな生ぬるいことは求めていないんです」

そこまで言ってから、ランティはグッと握りしめた拳を、自身の目の高さの位置まで持ち上げて掲げた。

「僕は、自分の力で幸せを掴み取るつもりなんですよ」

自分の人生の責任を誰かに負ってもらいたくなんてない。玉の輿に失敗した時に思ったのだ。誰かの幸せに乗っかるのではなく、自分自身の力で幸せを掴み取るべきなのだと。

「承知いただけましたか？」

「あ、あぁ……。あぁ？」

ランティの勢いに押されるように一度頷いたガォルグは、すぐ後に腕を組んで首を傾げた。ランティはすっかり眉尻（まゆじり）が下がってしまったガォルグに向かって「それはそれとして」と微笑んでみせた。

「危ないところを助けていただいて、ありがとうございました」

「それは……素直に礼を言うんだな」

面食らったように瞬いたガォルグが、困ったようにそう言って後頭部に手をやった。

「助けていただいたのですから、当然です。足を滑らせたのは自己責任ですがね」

そう言ってから、ランティはもう一度しっかりと頭を下げる。

「本当に、ご心配をおかけしました。忠告に従わず迷惑をかけてしまって、すみません」

「いや……、うん、ランが無事ならいい」

そう言った後、ガォルグはふと考え込むように顎に手を置いて、うん、と頷いた。

「それでいいんだ」

そう言うガォルグの顔はとても優しげで、先ほどまでの妙に「責任」を重んじる姿はなかった。

（なんかさっきのガォルグさんって……）

なんというか、まるで部下の失敗を「自分のせいだ」と主張する上司のような、そんな雰囲気を感じさせる物言いだった。

（木こりが上司なんて、ふふ、変な話だけど）

自分の突飛な想像が面白くて、思わず内心でくすくすと笑ってしまう。

笑いの気配を察知したのだろう、ガォルグが顎に手をやったまま「どうした？」と問うてきた。生真面目そうなその態度が余計に上司っぽさを醸し出していて、ランティは我慢できずに「ぷーっ」と吹き出す。

「いやあの、ふふ……、ガォルグさんが本当に騎士だったらよかったのにって」

「またその話か？」

ガォルグは呆れたようにムッと眉根を寄せる。以前はそんな表情も恐ろしかったが、今はもうすっかり慣れきってしまった。

「ガォルグさんが騎士の偉い人だったら、街の人も、部下の人も、安心でしょうね」

ガォルグには、なんともいえない安心感がある。体が強いのはもちろんだが、責任感も強くて、決して失敗を人のせいにしない。こういう人が騎士としていてくれるのであれば、ランティのような一市民も安心して暮らせるというものだ。

うんうんと頷きながらガォルグに笑いかける。きっと「何かというとすぐに騎士だな」なんて呆れた顔で窘（たしな）められるだろうな、と思いながら。

「……あれ、ガォルグさん？」

しかし、見上げたガォルグは口をわずかに開いたまま、言葉を失ったかのように黙り込んでいた。

その目元のあたりが引きつったように見えるのは、ランティの見間違いであろうか。

「ガォルグ、さん？」

「あぁ、悪い」

もう一度、たしかめるように名前を呼ぶと、ガォルグがハッと瞬きをした。それからランティを見下ろして、頭にポンと手を置いてくる。

「そろそろ戻るか。怪我の具合はどうだ？」

何か変だ、と思いながらも、ランティは首を傾げてガォルグを見つめることしかできない。ランティの疑問を察しているだろうガォルグが、何も言わないからだ。この状態のガォルグに何をどう聞いても答えが返ってこないだろうことは、ランティももう知っている。

（この頑(かたく)なな感じは……、聞かない方がいいな）

たとえ夫婦だとて、お互いの全てを知ることは難しい。宿屋で様々な夫婦を見てきたランティは、そのことをよく知っていた。

仲睦(なかむつ)まじそうに見えて、部屋の中では喧嘩(けんか)ばかりの夫婦。妻を部屋に残して女を買いに行く夫、……と思いきや後日妻が別の男を連れて泊まりに来たり。

所詮(しょせん)は他人同士が家族になったのだから、その心のうちまではお互い読めやしない。

（まぁそれでも、仲良くできたらいいなと思うけど）

ガォルグが話したくなさそうなことは無理には聞かない。けど、それは「その方が今は仲良くやれる」と思っているからだ。もしまた状況が変わって、ガォルグときちんと話し合うべき、となった時にはまた話を聞けばいい。

「ところでガォルグさん」

ランティはにこっと微笑むと、少しわざとらしいくらい明るい声を出した。

「なんだ?」

ランティの切り替えのおかげが、ガォルグもいつも通りに戻った。生真面目に問いかけてくる夫に、ランティは「この下」と自分たちが這い上ってきた斜面を指差した。

「この山、川が流れてます?」

「あぁ、あるな」

やはり、先ほど耳にした流水音は川の音だったらしい。ランティはくわっと目を見開いて、「よし」と拳を握った。

「こっちの方角に流れてるってことは、レニ川に繋がってます? ティンゴに流れてるあの川」

「あぁ、よくわかったな。下を流れているのはレニ川の源流だ」

ガォルグが軽く目を見張り頷いてくれる。ランティはさらに反対の手でも拳を作ってから、勢い込んでガォルグに笑顔を見せた。

「やっぱり! じゃあ、あれ、あの、僕っ、いいこと思いついたんですけ……どっ、ごほっ、いたっ」

勢いよく話していたせいか喉が詰まって咳き込んでしまった。と、そのせいで肋が痛む。ガォルグが「落ち着け」と背中を撫でてくれた。

「すみませ……、ごほっ、ごほっ、いた、いてっ」

ずきずきとした痛みは胸を覆っているが、それよりも胸のどきどきの方が強い。ランティの背中に伸びるガォルグの腕に手をかけて、よたよたとその手を握りしめた。

「ガォルグさん、船ですよ、船」

「ふね？」

「船、作ってください……っごほごほ！」

激しく咳き込んだせいで、いてっ、と呻きながら、ランティは涙目で懸命にガォルグを見上げ「ふね」と繰り返した。

「船」

ガォルグはやはりなんのことだかわからないらしく、はて、と首を傾げている。そのきょとんとした顔を見ながら、ランティは痛みを堪えて「にひひ」と笑ってみせた。

十

ガォルグの山にある川は、いくつかの川に分かれて、やがてティンゴの街に辿り着く。ティンゴの川はこれまたランティの生まれ育ったセバクに繋がっていて、さらにその先には国都があった。その川の名前はレニ川。国一番の大河だ。

国都であるハイディォーンは大きな港街で、海辺である。つまり、川という道はガォルグの住む山から国都まで一直線に繋がっているのだ。

現在ガォルグは、自分の伐り出した木の全てをジャンガーリエンに卸している。が、山道を使って木材を運ぶとかなりの手間暇がかかるので、その手間賃を引かれる形で安く買い叩かれているのだ。質の良い木材になるであろうに、とてももったいない話である。

「つまり、手間賃さえかからなくなれば、もっと高く木を売れるんですよ！」

「なるほど」

ランティは紙に木材や川、さらにいくつかの登場人物を交えて描きながら現状を説明する。

「この丸いのに草が生えているこれは……ジャンガーリエンか？」

「そうです。草じゃなくて髪の毛ですけどね」

意地悪そうなつり目を描いた丸い物体はジャンガーリエンだ。ついでに横に金を描いている。ちょっと悪意が入ってしまったかもしれないが、まぁ仕方ない。

ガォルグは一瞬目を丸くしてから、ぶっ、と吹き出した。

「くっ、ランは絵が上手いな」

「そうですか？」

つんと顎を反らしてみせると、ガォルグは口元を押さえて「あぁ」と頷いた。それからジャンガーリエンに置いていた指をするすると動かし、山と木、それから筋骨隆々の男を指す。

「これは？」

「もちろん、ガォルグさんです」

「そうか。……格好良すぎないか？」

「そうですか？」

たしかに、丸に草（のような髪の毛）が生えただけのジャンガーリエンに比べたら、気合を入れて描いたのは一目瞭然だ。しかしそれも仕方ない。

「僕の夫はとても良い男なので。これでも足りないくらいですよ」

そう言ってランティはガォルグの絵を鉛筆の先で撫でる。

「それは……ありがとう」

ガォルグが笑いと、何か含んだような表情を見せてから、机の上に置いていた茶を飲んだ。

「いいえ？　見えたように描いただけなので。お礼を言われるようなことじゃないですけど」

「……そうか」

今度こそ笑顔を引っ込めて、ガォルグが気まずそうに居住まいを正す。が、ランティはそれに気付かないまま、かりかりとさらに紙に書き出していく。

「とにかく。つまり船さえあれば街まで自分で木を売りに行けるんですよ」

「しかし、比較的流れが穏やかだといっても、商人が使うような船は通れないぞ」

「ええ、それは知ってますよ。一緒に見ながら歩いたじゃないですか」

山から落ちかけたのが、およそ二十日前。ランティは思った以上に至る所を打ち付けており、打身やら打撲やら、全身あざだらけになっていた。幸い骨は折れていなかったので数日安静にしているだけで済んだが、ガォルグにはその間何度も「以後絶対に無茶はするな。山奥に一人で行くな。俺の側にいてくれ」と繰り返し言い聞かされた。

怪我から回復して、ランティが真っ先に計画したのは「川がきちんとティンゴに続いているか」の確認だ。ガォルグに頼んで一緒に荷物を背負って旅立ち、およそ三日かけてひたすら川を辿って歩いて行った。要所要所、川幅や水深などを確認して帳面に記載し、どの程度の船なら通れるかというのも計算した。果たして、川はティンゴにちゃんと繋がっており、川も極端に狭かったり流れが急すぎるところもなく、それほど大きな船でなければ通れることも判明した。

泥だらけになってティンゴの街に辿り着いて、帰りは帰りで山道を歩いて帰って。かなり過酷な旅であったが、収穫は大きかった。

(しかしまぁ、僕も逞しくなったものだ)

最初の頃は足裏にできた肉刺でヒィヒィ言っていたのに、今じゃ平気で山道を歩けるようになった。野宿だって平気だし、火打ち石があれば火も起こせる。兎だって鶏だって捌(さば)けるし、食べられる野草やきのこの判別も得意になった。

しみじみと自分の成長を実感していると、ガォルグが「しかし」と腕を組んだ。

「船を作るのはいいが、そんなに立派なものはできないし、荷はそれほど詰めないぞ？　それに行きは流れに乗っていけばいいが、帰りはどうする？」

ガォルグの力であれば、流れに逆らって船を動かすことも可能かもしれないが、それでも毎度毎度というのは難しいだろう。ランティは「ご指摘はごもっとも」と頷いてみせた。

「商人に売りつけるにしては、船にのる材木は少なすぎるでしょう。労力を考えたら、ジャンガーリエンに売った方がいいかもしれません。……が、大丈夫」

そこで、にひ、と笑って、ランティは人差し指をぴしりと立てた。

「木はそんなにいりません。良いものを必要としている『職人』に直接売るのです」

「職人？」

思いがけないことを聞いたとばかりに言葉をそのまま繰り返すガォルグに、ランティは「えぇ」と頷いてみせる。

「家に船に、机や椅子に箪笥等々、上質な木を必要としている職人は街にいくらでも溢れています。商人を介して手に入れることもできますが、僕たちはそれをしないぶん、安価で提供できる」

ランティは前々から考えていたことを身振り手振り交えながらガォルグに説明してみた。

材木の行き着く先はいくつかあるが、その多くは職人のところだ。この世に溢れる色々な「木製品」はその職人の手で作り出されているのだ。職人というのは得てして質の良さにこだわることが多い。ガォルグの伐り出す木材は、きっと彼らを満足させるはずだ。

「なるほど。量よりも質で勝負するぶん、積荷は少なく済むということだな。となると小さな船でもいいが、しかしやはり船が問題だ。俺が一人で作る船は、川を下ることはできても、ここまで上ってくることは無理だろう」

神妙に頷くガォルグは、決してランティの話を絵空事と笑ったりしない。真剣に話を聞き、そして問題点を考えてくれている。ランティはふくふくと誇らしいような気持ちで胸を張り「それなんですけど」と続けた。

「乗っていった船も売れば良いのです。解体して材木としても良し、そのまま欲しがる者がいればそれも良し」

帰りは歩いて帰ればいいでしょう、と言うと、ガォルグが「なるほどな」と目を見張った。

普通の商人であれば、乗り物を売り払って歩いて帰るなど絶対にしない。が、ランティとガォルグならそれも可能だ。なにしろ二人とも、歩くことに抵抗がない。

ガォルグの作った船なら出来はいいだろうし、欲しがる者も多いだろう。最悪解体してしまえば、材料としてしっかり使える。それに、船を作るための材料なら山の中にいくらでもあるのだ。つまり、元手なし（正確には、ガォルグの労力が必要だが）で収益を見込める。

「せっかく作ってもらった船を売るのは忍びなくはありますし、毎回作ってもらうのも手間ではありますが」

「全く問題ない。売る量が減るのであれば、今まで木を伐るのに割いていた時間を船作りに回せるからな」

ガォルグは腕組みしてあっさりと請け合ってくれた。ランティはホッとして「ありがとうございます」と微笑む。

「しかし、俺に職人の伝手(つて)などないぞ？」

と、ガォルグが根本的な問題を指摘した。職人に売る……とはいっても、そうそう簡単にことは運ばない。職人たちとてそれぞれ贔屓(ひいき)にしている商人はいるだろうし、突然「木はいりませんか」と飛び込んだところで眉をひそめて追い返されるのがオチだ。

「ふっふっふ。そこは大丈夫ですので、ご安心を」

悩ましげに腕を組むガォルグに、ランティはうふふと笑ってみせた。そしてまだ包帯の巻かれた腕を胸に当てる。

「伝手は僕にあります」

十一

「ジルさん、こんにちはぁ」

「いらっしゃい……って、なんだ、ランティ坊やじゃないか。久しいなぁ！　ほれ、入った入った」

ランティは「お言葉に甘えて」とにこにこ笑顔でジルの工房へと足を踏み入れた。工房には木材がそこかしこに転がっている。ランティはちらりとそれを目で確認しながら「あの」と布で汗を拭うジルに声をかけた。

「今日は一人連れがいるんですけど……大丈夫ですか？」

「あぁ、いいよいいよ。ランティ坊やの連れなら一緒に入りなぁ」

気軽に返事をくれたジルに微笑んで、ランティは「ガォルグさん」と店の外に声をかけた。

「宿屋を辞めて嫁いだって聞いたけど、その後どうだい？　やぁ、うちに足繁く通って『宿の客用寝台を作って欲しい』って頼み込んでくれてたのはまぁだ昨日のことのようなのになぁ……ってぇ？」

にこにこと微笑んで茶を準備しようとしていたジルが、ランティの方を振り返って仰け反る。小柄なランティの横に、思わず見上げるほど大きな男が控えていたからだ。きっちりと髪を撫でつけて、いい身なりをしているが、なんというか威圧感がすごい。立っているだけで、こちらの方が一、二歩後退りしてしまいそうになるほどだ。

「あ、そうなんです。僕、昨年結婚しまして。今はランティ・ダンカーソンです。こちらは夫のガォルグさんです」

「どうも」

大きな男から挨拶をされて、ジルは目を見張りながらも「ど、どうも」と返す。そんなジルを馬鹿にするでもなく、ランティは「すみません」と謝った。

「うちの人αなんですが、やはり体格が良くて人を怯えさせちゃって……。中身はとても気さくな人なので」

「き、気さくねぇ」

ランティに、にこ、と微笑まれて、ジルは「はぁ」と新たに額に浮かんだ汗を拭う。

「ほんで、今日はどんな御用で？　新婚さんなら新しい寝台をお求めかな？」

カラカラと笑いながら椅子をすすめてくれたジルに、ランティは微笑みを浮かべたままふるふると首を振る。

「いいえ、今日は仕事の話をしに来たのです」

「仕事？」

「はい。最近夫と一緒に商売を始めまして」

楚々とした態度で、ランティは口元を隠しながら笑う。ジルは「そういえばこの子は昔から上品で魅力的な笑い方をしていたな」と思いながら、「へぇ」と頷く。

「何か売りに来たってかい？　ランティ坊やも知ってると思うが、うちにゃあ金なんてないからな。良いもんは買えねぇよ」

「僕たち、木を売りに来たんです」

ランティは微笑みを絶やさないまま、はっきりとそう言い切った。

「木？」

ぽかんと口を開けていたジルだったが、一瞬後には「わっはっはっ」と弾けるように笑い出した。

「ふっ、悪いが『木』は俺のような家具職人にとっちゃあ大事なものだ。いくらランティ坊やが昔馴染みだからって、それだけじゃあ買えねぇよ」

ジルは木を扱う職人だ。今は信頼できる業者から木を卸してもらっている。もちろん、上質な材料となると値は張るし辛くはあるが、だからといって安価で粗悪なものは使いたくない。

「もちろん。ジルさんがどれだけ家具作りに心血注いでいらっしゃるかは、少しは理解しているつもりです」

「何を……、あ、いや、そりゃあ、そうかもな」

笑い飛ばそうとして、やめる。たしかに、ランティはジルの苦労や商品に対する気持ちをよく知っている。なにしろそんじょそこらの商人よりも熱心にこの工房に通ってくれていたからだ。

弟子入りしたいのか、と聞きたくなるくらいに仕事ぶりを眺めて、わからないことは質問して、自分なりにそれをまとめて。いっそ彼のような人間が後を継いでくれたらいいのになぁ、なんて考えてしまったほどだ。

「そこらの商人よりよっぽど時間かけて通って、俺を口説き落としてくれたもんな、ランティ坊やは。宿屋の下働きたぁ思えない根性もんだよ」

「でしょう？」

ランティが「ふふん」と薄い胸を張る。もちろん、ジルもランティがΩだということは知っている。Ωで宿の下働きなんて、街の中でも最底辺に近い人種だ。だが、ランティは心根がとても逞しく、図太かった。

「というわけで。そんな僕がなんの策もなく手ぶらで『買ってください』なんて頼みにくるはずもないですよね」

そんな図太いランティが、自信満々で脇に提げていた鞄(かばん)を開けた。

「僕の夫は山を持っていましてね、そこにある木が……はいこちらです」

ごそごそと取り出された分厚い冊子を手渡される。ジルは胸ポケットに差していた眼鏡をかけて「んん？」とその中身をあらためた。

「こりゃあ……」

「そうです。木の種類から樹齢、部位等々細かく記載しております。あ、お値段はこちらに」

その冊子には、色々な材木が記されていた。図解付きなので、色や形もわかりやすい。かつ、情報が事細かに載っているので、精査しやすい。

「へぇ、カンヤギ、サン、クク、オゥンナ……良い木が揃ってるじゃあないか」

ジルはぱらぱらと頁(ページ)をめくるごとに、自分の心がわくわくと躍っていっていることに気が付いた。業者から木を買う時は、ある程度の種類とサイズしか指定できない。こんなふうに細かな注文をつけて、その木を使って寝台を作ることができたら、どんなに楽しいだろうか。

「ある程度であればこちらで長さを採寸し加工して卸すことができますよ」

「なんでまた」

まさかそんなことまでできるはずが、とちらりと眼鏡を下げながら問うと、ランティはあの魅力的な笑みを浮かべて隣を示した。

「うちの夫は木こりなので」

「木こりぃ？」

思わず素っ頓狂(すっとんきょう)な声が出てしまった。ランティの夫（ガォルグといったか）はたしかにいい体格をしているが、小悪党くらいなら視線ひとつで黙らせられそうなその鋭い眼光は、どうにも植物と向かい合っているようには見えない。ちら、と彼の方を見やると、ガォルグが口元だけで、にや、と笑った。

一応ガォルグなりの愛想笑いだったのだが、初対面のジルには伝わらなかった。ジルは「へ、へぇ」と曖昧に頷いてから視線を逸らした。

「意外でした？　騎士のような身なりでしょ」

「あぁうん、まさか木こりたぁ思わなんだ」

何故か浮かんできた額の汗を拭いながら笑う。

「というわけで、夫は木についての知識は豊富です。何せ毎日木と向き合っている、いわば木の職人ですよ？　そんな夫が一本一本自分の目で厳選して伐り倒してくるのですから、間違いはありませんよ。しかも妻はこの僕」

「そりゃあ……かなり魅力的な話だな」

畳み掛けるように言葉を重ねられて、ジルは面食らいながらも、正直な気持ちを絞り出した。

そう、魅力的なのだ。冊子を見た限り、材木の種類は豊富だし、値段も悪くない。なによりあのランティが商売の相手ならば、信用もできる。商売において一番大切なのは、相手を信用できるかどうかだ。ジルは「ふん」と顎に手を当てて思案した。

「まずはじっくり価格表をご覧ください。よければ見本もお持ちします……というより既に見本もございます」

「見本？　ほぅ、どこだい？」

ジルは思わずといったように前のめりになって食いつく。

「実は夫の伐った木で船を作って、それでここまでやってきたのですよ」

「船ぇ？　そりゃあすごい。材木は何を使ったんだい」

「土台となる硬材はもちろんカンヤギを使ってますし、船体にはオゥンナを張っておりまして……」

ぺらぺらと続けるランティの話を、ジルは爛々と目を光らせながら「うんうん、なるほど」と聞いている。やはり物作りの職人、気になって仕方ないのだろう。

ランティは話をしながら、横目でちらりとガォルグを窺った。ガォルグは重々しい表情を作ったまま、こくりと頷いてみせる。二人だけにわかる合図を送り合って、さっ、と視線を逸らした。

＊

「ふはははっ、またひとつ契約が取れてしまいましたねあはははっ」

高笑いしながら、ランティは小さな焼き菓子を口の中に放る。ジルのところで出された菓子だったが、「ほれ、持って帰りなさい」と鞄に詰め込まれてしまったのだ。どうやらジルはまだランティを本当の「坊や」だと思っている節がある。

意固地に断っても仕方ないと、ランティはありがたくそれを頂戴して、そうしてこうやって野宿の足しにしている。

今、ランティとガォルグはいつも通りの野宿中だ。ランティの故郷であるセバクに行った帰り道、山の中腹である。途中ガォルグが兎を仕留めてくれたため、夕飯もたらふく食べられて気分は上々だ。しかも早速商売が上手くいったとあって、菓子も野宿飯も何もかもが美味い。

「ガォルグさん、お茶飲まれます?」

「ありがとう」

ガォルグは穏やかな表情で礼を言うと、ランティの差し出したカップを手に取った。焚き火で沸かした湯を注いだだけの、いつもの花茶だが、こうやって家以外の場所でいつもの香りを嗅ぐとなんとなくホッとする。ガォルグもそうなのであろうか、肩から力が抜けているのが目に見えてわかった。

「しかしまさかこんなに上手くいくとは」

「ねぇ」

二人並んで焚き火を囲みながら、ほう、と茶を飲んで息を吐く。季節はまだ冬が明けたばかりということもあり、夜はまだまだ冷える。

そう、季節は春。ランティがガォルグの嫁となって、ちょうど一年が経っていた。

船で材木を売りつけにいく、と決めたものの、決行までの道のりはなかなかに長く険しかった。まず、材木を川まで運ぶ必要がある。ランティとガォルグは二人で話し合い、今後のことも考えて木をのせて運ぶ荷台と、それを走らせるための線路を作った。線路の終着点はもちろん川辺である。行きは材木をのせていくのでなるたけ緩やかな下り坂になるように、帰りは空になった荷台を押していくだけなので楽なものである。

この線路の制作に半年ほど費やし、初めての船を計画して試作して完成に至るまでも二、三ヶ月はかかった。二人して「ああでもない」「こうでもない」と言い合いながら、それでもどうにかこうにか街まで辿り着ける船が出来上がった。普段の仕事もこなさなければ生活もできないので、お互い多少無理はしていた。が、二人だったからこそ、どうにか乗り越えることができたように思う。

初めて自分たちの船で街に着いた時の感動は……、もう、言葉にしようもない。半日もかからずティンゴに着いたので「えっ！　足なら三日はかかってますよ！　こんな……奇跡みたいだ！」と喚いてしまったほどだ。ガォルグははしゃぐランティを見て笑っていたが、どことなく嬉しそうに見えたのは間違いではないだろう。もちろん、船室も何もない、ただ荷物を運ぶためだけの簡単な船ではあるが、十分だ。天候を見誤らずに出発すれば、沈むこともない。

木材を運び出す準備もできて、船もできて、あとは売りつける先を見つけるだけとなった。


「しかし、ランの手腕には恐れ入った。宿屋で働いていた時に既に人脈を形成していたんだな」

「いやぁ、人脈と言えるほどのものではないのですが」

珍しく饒舌(じょうぜつ)に褒めてくれるガォルグの言葉に、ランティは「にひ」と頭をかく。

取っ掛かりの商売相手として選んだのは、ランティが宿屋で下働きをしていた頃に知り合った職人たちだ。

ランティは下働きながら様々な職人に仕事を依頼することが多く、セバクに店を構える職人を多く知っていた。宿屋に置いてある家具を作ってくれた職人、宿屋の修理を頼んだ大工、また、宿屋を利用した職人もしかりだ。幼い頃から抜かりなく関係を築いてきたからこそ、今回の商売相手を思いつくことができた。

「皆、ランの話を興味津々で聞いていたな」

「ええ。職人の方たちは実際に自分の目で見て手で触った方が信用してくれますから。そこに詳細な情報もあればばっちりですよ」

ランティは今日のために、今まで書き溜めに溜めていた帳面をきちんとまとめて一冊の本にした。こちら側がどんな木をどれだけ、幾らで準備できるのかひと目でわかるように。

「木を売りたいんですよ、ってただ行くだけじゃ駄目だと思ったんです。だから僕は来る日も来る日も山に籠って木の種類やら何やら細々と……」

わきわきと手を動かしながら話していて、ふと、ガォルグが静かになったことに気が付いた。ランティが顔を上げて右隣を見やると、赤い火に照らされた夫が、穏やかに微笑んでいた。

「あ、すみません……熱が入っちゃって」

「いいんだ。ランの話はとても面白いから、いくらでも聞いていたい」

「え、そうですか？」

もしもランティに尻尾が生えていたら、ぱたぱたと左右に揺れていただろう。ガォルグは面倒がらずにランティの話を本当にいくらでも聞いてくれる。何か作業をしていても、ランティが「聞いて欲しいな」という空気を少しでも出せば、作業中のものを置いて「どうした？」と顔を向けてくれる。

今もまた「職人とは」ということについて一生懸命話しているのだが、ガォルグは「そうか」「なるほど」と時折相槌を打ちながら静かに聞いてくれている。

「セバクの職人はこだわりの強い人が多いんです。ほら、キースさんもそうなんですけど。国都の工房で働かれていた職人が次に流れてくるのがセバクって言われていて……それはもちろんレニ川があるっていう地形がそうさせているんですけど」

「うん」

「だからまず商売をするならセバクがいいと思ったんですよね、ティンゴじゃなくて。……まぁあの、ガォルグさんには船を漕がせたり諸々お手数おかけしたんですが」

「そんなことは全然いいんだ」

少し気まずげに謝ると、あっさりと「気にするな」と返された。ランティは、にひ、と笑ってから右隣にポスっと倒れ込んだ。ガォルグは少しもたじろぐことなく受け止めてくれる。

「ゆくゆくは国都へと進出したいんです。というより、します、絶対」

目の前で燃える炎を手に取るように腕を伸ばし、拳をグッと握る。

「幸せを掴むために？」

「そうですとも」

間髪をいれずに肯定すると、ガォルグが「そうか」と頷いた。ゆっくりと降りていた沈黙は嫌なものではない。ランティは少し先で躍る火をじっと眺めていた。

「ランはどうしてそこまで『幸せ』を求めるんだ」

そう言われて、ランティは「え」と虚をつかれたような間抜けな声を漏らした。右隣を見ると、ガォルグもまた焚き火を見つめている。その黒い目の中に映る炎を見てひとつ微笑んでから、ランティは「そうですね」と膝に置いた手の上に顎をのせた。

「どうしてかな」

ガォルグに、というよりも自分の胸の内に問いかけるように呟く。

自分の幸せの起源を辿る。アレクが騎士に嫁いで羨ましいと思った、よりも前。宿屋での働きを認めて欲しいと色んな職人のところを駆けずり回った時には、既に。もっともっと前。自分が何者か、Ωとは何なのかを知った頃。

あぁ、と納得してランティは軽く目を伏せる。

「きっと、Ωだからです」

「Ω、だから？」

たしかめるようなガォルグの言葉に「えぇ」と頷いて、ランティは少し首を傾けた。ささくれだった指に頬が当たり、かさ、と引っかかる。

「僕、親に捨てられてまして」

「捨てられた……、何故？」

そういえばこの話は初めてガォルグにするかもしれない、と思いながらランティはへらりと笑った。

「何故って、Ωだからですよ」

何を当たり前のことを、と言外に伝える。にわかに静かになった森に、ぱち、と木が爆(は)ぜる音が響き火の粉が舞う。

「六歳の時でした。第二性の検査を受けた後、両親の僕に対する接し方が変わってきました。両親は共にβで、Ωの育て方なんてわからなかったんです」

Ωは人口の中でもごく少数だ。かつβ同士の夫婦から生まれてくるなんてごく稀で、両親の戸惑いも驚きも、今なら理解できる。

「僕には弟がいたんですが、両親が……『ランティが弟を誘惑するようになったらどうしよう』って話し合ってるのを聞きました。『そんなの耐えられない』『そもそもβ同士からΩが生まれるなんて変な話だ。あれはきっと神様の間違いだ』と」

しかし、小さなランティにはわからなかった。突然よそよそしくなった両親の気持ちも、弟と二人でいるだけで、手を繋ぐだけで「汚いもの」を見るような目を向けられた理由も。生まれたことさえも「間違い」と言われて、どうして、と問うこともできなかった。

「ぬくぬくと暮らしていた僕にとって、宿屋の下働きは辛いものでした」

温かな食事も日に干した布団もなく、幼く柔らかな手はあかぎればかりになって。なにより、辛さを受け止めてくれる家族がいない。辛くて辛くて、折れそうになって。そんな生活の中で、ふと思ったのだ。

「なによりも辛かったのは、皆が皆『Ωは幸せになれなくて当たり前』と思っていることで」

突然放り込まれた宿屋。働けと言われても、どうしたらいいかわからない。けれど誰も教えてくれない。苦労するのは「Ω」なのだから当たり前だと言われてしまって。

ランティはしかし、それを当たり前だと思えなかった。当たり前にしてたまるかと思ったのだ。

「Ωでも、一人でも、幸せになれるのだと誰かに示したかったんだと思います」

「誰か？」

それは両親なのか、宿屋の主人か同僚か、街の人間、もしくはこの国の全てにか。そのどれもともいえるが、違う。ランティは自分の心の内と向き合うように話しながら「そうか」と納得して笑う。

「違いますね。誰かに、ではなく……多分、僕自身にだ」

笑う、笑っているのになんだか急に切なくなって、胸が詰まって、眉間をぐっと寄せる。そこに力を入れていないと、何かが溢れ出しそうだった。「あぁ、あぁ」と何度も胸の中で繰り返しながら、ランティは手のひらに顔を埋めた。

「そっか。僕は僕のために、幸せになりたいんです」

今さらそんなことに気が付いて、ランティは泣き笑いでこぼす。俯けていた顔を持ち上げ、鼻筋に沿って手を這わせ「はぁー」と長い溜め息を吐きながら。

「やだな。すみません。……泣きそうだ」

変に隠したくなくて、正直にそう告げる。隠したところでこんな距離にいるのだから涙なんて見えてしまうだろう。

「あ、ほら」

だからいっそ、と、ランティはガォルグに顔を向けた。ころ、と大粒の涙が頬を滑って、ぽつんと膝の上に落ちる。

「ラン」

驚いたように目を見張ったガォルグの顔は、すぐに滲んで見えなくなった。

「はは……」

頬をころころと涙が落ちていく。やがて滑りの悪くなったそれは頬にいくつもの筋を作って、ぱたぱたと流れて。なんだか悲しいのか面白いのかわからなくなって、ランティは笑った。

「笑っていいですよ」

今まで、誰に言っても笑われてきた。Ωが自分で幸せを掴むだなんて、土台無理な話なのだと。宿屋の主人にも、同僚にも、「絶対に幸せになる」と言うたびに笑われ、馬鹿にされ、雑に「せいぜい頑張れ」なんて励まされて。

「ねぇ、ガォルグさ……」

いっそガォルグも笑ってくれればいいと思った。しかし真横から腕が伸びてきて、言葉を阻まれる。

「わっ」

「笑うものか」

逞しいそれは、もちろん横に座るガォルグのものだ。しっかりと肩を掴まれているせいで、体が前のめりになって、地面しか見えなくなる。

「笑わないし、誰にも笑わせない」

ガォルグはそう言って、ランティの体を自分の方へと引き寄せた。

ランティは目尻（めじり）を下げて笑おうとしたが、できなかった。ランティを抱くガォルグの腕が、とても力強かったからだ。それは、彼が今言った言葉に偽りはない、と教えてくれているようだった。

「ガォルグ、さん」

持ち上げていた口端がゆるゆると緩んで、下を向く。両親に抱きしめられていた頃以来の、他人か

らの庇護を感じる。この腕の中にいれば誰にも馬鹿にされない、傷つけられない、守られている。

ランティはそろそろと腕を持ち上げて、ガォルグの背中に回した。草原の香りがする彼の肩口に顔を埋めて、すぅ、と息を吸って。おそるおそる指を開いて、服を掴む。

「……はぃ」

声が、情けなく震えた。張っていた意地がほろほろと解けて、崩れて、なくなっていく。残るのは、すん、と洟をすする幼な子のようなランティだけだ。

ランティは力を抜いてガォルグに身を委ねた。ガォルグは少しも身動ぐことなくランティを受け入れてくれる。

(嬉しいな)

そのことが、言葉では表現できないくらいに嬉しかった。嬉しくて、でもやはりどこか気恥ずかしくて、ランティは鼻先をガォルグの服に埋めながら「ふ」と小さく息を吐いた。


「俺からしてみれば、性別に関係なくランは尊敬すべき人物だと思うがな」

ほろほろと途切れることなく溢れていた涙もやがて止まり。淹れなおしたお茶をひと口ふた口飲んでホッと息を吐いたところで、ガォルグがぽつりと漏らした。

「尊敬？　僕を、ですか？」

涙の名残は目尻にあるが、もう大丈夫だ。むしろ泣くことによって心がすっきりと軽くなった。ランティは手元のカップから立ち上る湯気でまつ毛を湿らせながら、ぱちぱちと瞬いた。

「あぁ。何しろ諦めない力が、すごい」

「うーん……まぁよく『本当にしつこい』『お前ほど執念深い奴は初めて見た』って言われますけど」

前に言われたことを思い出しながら呟くと、ガォルグが珍しく声に出して「ははは」と笑った。

笑い声は静かな森の中に響き渡り、ばさばさっと鳥が飛び立った音が聞こえる。

「驚いた。ガォルグさんでも声に出して笑ったりするんですね」

「するさ、俺だって人間だぞ」

くっくっ、と体を折り曲げて笑うガォルグを見ていると、なんだか自分の方まで楽しい気持ちになってきて。ランティも一緒にくすくすと笑った。

そのうちに笑いがおさまって静かになって、ぱちっと木の爆ぜる音を聞きながら、ランティは「ふぅ」と息を吐いた。

このまま寝るかもな、と思ったところで、不意にガォルグは「俺は」と小さく切り出した。ランティはちらりと右隣を見やりながら「うん？」と首を傾げる。

「俺は昔、とても大事なことを諦めた」

「大事な、こと？」

それは何かと聞きたかったが、どうも聞けるような雰囲気ではなかったのでやめておく。ガォルグが自分の話をすること自体とても珍しいのだ。ランティはガォルグの話を遮らないように、静かにこくりと頷いた。

「その時はそれが最適に思えたが、今は……本当に諦めてよかったのか、と思ったりするようになった」

「ガォルグさん、それって……」

それはいつの日だったたか、ガォルグが異常なほどの責任感を見せたことに関係しているのだろうか。問おうかどうか迷っていると、ガォルグがランティの頭に手をのせた。

「ランを見ていると、諦めなければなんだってできるんじゃないかと思える」

さら、と髪を梳くように撫でられて、何故か考えていたことが全部どこかに行ってしまう。ランティは「？」と疑問符を浮かべながら、神経がじわじわと頭に集まっていくような感覚を味わっていた。

「ランはすごい。こんな俺の気持ちすら変えてしまう」

「ガ、ガォルグさんも、頑固ですもんね」

妙に頬が熱くなって、ランティはわざと悪態を吐きながらガォルグの手から逃れようとした。が、その手は離れることなくゆるゆると髪の毛を撫で続けている。

「あぁ、こんな頑固な俺を、だ」

先ほど泣いた時に抱きしめてくれたからだろうか、ガォルグの距離の詰め方に遠慮がない……気がする。ランティはどぎまぎと視線を逸らしながら、どうにか答えを探す。

「えぇ、そりゃあ僕はすごいですよ……あき、諦めない気持ちを持っていて、その、……えっと」

何を言おうとしていたのか。途中で言葉に詰まってしまって、ランティは「まぁ、そういうことです」と腕を組む。

「そうだな」

ガォルグの親指が、ランティの前髪を持ち上げた。思わずそちらを見やると、優しげにこちらを見下ろす黒い瞳とかち合った。

「ランは、俺が出会ってきた中で一番諦めが悪い人物だ」

「あ、諦めが悪い？」

それは本当に褒めているんですよね、という気持ちを込めて首を傾げると、またも「はは」とガォルグが笑った。途端、何故かどきりと胸が高鳴る。

「あぁ、良い意味でな」

「そっ……れは、まぁ、その、ありがとうございます」

ランティは腕を組んだまま、ガォルグから距離をとるように後ろに仰け反った。

「ラン？　どうした、寒いのか？」

「は、はぁ？　……いや、その」

もごもごと言葉を濁しているうちに、ランの額に手を当てたガォルグが「熱はないな」と独りごちてから立ち上がった。荷物の上にのせていた巻いた布をばさりと広げてランに被せる。

「疲れただろう、先に寝ていていい。火の番は俺がしておくから」

あっという間に話を進められて、ランティは結局もごもごと口籠もってから「そうさせて、もらいます」と素直に頭を下げた。

（なんだろう、この動悸は）

褒められるのは大好きだ。自分が「頑張った」と胸を張れることであれば、尚更。

嬉しくて興奮している……にしても妙に目元が熱いのは、先ほど泣きすぎたせいだろうか。

(わからない。わからない、けど)

何もわからないのに、ガォルグの方を見られない。でも、離れてしまいたくない。

(どうにも……変な心地、のような。でも、嫌じゃない)

心の中でそんなことをこねくり回しながら、ランティは身動ぐふりをしてガォルグに身を寄せた。

ぴと、と寄り添えばガォルグの逞しい筋肉を感じる。ここ一年、眠る時いつも感じていた弾力であり、温もりだ。今さらそれが何なんだ、と自分で自分に問いかけながら、ランティはきつく目を閉じて眠ることに集中した。

十二

商売は、思った以上に上手く軌道に乗った。ランティの狙い通り、セバクの職人は質の良い木材を求める者が多かったのだ。

ランティの作った木の種類が事細かに書かれた資料、そしてガォルグの伐り出した木材は職人たちの、職人魂を大いにくすぐった。職人がわざわざ「ランティのところから木を仕入れている」と言いふらさなくても、その出来上がった「物」を見ればすぐに良い材料を使っていることがわかる。それを見た職人が「この木材はどこで」と職人に尋ねて、また他の職人が尋ねて……。そして、少量ながらも質の良い材料を安値で卸してくれる「木材屋ダンカーソン」の名前はじわじわと広がっていったのだ。

　ガォルグとランティは月に四回ほどセバクに赴いた。ガォルグが木を伐る日と船を作る日を同じくらいにして、船を量産してくれたからこそできたことである。注文が入ることで、どのくらい木材を伐り出せばいいかという目安ができて、無駄に山に入らなくてよくなった、という理由が大きい。今までは毎日木を伐らなければ生活もできないほどだったが、今はその必要がない。

　ちなみに、ジャンガーリエンとの契約は仕事が上手くいき始めてから早々に切った。相当悔しそうな顔をしていたので、ランティの溜飲(りゅういん)も下がった次第である。

「ランティのおかげで、生活が楽になったな」

　ガォルグがそう言ってくれて、ランティはぱちぱちと瞬いた。それから、もごもごと口籠もってから「まぁ、はい、……でしょう？」と弱気なのか強気なのかわからない返事をしてしまう。なんだか最近、ガォルグに対する態度が定まらない。

　なにはともあれ、ランティとガォルグは着々と商売を成功させていった。

＊

「お待たせしました」

　かちゃかちゃと皿がぶつかる音と共に運ばれてきたのは、セバクの店で最近流行(はや)っているチャナイという焼き菓子だ。バターケーキの上にとろりとしたチーズ風味のクリームがかかっており、さらにそこに木苺の砂糖漬けがのっている。ランティは引き結んだ口の中で小さく歓声を上げてから、ケーキを右から見て左から見て、「くぅ」と鼻を鳴らすように唸った。

「こ、これぇ、食べていいですか？　食べていいんですよね？」

「？　食べればいい」

向かいに腰掛けたガォルグは、不思議そうに首を傾げている。彼は甘味をあまり得意としないので、目の前にはお茶だけが置かれている。それも「ランが淹れてくれたお茶の方が美味い」と言ってしまうガォルグはきっと、いまいち価値がわかっていない。

「いっ、いただきます」

さく、とケーキをひと口ぶん切り取って口に運ぶ。と、まったりとした甘さが一気に口の中いっぱいに広がった。チーズクリームの濃厚さを木苺の甘酸っぱさが緩和して、バターケーキの風味が引き立つ。ランティの頭の上でリンゴンと幸せを告げる鐘が鳴り響いた。天の御使いが管楽器を吹き鳴らし花吹雪が舞う。

「うぉ、お、美味しい」

「そうか、よかったな」

ランティとガォルグは、セバクの甘味処にいた。昨日のうちに船で山を出て、今日は契約している職人たちのところにそれぞれ材木を配って回った。それも午前中には済んでしまったので、今は休憩も兼ねて甘味を楽しんでいるところである。

以前のランティたちであれば、こんな店に寄る金銭的な余裕がなかった。が、最近は安定した収入があるので、休憩を道端で取らずに済むのだ。とはいえ帰りは野宿だし、馬車は乗り合いだけを利用し、自分たちの足で歩いていく予定だ。以前は十日ほどかかっていた道のりだが、最近はその半分もかからなくなった。

（締めるところは締めているし、たまの贅沢だな）

ふむ、と内心で頷きながらランティはぱくぱくとケーキを食べ進める。と、ガォルグが「ほお」と感心したようにランティを見やった。

「本当に美味そうに食べるな」

「美味しいですよ！　最近すんごく流行ってるんですよ、このチャナイ。ケーキ自体はしっとりと甘さ控えめなんですけど、上にかかったこのコクのあるチーズクリームと一緒に食べると、もう、なんというか……最高なんです。そこにほら、この木苺の砂糖漬けの甘酸っぱさが絶妙に合致して、それでそれで……」

「ランは甘味が好きなんだな。知らなかった」

せっかくケーキの素晴らしさを語っていたのにあっさりと遮られて、ランティは一瞬「む」と口を尖らせる。しかしすぐに「そうですね」と頷いた。

「甘い物は好きです。食べると幸せな気持ちになれます」

昔から甘い物は好きだった。宿屋の客に気まぐれのように菓子を恵んでもらったりすると、宝物入れの中にしまって大事に大事に少しずつ齧って食べていた。

「まぁでも宿屋の下働きには、ケーキなんて分不相応でしたから……」

ただ、どんなに好きでも甘味は贅沢品なので、安賃金のランティには手が出せなかった。菓子店の前を通るたびに香る甘い匂いを嗅いで、甘い物を摂取したい欲を満たそうとしていた頃が懐かしい。

「昔は、もしお金を好きに使えるなら、十個でも二十個でも食べてやるって思ってました」

「そうか」

ガォルグはランティの話を聞いて頷くと、店員に向かってスッと手を上げた。

「同じのをもうひとつ」

「かしこまりました」

店員がいそいそと店奥に消えていくのを見やりながら、ランティはガォルグにこそこそと話しかける。

「やっぱりガォルグさんも食べたくなったんですか？」

「いや？　ランティが食べるかと思って」

「は？」

ガォルグはいつも通りの真面目な顔で、呆然と目を見張るランティを見つめ返してくる。

「十個でも二十個でも、好きなだけ食べるといい」

ガォルグはそう言うと、満足そうに茶の入ったカップを口に運んだ。

「……いや、あの」

「お待たせしました」

これは言っておかねば、と思ったところで、ちょうどよく追加のケーキが運ばれてくる。

「ラン、嬉しいか？」

本人はいいことをしているつもりなのだろう。機嫌良さそうに、じっとランティを見ている。

食べかけのケーキと新しいケーキを見比べて、ランティは「だから、その」と言葉を濁して溜め息を吐いた。

「ありがたくいただきます。けど、ケーキは二個で十分ですから。お金ももったいないですし」

ぶつぶつと言いながら、それでもケーキをひと口食べると、たまらず口角が持ち上がってしまう。

そんなランティを見たガォルグは「あと二個くらいは食べられそうだな」と笑った。

（……もう）

ランティは鼻の頭に皺を寄せながら、む、と渋面を作る。そうしないと、なんだかふにゃふにゃと笑ってしまいそうだったからだ。

そう、不満そうなことを言ってはいるが、ガォルグに見守られながら甘やかされるようにケーキを与えられるのが、嬉しい。とても嬉しいのだ。

（言えないけど、なんか絶対に言えないけど）

ランティは素知らぬ顔をしながら「ふん」と鼻を鳴らす。

最近、ガォルグが妙に優しい。いや、優しいのは前から優しいのだが、最近どうもその性質が変わってきたような気がする。

（僕のおかげで金を稼げているから？　……違う、ガォルグさんは元々金なんてどうでもいいって思

っていたような人だし）

そんなことを考えていると、先ほどケーキを運んできた女性店員が、そそ、と寄ってきた。そしてガォルグに向かってにっこりと微笑む。

「よかったら、お茶のおかわりをどうぞ」

「頼んでいないが」

たしかに、ケーキは頼んだが茶は頼んでいない。すると女性店員は「私からのサービスです」と微笑んだ。その頬が薄桃色に染まっているのを見て、ランティは「ハッ」とする。

結婚当初は見窄らしい格好をしていたガォルグだったが、身につけるものは日々進化している。初めはランティが丁寧に服を洗濯したり穴があいているところは繕うようになってまともになり。金を稼ぐようになってからは、上着にボトムに下着に靴にと、少しずつ体に合ったもの（いずれもランティの見立てである）を身につけるようになって。決して高価すぎるものではないのだが、なにしろガォルグの体格が素晴らしいせいで、どこぞの舞台俳優のように見目よくなるのだ。

しかも最近は、商売の時限定で髪を上げるようにしている。いつものもさもさの髪の毛がないだけで、ガォルグはえらく男前に変身するのだ。まぁ本人はあまりそれが気に入っていないらしく、ランティが整髪料を手にするたびに「それは、今日もしなければならないのか？」と苦々しい表情で問うてくるほどだが。

今日も清潔なシャツにぴたりとしたボトムとブーツというシンプルな出立ち（いでたち）なのだが、遠くから見てもハッと目を惹く存在感がある。顔の造りや体形はもちろんだが、ガォルグの立ち居振る舞いに無駄がないのも影響しているだろう。ただ脚を組んで座っているだけだというのに、妙な色気がある。

「いや、気持ちだけ受け取っておこう。ありがとう」

ガォルグは礼を言いつつもあっさりと視線をランティに戻す。女性店員は残念そうに「あら」と肩をすくめつつ、「入り用でしたらいつでも呼んでくださいね」と少し高い声音でガォルグに話しかけた。ガォルグは前を向いたまま「あぁ」と頷いて目を伏せるように下を向いた。まるで、会話はこれで終わりだと言うように。

「……いいんですか？」

「ん？」

思わず、ぽつ、と呟くように問うてみると、顔を上げたガォルグが首を傾げた。

「彼女、多分ガォルグさんに興味を持った……んだと思うんですけど」

ちら、と視線を彼女の後ろ姿にやりながら問いかけると、ガォルグは「あぁ」と笑った。

「そうかもしれないな」

その言葉に、ランティは「なるほど」と理解する。どうやらガォルグはそれとわかっていて、軽くいなしたらしい。

（なんだか、あしらい方が上手いような……）

ちら、とガォルグを見やると、ガォルグもまたランティを見ていた。

「しかし、俺にはもう大事な妻がいるからな」

目が合って、それをわずかに細められて、ランティはケーキを口に含んだまま「ひゅぐ」と喉を鳴らした。

「そ、そうですね」

頷きながらも、慌てて俯いて黙々とケーキを食べ進める。なんだか妙に胸がちりちりとうるさかった。

十三

恋とはなんぞや。

長年、ランティが不思議に思っていたことだ。何故人は恋なんてするのだろうか、と。

宿屋に来る客は、愛し合う男女が多かった。皆一様に手を繋ぎ、お互いを熱く見つめ合いながら時折こそこそと耳打ちをし合って笑っていた。宿だけじゃない、街のそこかしこで男と女（あるいは男と男、女と女でも）は周りを憚(はばか)らず口付けをしたり、微笑み合っている。

ランティには、その「他人を好きになる」という気持ちがわからなかった。所詮人間なんてものは、自分が一番可愛いのだ。いや、誰かに聞いたわけではないので正解は知らないが、少なくともランティはそうだった。

自分が美味しいものを食べたいし、いい服を着たい、勉強をしたいし、知らない文字に詰まることなく本を読めるようになりたい。手にあかぎれを作って冷たい水で洗い物をしたり、食べ物に困ってひもじい思いをしたくない。誰かに馬鹿にされたり惨めな思いをして生きていきたくない。それはあくまで全て「自分」のために思うこと。

だからこそ騎士と結婚して玉の輿に乗りたかったし、そのために「騎士に違いない」と目をつけたガォルグに結婚を申し込んだのだ。そこに恋情なんてものはなかったし、その先も自分が人を好きになるなんてことは、絶対にないと思っていた。それでいいと思っていた。

自分には、アレクのようなロマンスなんて必要ないのだ。どうして見ず知らずの見窄らしい男を愛することができるのか、それが騎士だと知らなくても愛を注げるのか。自分に利益のないことをできるのか、全くもって理解できなかった。

ランティはただ、自分のために幸せを掴めればいいのだと、そう思っていた……はずだった。


ガォルグは現在、山の中の川辺で船を作っている。一緒について行ってもよかったのだが、ちょうど昨日、ガォルグが新しい棚をこさえてくれたのでそれを設置するために家に残った。

置く場所はベッドの隣……と決めていたのだが、いざ置いてみるとなんとなくすっきりしない。せっかくセバクで銀細工職人に銀の取っ手を作ってもらって嵌め込んでみたのだ。ベッドの奥側に置くと、その取っ手がいまいち見えにくい。どうしてもベッドに阻まれてしまうのだ。

「せっかくならちゃんと見えるように配置したい」

と、あれこれ動かしてみたのだが、どうにも上手くいかない。かくなる上は、とランティはそもそもの原因であるベッドを動かすことにした。……のだが、なにしろベッドは重たい。ぐぎぎ、と歯を食いしばって押してみるも、ずず……と爪の先ほどしか動かないのだ。ガォルグが帰ってくるのを待ってもよかったのだが、ランティは待てなかった。

「ぼっくっの、力でぇ～！」

最近少しだけ、ほんの少しだけ薄らとついてきた自身の筋肉を信じて、えいやっそいやっとベッドを押しに押した。そしてついに、目的の位置までベッドを動かすことに成功したのである。

「やっ、た、やったぞ！　……ん？」

汗みどろになりながら両手を上げたランティは、そこで大変なことに気が付いた。床の上に、一枚木の板が置いてあるのだ。

「なんだこれは」

ランティは首を傾げながらそれを手に取り「よいしょ」と横にずらす。そして、その下に現れたものを見て、ギョッと目を見張った。

「なっ、なんじゃこりゃ！」

なんとその下には、ぽっかりと穴があいていたのだ。

ランティはまじまじとその穴を見下ろし、座り込んでそろそろと顔を入れてみる。そこは部屋の中よりも少し温度が低く、鼻先がひんやりと冷えた。

（えっ……もしかして、この穴があったせいで冬もめちゃくちゃ寒かったんじゃないか？）

去年の冬。もう過ぎ去った日々ではあるが、本当に、本当に本当に寒かった。まだ稼ぎも少なかったため暖房器具なんてものはなく、ただただ布にくるまって寒さを凌ぐしかすべもなく。ランティは恥も外聞もなく、みっちりとガォルグにくっついて眠っていた。ガォルグは「いや、その」だの「この掛け布も使っていい」だのと言ってどうにか別々に寝ようとしていたが、どんな動物の毛皮を被っても寒いものは寒いのだ。結局、しがみついて離れないランティをガォルグも受け入れてくれて、そうやってくっつきあって冬を越したのだ。

（……、うん。くっついていたな）

「は、はは」

ランティは腕を組んで過去を思い出し、笑いとも怒りともつかない微妙な表情を浮かべて「う、うん」と咳払いした。あの頃は暖を取るのに精いっぱいで何も感じていなかったが、今考えると、かなり「近かった」気がする。何がというと、ガォルグとの距離だ。ぴたりとくっついて、布越しとはいえ肌を寄せ合って、逞しい腕に腰に手を回して……。

「とにかくっ」

こんな穴、すぐに塞いでしまうべきだ。むしろよく今まで気付きもしなかったものだ。

「ったく、ガォルグさんは知っているのか？　こんなものとっとと塞いでしかるべきだろうに」

ガォルグほどではないが、ランティも最近は木や工具を使うのに慣れてきた。この程度の穴なら木の板を使って塞げるかもしれない。とりあえず穴の形状を確認しようと中を覗き込んで、そこで土の上に転がされた布に気付いた。

「ん？　……なんだこれ」

ランティは狭い穴に足から入り、ひょい、と地面に着地する。そして、かすかに土を被ったその布を手に掴み、もぞもぞと這い上がる。

「ぷはっ」

床の穴から顔を出し、よいしょ、と室内に戻る。手には床下で見つけた長細い布を持っていた。中で「ガチャッ」と硬いもの同士がぶつかり合う音がした。音の質からして、おそらく金属に違いない。

この家に財産なんてものはないともちろん知っている。が、もしかするともしかして、いざという時のために貴金属を床下に隠して……。

「なぁんてな」

はん、と鼻を鳴らしてから、ランティは埃っぽいその布をひらりとめくった。ガォルグには「家にあるものはなんでも触っていい」と言われている。結婚してからこの一年、何かを触って怒られたことなどない。

「……ん？」

布の下から現れたものを見て、ランティは思わず首を傾げ、そして「んんんっ？」と目を見張る。床に手をつき、それに顔を近付けてまじまじと見まわして……。

「これ、って……」

そして、そろそろと指を伸ばして、躊躇って、もう一度伸ばして。ランティはそれを指先でツンとつついた。

＊

夕方、日暮れ前に家へと戻ったガォルグは、くん、と鼻を鳴らした。肉の焼ける匂いを嗅ぎ取って、正直な腹が「ぐぅ」と鳴る。もはや条件反射のようだが、多分ガォルグの体が反応するのはランティの料理だけだ。

ランティの料理は美味い。最初からそれなりの実力があったが、最近それに磨きがかかってきた。収入が増えてきて、材料はもちろん、調味料や香辛料やらに金をかけられるようになったからだろう。

しかしランティは、収入が増えたからといっていたずらに金を使ったりしない。食事はきちんと食べられるものを食べられるだけ準備するし、買えば手に入るとわかっていても野草やきのこを採ったり、こまめに保存食を自作する。茶も、相変わらずランティのお手製だ。

食事だけではない、家具だって未だにガォルグが作ったものばかりねだってくるし、衣服も使える限りは繕って使い続ける。かといって全く金を使わないわけでもなく、先日もガォルグのために腰に下げる道具入れを新調してくれた。軽すぎず、重すぎず、沢山道具を収納できるそれを、ガォルグは大変重宝している。ランティが、ガォルグの仕事ぶりをきちんと見ているからこその贈り物であろう。

上手に節制しながら、できる範囲で楽しむことに全力を尽くす。嫁として、というより人間として本当に出来た人物だと、ガォルグは思っている。

ランティは「幸せを掴み取る」ことを信条としており、その最たるものが「衣食住」らしい。

『住み良い家で、温かい服を身に纏って美味いものを食べる。それが幸せの第一条件なんですよ』

と、以前熱く語ってくれた。腰に手を当ててふんぞり返るランティの姿を思い出しながら、ガォルグは「ふ」と笑みをこぼした。ランティは、何に対しても本当に一生懸命だ。だからこそ、ガォルグもその熱意に応えたくなるし、自分にできることはなんでもしてやりたくなる。一生懸命なランティが、可愛くて愛(いと)しくて仕方ないのだ。

(まぁ、本人には絶対に言えやしないが)

諦めたように自嘲(じちょう)して、ガォルグは鶏小屋を覗く。鶏たちがきちんと小屋に戻っていることを確認してから、自身も家に入った。部屋の中は美味しそうな匂いと、ランティの香りで溢れている。その匂いに、ほこ、と胸を温められてガォルグはホッと息を吐いた。

「ただいま」

声をかけると、いつも一番に聞こえる「おかえりなさい」というランティの声がない。きょろ、と狭い小屋の中を見渡すと、こちらに背を向けて椅子に腰掛けるランティの背中を見つけた。

「ラン？」

仕事道具である斧を入り口近くの壁にかけて、ランティの方へと歩み寄って……ガォルグはぎくりと足を止めた。

机の上には、一本の剣が置かれていた。

「ラン、それは……」

「ガォルグさん」

問いかけようとした途中で、言葉を遮られる。顔を俯けていたランティが、ふ、と顎を持ち上げてガォルグを振り返った。

「これって、この剣の紋章って……騎士団の、ですよね？」

ランティが細い指を剣の柄に這わせる。そこには、騎士団の証である四本角の牡鹿の紋章が入っていた。牡鹿の角はそれぞれに「高貴」「勇敢」「幸福」「秩序」という意味があり、その全てを兼ね備えた者が騎士たるとされていた。

前脚を曲げて雄々しく角を振り上げた鹿が、ランティの指先で擦られて。ガォルグはしばし何も言わないまま黙り込んで、「あぁ」と静かに頷いた。

「やっぱり……」

ランティは納得したように頷いて、そして静かに顔を俯けた。

「ラン、俺は」

「いいんです。……わかっています。なんとなく、そんな気はしていました」

言い訳をしようと口を開いたガォルグを制し、ランティがゆるゆると首を振る。すっきりと綺麗な薄紫のその目を見て、ガォルグは肩に入れていた力を抜く。

「そうか」

ランティは聡明だ。学校に通わせてもらえなかったようだが、独学で文字や数字を学び、商売でもその力を一生懸命活かしてくれている。勉学的なものだけではなく、単純に地頭も良い。賢く、他人の気持ちを慮る力に長けている。

（そうか。ランにわからないはずがないな）

観念したように目を伏せて、ガォルグは溜め息を吐いた。「そのこと」を知ったランティがどうするかは……、ガォルグを責めたり、失望したりするのも、全て、ランティの自由だ。ガォルグには何も言えない。

「ガォルグさん、どうして言ってくれなかったんですか？」

それでも。責められてしかるべきとわかっていても、ランティのその気落ちしたような声に胸が痛む。

「ラン、俺は……」

思わず名を呼んだその時、それまで俯き肩を震わせていたランティが、バッと顔を持ち上げた。

「騎士になりたかったって、……なんで言ってくれなかったんですかっ！」

「…………ん？」

ガォルグは首を捻ってランティを見下ろした。

十四

床下で見つけたのは、騎士の紋章が彫られた剣だ。隠されるように仕舞われていたそれを見て、ランティは全てを悟ったのだ。

「やっぱり、騎士になりたかったんですね……」

そう言うと、ガォルグが黙り込んでしまった。こういう時の沈黙は肯定と同義だ。ランティは指先をキュッと握りしめて、自分の仮説が合っていたことを知った。

「その筋肉も、普通じゃないとは思っていたんです。木こりをしているだけで、こんな筋肉がつくか、と……」

ランティは正直に思っていたことを伝えて、下唇を噛み締めた。

「ガォルグさん……、騎士を目指して、憧れて、こんな剣まで作って鍛錬していたんでしょう？」

騎士に憧れる者の多くは、その模造刀を持っている。宿屋に来る客の中にも「俺は騎士だ」と言って牡鹿の紋章の入った剣を見せてくる者がいた。が、そのほとんどは偽物だった。店主は「あんな模造刀いくらでも手に入る。本当に騎士なら剣よりも記章を見せてくるはずだ」と言っていた。騎士の記章は金でできており、そんじょそこらの市民は手に入れることができない。

「本当の騎士かどうか判断したいのであれば、記章を見ろ」

というのは、ランティたち一般人の間では当たり前の常識であった。

「いや、あの……」

珍しく、歯切れ悪く言葉を選ぶガォルグに、ランティはふるふると首を振ってみせた。

「言われなくてもわかっています。ガォルグさんはお祖父様から受け継いだこの山を守らなければならないという責任感から、騎士になるのを諦められたんでしょう？」

ランティはもう全てを理解していた。

そう、ガォルグは並々ならぬ責任感を持っている。本当は騎士になりたかったのに、きっとこの山を放っておくこともできず、「山を守るため木こりになる」という責任を果たしたのだ。それでも捨て去ることのできなかった夢の欠片を、こうやって床下に隠して……。

ガォルグの意固地なほどの責任感の強さは、夢を諦めたことに起因していたのだろう。そういえば彼は以前「俺は昔、とても大事なことを諦めた」と言っていた。あの、ランティがほろほろと泣いてしまった野宿の夜。ランティを眩しそうに見ながら「ランは諦めが悪い人物だ」と言ってくれた彼の心情を思い、目尻にじわりと涙が浮かんでしまう。

ふ、と視線を逸らすと、牡鹿の紋章の入った剣が目に入った。その柄はぼろぼろになっており、ガォルグが鍛錬のためにどれだけ振るってきたかがわかる。この山奥の小屋で、相手もおらぬのにただ一人剣を振るう……。その姿を想像すると切なくてたまらなくなって、ランティは思わず「うぅ」と両手で顔を覆った。

「ラ、ラン」

ガォルグがそんなランティの肩を掴み、どこか戸惑ったように言葉を探している。

「ガォルグさんが、かわいそうだ……」

ぽつ、と漏らしてから、ランティはすんと洟をすすった。家業のためにと夢を諦めるその辛さは、ランティにもよくわかる。己が望んだ境遇ではないのに、その立場ゆえに夢見ることすら叶わない、その苦しみ。

「いや、あの、ラン。俺が、騎士だとは……思わなかった、のか？」

ガォルグの質問に、ランティは目尻の涙を拭いてから首を傾げる。

「ガォルグさんが？　騎士がこんな山奥で木を伐っているわけがないじゃないですか」

過去には秘密裏に任務をこなす騎士かとも思ったが、ガォルグはまごうかたなく木こりだった。だからこそ今こうやって一緒に木材を売る仕事をしているのだ。

「いや、過去に騎士だった、とか」

「過去に？」

「ガォルグが騎士だった」なんて事実があったら面白いが、それはないだろう。だってガォルグは健康そのものだし、山を駆け回って重たい木を何本も倒してくる猛者だ。もし騎士だったとしたら、何故「今現在騎士ではない」のか。

「だとしたら、今ガォルグさんが木こりでいる理由ってなんですか？　もう剣を握れないような怪我を負っていそうな気配もないですけど」

不審気にガォルグを見上げると、彼は無言で腕を組んだ。

「いや、まぁ」

天に顔を向けてしまったガォルグの胸元に、ランティはぽんと手を置く。

「別に、夢を諦めたことをどうこう言ったりしません。家庭の事情とか、そういうのは……よくわかります」

自分の力ではどうしようもないことがあると、ランティはよく知っていた。だからこそ、こうやって剣を目につかない場所へと追いやったガォルグの気持ちもよくわかる。

昔はきっと、叶えられなかった。ガォルグは見るからに貧乏暮らしだったし、暮らしていくためには騎士になる夢を見ている場合ではなかったのだろう。

しかし、今は違う。

「今は貯蓄も増えました。これもいい機会です。僕たちはそろそろ進出すべきなのかもしれません」

「どこに？」

どことなく腰が引けているガォルグの腕をガッシと掴み、ランティはきらきらと輝く瞳で彼を見上げた。

「国都に！」

「……なる、ほど？」

「そして、国都でも成功して夢を掴むのです！」

「夢を？」

「夢を！」

ランティは握った拳をガォルグに見せつける。ガォルグは「……」と無言でそれを見下ろしている。いまいち乗り気ではなさそうなのは、やはり過去に捨てた夢、という後ろめたさがあるからだろうか。

ランティはガォルグを安心させるように、彼の腰に腕を回して、ぎゅっと抱きしめる。

「大丈夫ですよ。僕たち二人なら、どんな夢も叶えられます」

「……っ、ラン」

「ガォルグさん」

ガォルグが、ランティを避けるように広げた腕を、その小さく細い肩に回そうとして、やはり離して、そしてもう一度そろそろと肩に回しかけて……。

「ね？」

そして、顔を上げて微笑んだランティに、ビクッとして腕を止めて。

「ん、いや……まぁ、そうだな」

と、苦虫を噛み潰すような微妙な顔で頷いた。しかし、ランティはその苦々しさを、夢に対する恐れだと理解していた。

(大丈夫。きっと大丈夫)

ランティの心の中では、自分が幸せになる、という目標の他に、もうひとつの小さな炎が生まれていた。

(ガォルグさんの夢を、絶対に叶えさせてみせるんだ)

ランティは生まれて初めて、自分以外の人のために、何かをしてあげたいという気持ちになっていた。

十五

「やる」と決めたランティの行動は早かった。

まずセバクの河岸に倉庫をひとつ借り、そこに材木を保管するようにした。これで毎度木を運ばなくて済むようになったし、セバクの職人には注文後すぐに木材を届けることができる。また、国都まで行く大きな商船の船長と話をつけ、定期的に材木を運んでもらうよう契約を取り付けた。それもこれも、セバクでの商売が順調に進んで、ある程度まとまった金をすぐに準備できたが故である。

「うう、使いたくないけれど、これは将来のための投資、投資ですから」

と言いながら、ランティは国都で商売をするにあたって色々と出費を重ねた。木材の調達から船に至るまで、全て自分たちの手で済ませていたところを、ついに金を払って他の人の手を借りる段階に至ったのだ。

「とはいっても徐々に、徐々にですね」

国都の職人たちは、セバクとはまた違う。工房も大きいところが多く、気位も高い。既に何軒か「木材はいりませんか」と営業に行ったのだが、ほとんど「忙しいから帰んな」と門前払いされてしまった。

小さな木工品を扱う工房に何軒か木材を卸すことが決まったが、まぁそれだけだ。

気合を入れて挑んだ国都進出であったが、商売はなかなか軌道に乗らなかった。

「まぁセバクでの稼ぎがたんまりとあるからいいんですけど。いいんですけどね」

ランティはそう言って、目の前のケーキにフォークを突き立てる。が、それがあまり行儀の良くない行動であったことに気が付き「ごめんなさい」とケーキに謝ってから、小さく切り取ったひと口を口に運んだ。

「まぁそうだな」

向かいに座るガォルグはそう言って、今国都で流行っている香りのいい茶を飲む。

「……ランの淹れた茶の方が美味いな」

いつも通りの言葉を言うガォルグに苦笑いを見せてから、ランティは「はーぁ」と悩ましげに溜め息を吐いた。

そんなランティをちらりと見て、ガォルグは首を傾げる。

「セバクだけで商売を続けたらいいんじゃないか？」

「ん、まぁ……。このまま収益が見込めないならそうします」

もそもそとケーキを食べながら、ランティはしょんぼりと肩を落とす。

「なんでそんなに国都にこだわる？」

ガォルグなりに心配してくれているのかもしれない。真面目な表情でそう言われて、ランティはもくもくと噛み締めていたケーキをごくりと飲み込み、横に置いた鞄の中から一枚の紙を取り出した。

「んっふっふっ、……はいこれ」

ぺらりとそれを手渡すと、ガォルグは目を動かして内容を確認する。と、じわじわとその眉間に皺が寄った。

「ザッケンリー……剣術道場？」

「そう。国都で有名な剣術指南の先生が開かれている道場です。先生はなんと元騎士なんですよ！

怪我によって退団したものの、若くしてその腕はたしか。剣術大会でも優勝者を輩出しているらしいです」

ランティは、えへん、と胸を張る。

「……」

途端、胡乱(うろん)な目で宣伝紙を見やったガォルグが、はぁ、と溜め息を吐いてそれを遠ざけた。

「国都じゃないと、まともな剣術道場もないんです。ガォルグさんは、絶対絶対そこに通ってください」

真剣にそう伝えると、ガォルグは一度顔を上向けてから、真っ直ぐにランティへと視線を戻した。

「何故」

ずば、と問われて、ランティは「何故って」と戸惑いながら答えを返す。

「騎士になるには試験に合格するか、剣術大会で優勝するしか道はありません。が、試験は超難関ですし、剣術大会に出るには、実力者の推薦が必要なんです」

そう。「騎士になろう！」と言っただけで簡単になれるものではないのだ。そんな簡単になれるのであれば、騎士に憧れる者なんていない。狭き門だからこそ、皆必死にそこを目指すし、なんとしてもなりたいと鍛錬に励むのだ。そして選ばれし精鋭だけが、騎士と名乗ることを許される。

「僕、ガォルグさんの夢を聞いてから、どうしたら叶えられるかずっと、ずぅっと考えてたんです」

騎士と結婚したいとは思っていたが、その実態はよく知らなかった。どうやってなるかなんてもちろん知識の中にはない。ランティなりに調べに調べて辿り着いたのが、このザッケンリー剣術道場だった。

「ガォルグさんはすごいんです。毎日見ているからわかります。木を伐る速さは天下一品だし、なにより足腰が強い。山道をいつも駆け回っているから体幹がしっかりしているんです」

机の上に置いたその手を握りしめる。

ガォルグはすごい。今まで出会ってきた人の中で、一番強い。アレクを娶っていった騎士も見たことはあるが、彼よりも余程逞しく強く見える。いや、アレクの彼を貶すつもりはない。全てはランティから見た主観だ。しかしランティにとっては、ガォルグこそが、この世で一番逞しく、強く、格好良く見える。

「ガォルグさんなら、絶対絶対剣術を極められるんです。絶対、絶対なんです」

力を込めてそう言えば、どこか戸惑ったように眉尻を下げるガォルグと目が合った。

「ラン……」

気まずげに名前を呼ばれ、ランティはハッとして視線を逸らす。

「だって、僕の旦那さんは、すごいんです……もん」

それでも、もごもごと口籠もりながらそう言うと、ガォルグが額に手を置いて止まってしまった。

「ガォルグさん？」

「最近その、可愛いそれは……わざとか？」

「可愛いそれ？」

なんのことを言われているのかわからず、ランティは、きょろ、と自分の身の回りを見渡す。そして、服の袖につ(そで)いたレースを見て「あっ」と声を上げた。

「え、このレース、似合いませんか？　ちょっと高貴に見えるかと思って最近仕事に行く時好んで着ていたのですが……」

仕事相手に舐められないようにとできる限り上等な服を選んだつもりだったが、たしかにあまりにも可愛い造りすぎたかもしれない。

「……レースを引きちぎるか」

「やめてくれ」

ぼそ、と漏らすと、ガォルグに止められてしまった。

ガォルグは「はぁー……」と重たい溜め息を吐くと、のっそりと頷いた。

「わかった。ここには行ってみる。……が、それならばランも通って欲しい」

ガォルグの言葉の前半で喜びかけて、後半を聞いて固まる。

「えっ、通うって、剣術道場にですか？」

自分が剣を握っている姿を想像して、ランティはゾッと体を震わせた。何をどうしたって、自分が剣術道場に通うのは無理だ。軽く吹っ飛ばされるのがオチだろう。と怯えた顔を向けると、ガォルグが「違う」とあっさり首を振った。

「数学の学校だ」

「え？」

予想外の言葉に、ランティはぱちぱちと目を瞬かせる。

「興味があるんだろう？　いつも俺に聞いてくるじゃないか。一生懸命問題に取り組んでいるのも知っている」

「あ、え、……知って？」

ランティはガォルグに嫁いでからも、勉強を続けていた。特に数学は興味深く、最近は数学の学問書を買って独学で勉強しているほどだ。とはいえ今は商売の方が大事なので、勉強はガォルグがいない時を狙ってこっそりと進めていたのだが……、どうやら敏い夫に隠し事はできないらしい。

「いや、その、はい……。興味はありますよ。学校に通っていなかったから、余計に。でも僕は、仕事もあるし、その」

もぞもぞと言い訳をしていると、目の前のガォルグが腕を組んで「ふ」と鼻を鳴らした。

「俺が剣術道場に通っている時間、ランは数学の学校だ。わかったな？」

言い切られて、ランティは「でも、でも、お金が」と繰り返す。

「わかったな？」

もう一度、念を押すようにそう言われて、ランティはぐっと言葉に詰まって涙ぐむ。もちろん、嫌だったからではない。嬉しかったのだ。そのくらい強く言わないとランティが頷かないと知っているガォルグの気遣いや、そもそもこっそりと勉強をしていることに気付いていたこと、何に興味があるかきちんと把握してくれていたことが。

「ありがとう、ございます」

嬉しさのあまり、じわじわと頬が熱くなる。自分の勉強のために金を使える。思い切り勉強ができる。それがなにより嬉しかった。

「こちらこそ」

精一杯の気持ちを込めた笑顔で礼を伝えると、ガォルグがわずかに目を細めて「いや」と首を振った。そして思いついたように顔を上げる。

「ラン、礼を言うのは俺の方だ。ありがとう」

ガォルグのその笑顔と言葉に、ランティの頬がぽぽぽと熱くなる。

「やっ……」

その熱を誤魔化すようにケーキにフォークを立てて、ランティは「いやぁ」と言葉を溶かす。

「全然、全然」

最近のこのガォルグに対する「何かしてあげたい」という気持ちに悩まされている。近付くだけで胸が高鳴ったり、微笑まれたらそれだけで妙に心が満たされたり。

(これは、一体なんなんだろうか)

「ラン？」

ぼんやりと考え込んでいると、ガォルグが不思議そうな声を出した。

「いや、え？　なんですか？」

「もう、ケーキはなくなっているが？」

見下ろせば、ランティのフォークは何もない皿の上に立っていた。

「んや、やや、やはは……」

慌てて誤魔化し笑いをしながら、フォークを置く。

「んんっ、すみません、とんだ失態を。えっとじゃあこれから剣術道場に申し込みに行って……」

「ランちゃん？」

「それから、……え？」

不意に名前を呼ばれて、ランティは顔を上げる。国都に知り合いなんていないはずだが、と首を巡らせると、口元に手を当てて目を見開き、ランティを見ている麗人が目に入った。

「……アレク？」

そこにいたのは、以前ランティと同じ職場で働いていたアレクだった。Ωらしいたおやかな体つき、ふわりと柔和な顔立ち、指通りの良さそうなさらさらの金髪。そして、潤んだ薄茶の瞳。

「嘘、ランちゃん、やっぱりランちゃんだ！」

記憶の中よりも血色がよくなり、少しふっくらとしたアレクが、小走りで近付いてくる。

「ランちゃん！」

「え、あ、え？」

まともに言葉を紡ぐこともできないまま、ランティの頭は、アレクの腕の中に包まれた。

「え、ええ？」

向かいで珍しく目を見開くガォルグの顔を見ながら、ランティもまた目をまん丸にして「え」を繰り返した。

十六

「ごめんね、さっきはなんか妙に興奮しちゃって」

アレクが頬に手を当てて「嫌だな、恥ずかしい」と後悔している様子を見せる。ランティは茶の入ったカップを持ち上げて首を振った。

「いや、僕もアレクに会えて嬉しかったから」

まぁそれより驚きの方が大きかったけれど、という言葉は飲み込んで、ランティは「ははは」と笑った。

「でもまさかランちゃんが結婚したなんて、驚いたなぁ」

「は、はは……まぁね」

まさか「いやぁアレクを真似て玉の輿に乗ろうとしてなんだかんだあって嫁になったんだ。まぁそっちと違って騎士じゃなかったんだけどねははは」……とも言えず、ランティはもごもご口籠もって、再度注文したケーキを一切れ口に放り込んだ。物理的に口を塞いでしまえば余計なことは言わなくて済むからに他ならない。

ランティのいる場所は、先ほどと変わらず甘味処である。が、ランティの目の前に座るのはガォルグではなく、アレクに変わっていた。

「けど、本当によかったのかな？　ランちゃんの旦那さん……えっと、ダン、ダンカー……」

「ダンカーソン。ガォルグ・ダンカーソンだよ」

ランティの助け舟に、アレクがにこりと微笑んで「そうそう、ダンカーソンさん」と頷く。

その笑顔は以前と全く変わらないが、どこか大人びたようにも見えた。なんというか、すっかりと落ち着いていて、なのにどこか艶を帯びている。

(幸せに暮らしてるんだろうな)

アレクの身なりを見れば、彼が大事にされているであろうことがしっかりと伝わってきた。

昔はほっそりとしている……というより痩せぎすだった体は相変わらずすらりとしているが適正な体格になっており、荒れていた手もしっとりと綺麗になっている。艶のなかった髪も綺麗に撫でつけられていい香りがするし、身に纏った服は白のシャツにパンツとシンプルだが上等な生地でできているることが窺い知れた。元々儚げで美しい容姿を持つアレクではあったが、その輝きは何倍にも増している。

今日は買い物の途中で偶然この店に寄ったらしい。住まいもこの近くで、「夫ともよくこの店に来るんだよ」と教えてくれた。その恥じらったような顔がなんだか妙に可愛らしく、ランティの方が照れて「へ、へぇ」なんて言葉に詰まってしまった。相変わらず、旦那である騎士の彼とは仲良くしているらしい。そのことになんともいえない安堵を覚えて、ランティは「ほ」と息を吐いた。アレクが幸せそうで、やはり嬉しいのだ。

「ダンカーソンさん、僕にランちゃん取られて気を悪くしていないかな?」

「取られ……、いや、大丈夫だと思う」

突然現れたアレクについて「あの、元同僚なんです」と説明すると、ガォルグは「そうか。久しぶりに会ったのなら積もる話もあるだろう」と剣術道場への入門手続きに向かってしまった。その間にゆっくり会話を楽しめばいい、と。

「見た目は怖いけど、真面目でいい人だから」

ランティがそう言うと、アレクが驚いたように目を丸くして、次いでそれを細めた。

「そっかそっか」

アレクの何か含んだような笑みに、ランティは「なに？」と首を傾げた。

「いや、ランちゃんも幸せなんだなぁって」

「幸せ？」

たしかに、衣食住に困ってない上に、仕事もまぁまぁ上手くいっている（とはいえ国都ではまだ軌道にすら乗っていないが）。幸せの尻尾を掴みかけている……といったところではあろうが、アレクにはまだそこまで話をしていない。アレクは何をもってランティを幸せだと評したのであろうか。

「なんで、僕が幸せって？」

「え、だってダンカーソンさんとすごく仲良さそうだし」

「仲、良さそう……？」

その言葉に、なんとなく胸がざわついて、ランティは机の上にぐっと身を乗り出した。

「そう見える？」

「？　うん」

当たり前だがランティは自分たち夫婦について第三者目線になれない。ので、傍（はた）から見て「自分たちはどう見えるのか」ということがわからない。

「そっか、うん、そっかそっか」

妙に心が弾んで、ランティはケーキをぱくぱくと口に詰め込んだ。甘い味が口いっぱいに広がるが、なんだか胸の方にまでそれが広がったように、甘くて苦しい。苦しいのに、嬉しい。

しっかり噛み締めながら「ふんふん」と鼻歌を歌っていると、アレクが頬杖をつきながら「ほんと、幸せそうな顔して」と笑った。

「ランちゃん、ガォルグさんのこと大好きなんだね」

「……っぐ!」

瞬間、喉にケーキが詰まって、ランティは「ぐぎゅっ」と情けなく呻いた。そして、どんどんっと胸を叩く。

「わっ、ランちゃんっ大丈夫?」

慌てたアレクが水を差し出してくれて、ランティはそれを受け取り呷る。ぐびぐびと飲み干して、ごほごほと咳をして、ようやく「ふ、ふぅー……」と息を吐いて。

「えっ、だっ、誰が誰を好きっ?」

と、机を叩かんばかりの勢いで立ち上がった。

「ら、ランちゃん……どうどう」

まるで暴れ馬をいなすように、アレクがランティの手をぽんぽんと優しく叩く。ランティはハッと周りを見渡してから、そろそろと席に身を沈めた。一瞬「何事か」と周りの客や店員がこちらを見たが、その視線も数秒後には外れていく。少し気まずい気持ちで唇を尖らせてから、ランティは何度も「んんっ」と咳払いして口を開いた。

「ぼ、僕がガォルグさんを好きって……好き？」

「うん。え？　だって夫婦でしょ？」

途中声が裏返ってしまったがどうにか平気な振りをして問う……、と、至極真っ当な問いを返されてしまって。ランティは耳に髪をかけながら「いや、うん……」と視線を逸らした。

そんなランティの反応を見て、なにかしらピンときたのだろうアレクが眉根を寄せた。

「え、夫婦じゃないの？」

「夫婦だよ、夫婦……うん、だけど……」

ごにょごにょと言い訳をすると、アレクに「ランちゃん」と芯の通った声で名を呼ばれた。

「どういうこと？」

ちら、とアレクを見ると、薄茶の目が真っ直ぐにランティの方を見ていた。ひゅ、と喉を鳴らすがアレクは腕を組んで深く椅子に腰掛けた。これは「ちゃんと話そうね」という彼の合図だ。

「これには、その……訳が、ありまして」

ぐぬ、と視線を右に左に彷徨わせてから、ランティは肩を落とした。アレクは普段ふわふわとした空気を纏っているが、その実とても固い信念を身のうちに秘めている。宿屋の下働き時代も、なんだかんだアレクに逆らえたためしはない。

ランティは神の前で懺悔する罪人のように項垂れて「全てを正直に話します」と宣誓した。

「つまり、気持ちがないまま結婚したってこと？　騎士と思い込んで？」

「いや、まぁ」

呆れたようなアレクの目を避けるように、ランティはわざとらしく視線を逸らした。

結局、洗いざらい全てを話す羽目になって、気が付いたらアレクの茶は二杯目、ランティのケーキ皿も空になっていた。

「それで、騎士じゃなくて木こりで？　今は木材の商売してるって……」

「うん」

アレクは「はぁ」と短く溜め息を吐いてから「もう、ランちゃん」と額を押さえた。

「だから言ったでしょ、ランちゃんは思い込みが激しいところがあるから気を付けてって……」

「あぁ」

そういえばそうだった、とランティは素直に頷く。あの時のアレクの言葉は、つまりこういうことだったらしい。意外と自分のことをよく見てくれているアレクに感心して声を上げると、き、と軽く睨まれた。

「あぁ、じゃないよ」

「あ、はい」

しゃき、と背筋を伸ばすと、アレクが薄い唇を引き結んだ。

「思い込みで結婚したって、なにそれもう、もう……」

机の上に置いていた手にアレクの視線が落ちる。

「手も、荒れてるし、そういえば日に焼けたね」

「そうだろう？」

ぼそりと呟かれた言葉に、ランティは拳を握って腕を持ち上げてみせる。

「ほら、力こぶもできるようになったんだ。山道を歩いても肉刺（まめ）もできないし、野宿もできるようになって……」

「ランちゃんっ」

途中で遮られてしまって、きょと、とアレクを見ると、彼は思い切り眉間に皺を寄せていた。

「怒ってる？」

「怒ってるっていうか、心配してるし、ちょっと呆れてる……いや、かなり呆れてる」

アレクはそう言って気を落ち着かせるようにカップに口をつけて……それが空だったことに気付いて「はぁ」と溜め息を吐いた。

「そもそも、それってガォルグさんにとったらすごく……なんというか、ひどい話じゃない？」

「……それは、本当にそう」

それについては、なんの反論もできない。

勝手に勘違いをして嫁にしてくれと頼み込んで、あげく「騎士だと思ったのに騎士じゃなかった！」と言うなんて、その場で手打ちにされても仕方ない。いくらガォルグが「気にしていない」と言っても、ランティの方は絶対に忘れてはいけない。

神妙に項垂れるランティを見てどう思ったのか、アレクは困ったように首を傾けて「まぁ」と続けた。

「夫婦のことだから何も言えないけど」

「いや、僕も誰かにきちんと責められたかったから、ありがたい。責められたいっていうのもおこがましいけど、なんというか……、ガォルグさんが、怒らないから」

この件を、ガォルグはあれから一度も蒸し返してこない。忘れるはずはないだろうから、胸の内に秘めているのかもしれないが、だからこそ余計に申し訳ないという気持ちが増す。

「だからこそ、僕は絶対ガォルグさんに『結婚してよかった』と思ってもらえるような伴侶になりたいんだ」

そう言うと、無言で目を瞬かせたアレクが「ふぅん」とどことなく驚いたように鼻を鳴らした。

「ランちゃん、やっぱりガォルグさんのこと好きなんだね」

「だっ……、から、なんでそうなる？」

決意のために握っていた拳を机の上に下ろして軽く叩く。と、アレクは「だって」と笑った。

「ランちゃんが人のために何かする、なんて僕からしてみたら『信じられない』って感じだよ」

「そ……」

それはそうかもしれない、と続く言葉を飲み込む。自分でも自覚していたことだ。自分の幸せのためではなく、ガォルグの幸せのために何かしたい、と最近とみに考えていた。

先ほどガォルグと向かい合っていた時に感じた胸のざわめきを思い出して、そこに手を当てる。今は穏やかに脈打っているが、さっきはもっと、どきどきと騒がしかった。

「でも、僕とガォルグさんは、偽物のような夫婦で……」

「夫婦という『関係』は偽りでも、恋してるっていう『気持ち』は本物でしょ？」

言い訳のような言葉は、あっさりとアレクに否定されてしまった。まるで幼い弟を見守る兄のような表情を浮かべて、アレクがランティに笑みを向けてくる。

「ランちゃん、恋してるんだ」

言い切られて、今度こそランティは言葉に詰まる。詰まって、そして、わずかに顎を下向けた。

「恋、……これが？」

恋、恋、と繰り返してから、ランティはハッと顔を上げた。

「じゃ、じゃあ、ガォルグさんのために美味しいご飯を作りたいとか、それで『美味しい』って言ってもらえると胸のあたりがぎゅっとなるのとか。あと、あの、たまにする笑顔をもっと見せてくれたらいいのにって思うのも、急に手を繋ぎたくなるのも……、その、ベッドの中で腕同士が触れると息が詰まるのも……、全部、恋のせいだと思う？」

思わず、最近感じていた自分の変化や感情の動きを吐露する。と、アレクが笑みを浮かべたまま「うーん」と唸った。

「むしろ、そこまでの事態になってるのにまだ『恋じゃないかも』って思ってるランちゃんに驚きだよ」

アレクの言葉に目を瞬かせて、ランティは下唇を噛み締めて俯く。

「そっか、そうなんだ」

なんだか目が覚めたような感覚だ。霧の中から急に飛び出したような、冷たい湖に飛び込んだ時のような、そんな。びっくりするけれど、なんだか新鮮な気持ち。

「僕、ガォルグさんが好きなんだ……！」

夫婦になって一年と数ヶ月。ランティは自分の夫に対する恋心に気が付いたのであった。

十七

アレクのおかげでガォルグに対する「好き」を理解できた。できたのはいいのだが……かといって急に何かが進展するわけでもなかった。一緒に食事をして、一緒に仕事をして、一緒の布団で寝て、相変わらず常に行動は共にしている。がそれは夫婦というより同居人に近い。

そもそも。結婚してからこっち、夫婦らしいことなど一度もしたことがないのだ。

(何故なら僕に、発情期が来ないから)

生まれてこの方、ランティは一度も発情期を迎えたことがない。そう、たったの一度も、だ。ランティはこの春十八歳を迎えた。誕生日にはなんとガォルグがケーキを買ってきてくれて、二人で仲良く食べた(まぁその大半はランティの腹に収まったが)。生まれて初めて他人にケーキを買ってもらえて、本当に幸せな誕生日だった。

（……って、今はそれはどうでもいいんだ）

ランティは「ふん」と鼻を鳴らしてから、だんっだんっと目の前の肉を切った。これは豚の肝臓だ。精がつくと肉屋の主人に聞いて大量に買い込んできた。それをこれまた「これで旦那のアレはビンビンよ」と言われているニードゥ豆と一緒に煮る。香辛料を振りながら、ランティはまるで魔女のように「ひっひっひっ」と笑った。

机の上には、蛇酒を用意している。これまた精力剤の一種と呼ばれている酒である。見た目が好みではないので蛇は取り除いてもらったが、そのエキスはしっかりと滲み出ているはずだ。

これらは全て、ガォルグではなくランティ自身が摂取するために準備したものである。それはもちろん……。

「発情期を迎えるためには、まず食生活の改善から！」

そう、少しでも早く発情期を迎えるためだ。

発情期を迎える条件は、今のところ解明されていない。恋だ、という人もいれば、二次性徴の一環だという人もいるし、本人の意思によるところが大きいという人も少なくない。また「性的欲求の昂りに従って」という見解もある。

（たしかに、僕は性的な欲求が薄い）

これまで、誰かと性的に交わったことはない。なにしろ恋すらしたことがなかったからだ。好きになるどころか、誰かとくっついていたいと思ったことすらほぼないのだ。自分がΩだということを考慮して、無意識のうちに他人との接触をできるだけ避けていたというのもあるかもしれない。

（そう考えると、ガォルグさんと一緒にいるのは嫌じゃないな）

ガォルグとは、それこそ出会った初日から同じベッドで寝ているが、嫌だと思ったことはない。嫌悪感もないし、むしろ彼の匂いは好ましい。

「ただいま」

そんなことを考えていると、玄関の扉がギィと開いて、今まさに頭の中に思い浮かべていたガォルグが入ってきた。

「おかえりなさい……あっ」

「ん？」

ガォルグの顔を見て、今日彼の長袖の服を洗って干したままだったことを思い出す。そろそろ季節の変わり目なので衣替えをしようと思っていたのだ。いつもと違う、イレギュラーな洗濯物だったので忘れていた。

「ちょっと洗濯物取り込んできます。先に食べててもいいですからね」

そう言って、ランティはガォルグと入れ替わりに外に出る。ガォルグは首を傾げたまま「あぁ」と頷いた。

そうは言いつつも、ガォルグが絶対に一人では飯に手をつけないことをランティは知っている。ガォルグは未だ、ランティと二人で席について、そして「ラン、ありがとう」と礼を言ってからでないと食べ始めないのだ。

（全くもう、律儀な人だな）

ふふ、と笑いながら、ランティは庭に走って急いで洗濯物を取り込む。まだ日暮れ前なので、洗濯物はほのかに温かい。

「っしょ、っと」

ガォルグの大きな服を抱えて、えっちらおっちらと家に帰る。肩で押すように扉を開き「お待たせしましたぁ」と声をかけると、中からガタッと木がぶつかる音が響いた。

「えっ、ガォルグさん？」

腕に抱えた洗濯物のせいで、上手く前が見えない。どうにか抱えた山を避けて顔を出す……、と、ガォルグが椅子にぶつかって机に手をついていた。

「ど、どうしたんですかっ？」

慌てて洗濯物を籠の中に放り込み、ランティはぱたぱたとガォルグに駆け寄る。めまいか何かを起こしてしまったのだろうか。

「いや、あの、ラン……これは？」

ガォルグが顔の下半分を片手で覆ったまま、机の上にあるグラスを指差す。

「え？　……あ！」

それは、ランティが後で飲もうと用意していた蛇酒だ。まさか、と思ってぱちぱちと瞬きながらガォルグを見上げる。

「お、お酒です」

「……そうか」

ガォルグはそう言うと、ずんっ、と地響きが立ちそうな勢いで椅子に座り込んだ。その顔は、額まで真っ赤になっている。

「あ、もしかして飲まれました？」

「水かと、思って」

どうやら水と間違えて一気に呷ってしまったらしい。底の方に数滴残っているだけで、グラスは空だ。

しかも、この様子から見るに……。

「もしかして、ガォルグさん……下戸ですか？」

「あぁ。もしかしなくても下戸だ。酒は、一滴も飲めん」

太く長い指で額を押さえながらそう言うガォルグに、ランティは「ひっ」と肩を持ち上げる。これは大変なことになってしまった。

「み、水、水みず」

あわあわと台所の方に駆けて水甕に手を伸ばすと、何故か背後に人の気配を感じた。バッ、と振り返ると、わずかに体の傾いたガォルグが立っていた。

「ガ、ガォルグさん？　あの、水を、水……」

ひしゃくを手にしたまま振り返ると、ガォルグは「あぁ」と頷いた。それから、ぬ、と伸びてきた手がランティの腕を掴む。

「へ？」

無言で腕を握られて、ガォルグを見上げる。

「ラン、ラン」

「はい」

赤い顔をしたガォルグは、どこかぼんやりしているようにも見える。ランティの名前を繰り返してはいるが、そこに深い意味はなさそうだ。

ランティは「これは刺激しない方が良さそうだな」と判断して、ソッとひしゃくを置くと、ガォルグの手に自分の手を重ねた。

「とりあえず、一旦座りましょうか。あ、もうベッドに行ってもいいですよ」

ね、とさりげなく腰に手を当てて台所から部屋の真ん中へと誘導する。

「ラン」

「なんですか。……ふふ、酔ってますね」

いつも真面目で隙のないガォルグが、自分に引っ張られてぽやぽやと歩いている様が面白く、ランティは思わず笑ってしまった。

「すみません。まさかガォルグさんがこんなにお酒に弱いと知らず、不用意に机の上に置いてしまって」

ふらふらとおぼつかない足取りのガォルグを椅子に座らせるのも恐ろしく、ランティは彼をベッドに座らせた。

「靴を脱いで、はい、上着も」

指示をすれば、ガォルグは大人しく従う。先ほど水浴びをしてきたばかりだからだろう、髪の先はしんなりと湿っていて、手の甲に、ぽつ、と水が落ちてきた。

「ラン」

「はい？」

酔っているくせに、さっきから自分の名前しか呼ばないな、とランティは「ふふ」と笑う。そして、その事実をもう一度胸の中で転がして、俯けていた顔を上げた。

「ラン」

赤い顔をして、とろりと視線を蕩けさせたガォルグが、ランティを見下ろしている。

「……わっ」

ガタッ、と思わず後ろに下がって尻餅をつく……寸前で、腕を掴まれて引き寄せられる。

「わっ、わっ、ガォルグさん？」

「ラン、ふふ」

ガォルグに引っ張られて抱き止められて、腕の中に包まれて。「こ、これは」と焦っていると、ガォルグがそのままベッドに倒れ込む。ガォルグの上に乗っかるような格好になってしまって、慌てて「すみません」と身を起こそうとするも、逞しい手で腰を押さえ込まれる。

「うぇ、え？」

気が付いたらくるりと体が反転して、ベッドに押し倒されていた。のしかかるように覆い被さっているガォルグの顔は、相変わらず真っ赤だ。

「ラン」

まるでそれしか知らないかのように、ガォルグはランティの名前を繰り返す。「ラン、ラン」と呼ばれるたびに、ランティの耳はじわじわと熱を増していった。おそらくは真っ赤に染まっているだろう。ガォルグと違って、酒などひと口も飲んでいないのに。

「う、ちょ……ガォルグさん？　いやあの酔っ払ったのはわかります。わかりますけどだからといってこの態度はいかがなものかと。とりあえず今すぐ僕を解放してひゃわっ！」

脈絡なくいきなり、べろ、と頬を舐められて、ランティは飛び上がりついでに変な声を出してしまった。頬に手をやり、わなわなと震えながらガォルグを見上げる。

「甘い……」

「わけないでしょう！　僕は砂糖菓子じゃないんですよっ」

ようやく言葉を喋（しゃべ）ったと思ったら「甘い」ときた。ランティは茹（ゆ）だったように熱い頭でどうにか言葉を捻り出す。

「でも、こんなにいい匂いがするのに」

「ひぃっ」

ガォルグの高い鼻が、ランティの汗ばんだ首筋に降りてくる。そのまま、すんすんと匂いを嗅がれて、ランティはじたばたと暴れた。ガォルグと違ってまだランティは水も湯も浴びていないのだ。

「ちょ、今日一日動いてたから、あ、汗が」

汗のにおいを嗅がれるのが嫌だと主張するも、大きな犬のようになってしまったガォルグは全く聞いてくれない。鼻先で、すぅ、と首筋を辿られて、ランティは「はう、わ」と情けない声を出した。

「蕩けそうに甘い、いい匂いだ」

低いその声が、耳朶（じだ）をくすぐる。ランティは今度こそ叫び出しそうになりながら、どうにかそれを抑えた。

（あれ、あ、あれ？　なんだこの状況は、なに、なん）

ひっひっ、と引きつるような息を繰り返しながら、ランティはガォルグの囲いから逃げ出そうと上に移動する。が、しかし。

「ラン？」

「くっ、このっ」

膝で太腿を挟み込まれていて、どうにも体が抜け出せない。

「ちょっとガォルグさ……っひわわわっ！」

逃げ出させまいとしたのだろうか、ガォルグが、ぐぅ、と腰を落とす。と、何か硬いものがランティの股間（こかん）を押した。

「わぁっ！」

硬いそれは、間違いなくガォルグの陰茎だろう。なんというか、今までそこを意識したことがなかったので、違和感を覚えてしまって仕方ない。変な話だが、ボトムの下に陰茎があることさえ忘れていた。

（そ、そうだよな、ガォルグさんだって男だし、陰茎はある）

――ゴリッ。

「うわっ、ひっ」

ぐぐ……、とガォルグが腰を低くしたせいで、股間に、昂った陰茎の感触がダイレクトに伝わってくるわ、それがまた妙に熱いわ、湿った吐息が降ってくるわ。そのせいでランティの息も上がって、額や胸元に汗が滲んで、恥ずかしくて、もう、散々である。

(これは、この、え？　僕が発情しているのか？　Ωの匂いに惹き寄せられている？)

しかし、それにしてはランティは正気を保ちすぎている。噂に聞く我を忘れるような衝動はなく、どちらかというと恥ずかしい気持ちでいっぱいだ。

「ラン」

「ひっ」

濡れた熱っぽい声が、耳を掠めて。ランティは今すぐ耳を隠したい気持ちを押し殺す。

むぎっ、と力を込めて熱い胸板を押し返そうとするが、驚くほどびくともしない。何度か「ふぐぐっ」と力を込めたがどうにもならず、ランティは情けなく眉尻を下げる。

(……いや、待て。なんで抵抗してるんだ？)

酒の匂いがする濡れた唇を頬に感じながら、ランティはハッとする。そう、どうして焦って退ける必要があるのか。

(僕はガォルグさんが、その……好き、だし。こういう関係になることを目指して発情期を迎えようとしてたわけだし)

だから……、と胸の前で手を握りしめて、ランティの頬からようやく唇を離したガォルグを見上げる。

「ガ、ガォルグさん」

「ラン」

蕩けるような声で名前を呼ばれて、しばしその赤い顔に見入る。ランティは震える手をガォルグの背に回そうとして、そして……途中で止める。何度か試したが、やはり同じ。どうしてもガォルグを抱きしめることができなかった。

「ぼ、僕は……」

声を震わせながら、ランティはどうにか言葉を絞り出す。

「僕は、ガォルグさんが……ガォルグさんが、好き、です」

唇を舐めて、噛んで、躊躇いながらゆっくりと開いて。ランティはかさかさに掠れた声で気持ちを伝えた。人に、面と向かって「好き」だと言うなんて、生まれて初めてのことだ。心臓が痛くてたまらないし、顔から火が出ているのではないかと思うほどに頬が熱い。

「おな、同じ気持ち、なら、こういうこともしたいけど、でも……」

でも、ガォルグがランティのことなんて好きではないのなら。それならば、こういった行為はしたくない。

(僕に、そんな甘えた思考があったとは)

この状況になって初めて気が付いた。そう、ただ体を重ねるのではなく、心も交わしたかった。

思いがないまま結婚しておきながら、今さら「好きではないなら性行為もしたくない」なんて。自分の支離滅裂さに笑えてしまうが、やはり笑えない。情けなくて、泣きそうだ。

「ラン、ラン……俺は」

涙が浮かんだ目尻に、ガォルグの指が添えられる。皮が分厚くて、表面がかさかさとしたその指は、頬を辿り唇に行き着く。

「ずっと、ずっとランのことが……」

ガォルグの言葉に、ランティはゆるゆると視線を持ち上げる。と、精悍な顔つきをしたαが、しっとりと熱のこもった目でランティを見下ろしていた。

「僕のことが？」

「ランのことが」

ガォルグが、ランティの頬に手を這わせたまま、ゆっくりと顔を近付けてくる。ランティの胸は、張り裂けそうなほどに高鳴っていた。口付けを予感して、ランティはぎゅっと目を閉じる。

「すぅ……」

……が、いつまで経っても唇が触れ合わない。どころか、言葉も「すぅ」で途切れたままだ。

「んっ、えっ？」

ガバっ、と身を起こそうとするも、のしかかっているガォルグの体が重たくてそれも叶わない。

「ちょ、ガォルグさん？　ガォルグさんっ？」

「んー……」

ガォルグは、ランティの横に顔を埋めたまま、すやすやと寝入っていた。それはもう気持ちよさそうな寝息を立てている。ちょっとやそっと揺すったり名を呼んだりしただけでは起きそうにもない。

ランティは呆然と天井に顔を向けたまま「はぁあ」と溜め息を吐いた。

「……『俺はずっと』って、なんだよぉ」

「ん」

情けない叫びにも、返ってくるのは曖昧な寝言だけ。ランティは重たい体の下で、微妙に熱を持ってしまった体を持て余していた。

「もう、もうっ」

ガォルグの髪に手を入れて、くしゃくしゃと乱して。ランティはもう一度「もう」と言ってから、その頭を抱きしめた。

「……僕は、ほんとに、好きなんですよ」

発情期を起こそうなんて色々試してしまうくらい。いざそういう機会を得られそうになったら、心が伴わないと嫌だなんて思ってしまうくらい。気持ちを聞けなくて、拗ねて唇を尖らせてしまうくらい。

「大好き」

首を傾けて、ガォルグの側頭部に軽く口付けを落とす。ちゅ、という音さえしないような、本当に小さな口付けだ。

ごわごわとした髪に触れた唇をゆっくりと離してから、ランティはもう一度「はぁ」と重たい溜め息を吐いた。

「どうしよう、これ」

体の上には、ガォルグがのっしりとのしかかっている。ちょっと足をバタつかせてみたが、ぴくりとも動かない。しかも股間には、相変わらず熱い塊を感じていて。

「あぁ、もう〜っ」

ランティは顔を赤くして、天井に向かって吠えた。


この後、ガォルグは朝が来るまで……いや、日が天高くのぼる昼になるまでぐっすりと眠っていた。いつも太陽より早く起きるガォルグの、初めての寝坊だ。昼に起きたガォルグはどこか呆然としていたし、「頭が、痛い」と額を押さえて唸っていた。そしてどうやら、酒を飲んだ直後から記憶がないらしい。しきりに「俺は、何かしたか」と尋ねられた。

ランティはガォルグの問いに「特に。あの、大人しく寝てしまいました」としか答えられなかった。あんなどさくさまぎれの「好き」など忘れてもらった方が好都合だと思ったからだ。しかしその代わり、ガォルグの「俺はずっと」の続きは聞けないままで。結局それから「あの続きは一体……」と、悶々と思い悩む日々を過ごすことになるのであった。

（ラン、俺はずっと……。ずっと、なんだろう）

一番望ましいのは「好きだった」、二番目以下はどれも同じだ。最悪なのは「夫婦であるのが辛かった」などだが……、さすがにそれは言われないような気がする。

（あれはもう、愛の告白だと受け取っていいのか？　いや駄目か？　まだ拒否される可能性も残っているか？　わからない、わからないぃ）

「ランティ、手が止まっているぞ。その問題わからんのか？」

「へ、あ、いえいえっ」

上から降ってきた言葉に、ランティは慌てて飛び上がって鉛筆を握りしめる。そして急いで目の前の問題に取り掛かる。

そんなランティを見下ろした年配の数学教師は「よしよし」と楽しそうに頷いていた。彼は勉学に熱心な生徒が好きなのだ。


ランティは現在数学を学ぶために国都にある教室に通っている。教師は長年宮廷で数学者として勤めていたというアルンハイム師だ。寄る年波には勝てないと数学者の第一線を退き、こうやって個人宅で細々と教室を開いているのだという。

教え方はとても丁寧で、知識は豊富なのにそれをひけらかしてくる様子もない。ただただ、数学というものを楽しんでいるようだ。しかし、看板が出ているわけでもないし、声高に宣伝しているわけでもない。生徒の数も片手で足りるほどだという。

（ガォルグさんが偶然見つけてくれなかったら、僕も気付かなかったなぁ）

ここは、ガォルグが見つけてきてくれた教室だ。なんでも国都を歩いている時に偶々人の話を立ち聞いて知ったのだという。いざ数学の教室に通おうと思っても、どこにどう行けばいいのかわからず困っていた時だったので、大変助かった。

早速訪ねて事情を説明したところ、アルンハイムは喜んでランティに門戸を開いてくれた。

「僕はΩですが、数学を学びたいと思っていいのでしょうか？」

と尋ねてみたところ、アルンハイムはにっこりと笑って「もちろん」と頷いてくれた。

「数の前では皆等しくただの人間だよ」

穏やかに微笑みながらそう言うアルンハイムの言葉は、ランティの胸に、すぅ、と染み入った。

学校に通うことも叶わず、読めない文字に苦労しながら、なくなってしまいそうな蝋燭の火に焦り、それでも学びたくて、汚れた古紙と向き合った日々を思い出した。宿屋の同僚には「Ωが知恵をつけても無意味なだけ」と言われていたし、ランティ自身心の隅の、本当に隅の隅の小さな部分では「そうかもしれない」と思っていた。

しかし、あの日々は間違いでもなんでもなかったのだ。くしゃくしゃの古紙に書かれた数式に向き合っていた自分はあの時、Ωではなくてただの人間だったのだ。

ランティがアルンハイムの持つ知識だけではなく、その人となりを慕うようになるまで、それほど時間は要さなかった。

教室は月に四度、ランティが仕事で国都に来るたびに設けてもらっている。かなり不定期なのに、アルンハイムは嫌な顔ひとつせず「ランティの都合のつく時でよいよい」と受けていれてくれていた。

今日もまた、何件かの商談の後こうやって勉強を見てもらっている。が、なんというかいまいち身が入っていないような気がする。

「今日は、集中力を欠いてしまってすみません」

授業終わりにしょんぼりと肩を落としてそう言うと、アルンハイムは「ほっほっ」と朗らかに笑った。

「いいさ、時には数より自分の気持ちに向き合うべき時もある。数は君の前から逃げやしない」

にこにこと笑ってそう言われて、ランティは恥ずかしさと申し訳なさで、曖昧に微笑んだ。

「何か悩み事かい……と聞いてあげたいけど、生憎(あいにく)私は数を使っていない問題にはとんと役立たずでね」

「いえ……、ふふっ」

そんなことは、と言いかけて、たしかにアルンハイムは数学以外には興味が薄いということを思い出し、ランティはくすくすと笑う。

「無限に広がる数の前で人の悩みなんてちっぽけだ。なんてよく言われるけども、人の悩みの前では数なんてなんの役にも立たないことも事実だ」

アルンハイムは授業後に必ず茶を出してくれる。今もまた曲がった腰でのんびりと茶葉を用意してくれていた。その骨張った指先を見ながら、ランティは「はい」と頷く。

「でもどちらも、考えて悩まねば答えは出ないからね」

考えること、そして悩むことは悪いことではない。と、肯定してくれているのだろう。その優しさに、ランティは口元だけでゆったりと笑った。

何ものも否定しない、アルンハイムの考え方が好きだと思った。

熱いお茶が目の前に置かれて、ランティは「ありがとうございます」と礼を言う。そして、はぁ、と重たい溜め息を吐いた。

「なんでこう、人の心は数学みたいにぴたりと答えが出ないんでしょうね」

ガォルグの顔を思い出しながら、顎に手を当てる。

そう、ランティはガォルグの気持ちが知りたい。知りたいのにわからない。答えを持っているのがガォルグだからだ。ランティの中をどれだけ探し回って考えても、ランティ自身は答えを持ち合わせていない。でも、聞くのも怖い。

「その謎は私にも解けそうにないなぁ」

アルンハイムが茶を啜りながら笑う。渋面を作っていたランティも結局笑ってしまって、最後には二人でわははと笑っていた。

(あ、もうそろそろ時間かな)

壁にかかった時計をちらりと見ると、時刻は夕方に差し掛かっていた。

＊

ランティが扉の隙間からひょっこり顔を出すと、ちょうどガォルグが荷物を肩に担いだところだった。

「ガォルグさん」

「ラン」

ガォルグはランティに気が付くと、目をほんの少し細めてくれる。相変わらずくしゃくしゃ髪の隙間から見える小さな変化ではある……が、それがガォルグの「嬉しい」顔だというのは、ランティももうよく知っている。

そういえば、ガォルグは国都にいる間は必ず髪を下ろしている。最近は仕事の方はランティが主となってこなすことが多いかららいいのだが、こういった稽古（けいこ）の際には邪魔にならないのだろうか。

「迎えに来てくれたのか？」

「ええ。稽古はもう終わりましたか？」

そわそわ、と道場を見渡すと、そこには何人かの生徒がいるだけだった。しかもそのほとんどは、ガォルグ含め皆帰る途中のようだ。

ここは、ガォルグが通っている剣術道場だ。道場主はザッケンリーという、ガォルグと同年代の元騎士の男。今は奥の方で別の門下生と話しているようなので、ランティはちらりと視線を送ってからガォルグを見上げた。

「もう帰りますか？」

「あぁ」

頷かれて、ランティは少し唇を尖らせる。

「ちぇ、今日もガォルグさんの稽古を見られなかった」

大抵、ランティの数学教室の方がガォルグの剣術道場の練習より早く終わる。ガォルグが剣を振っている姿をひと目見たいと街中を駆けてくるのだが、いつも一歩遅れてしまう。

「見ても、面白くもなんともないと思うが」

「そんなことないです。ガォルグさん、絶対強いですもん。僕、ガォルグさんが強いところ見たいです」

「ははっ」

ちぇ、と小さく不満を漏らすと、ガォルグが楽しそうに笑った。汗をかいた後だからか、いやに爽やかに見える。

「そろそろ行くか……、と、手拭い（てぬぐ）を忘れた。ちょっと待っててくれ」

「はい」

荷物を確認していたガォルグが、片眉を持ち上げる。そのまま道場の奥の方へと行ってしまった彼の背中を見送って、ランティは「ほぅ」と息を吐いた。

（かぁっこいい）

恋を自覚する前はどうとも思わなかった（というほど興味がなかったわけでもないが）あの逞しい背中が、今はすぐさま飛びつきたいほどに愛しく見える。

ちょっとした笑顔も、堅い喋り方も、顔に残った傷跡だって。何もかもが胸の内にある柔らかな部分を撫でていく。くすぐったくて、むず痒くて仕方ない。ランティは恋の甘酸っぱさを存分に味わっていた。

（僕の旦那さん格好いいよな？　格好いいよ、うん、それに可愛いところもあるし、全方位抜かりなし、文句なしのいい男）

ふんす、と鼻を鳴らし、誰にともなく心の中で自慢する。

「……っと」

「わっ！」

と、その時。ドンッと何かが肩にぶつかってきた。油断していたランティは思わず盛大によろける。

「あっ、これは失礼した」

「あぁいえ、こちらこそぼうっとして」

謝りながら顔を上げると、相手もまた申し訳なさそうな顔をしてランティを見下ろしていた。

相手は若い金髪の男だった。ガォルグほどではないが立派な体躯をしており、襟足を短く刈り上げた、その爽やかな髪型がよく似合う。まさしくこういった剣術道場に通うのが相応しい人物といえよう。

扉の付近でぼうっと突っ立っていた自分が悪い、と一歩引いた……ものの、目の前に立った男はなかなか立ち去らない。

「あの……？」

何か用か、と思ってちらりと視線を上げると、ぼんやりとランティを見つめていた男がハッとしたように目を見開いた。眦が若干赤いのは、稽古の後だからであろう。

「いやあのっ、あ……っ。お、Ωの方ですか？」

「……はい」

躊躇ったものの、ランティは正直に頷く。ここで否定しようがどうしようが、ランティがΩであることには変わりない。もし「Ωがこんなところに来るんじゃない」と言われたならそれまでだ。まぁそんなことを言われても、絶対に通い続けてやるが。

「あっ、やっぱり。とても綺麗な方なので、そうかなぁ、と」

「え？」

急に褒められて、ランティは訝しげに男を見やる。その目はきらきらとランティを見つめており、嘘を吐いているようには見えない。

「それはどうも」

自分の顔がなかなかに良い造りだったということを久しぶりに思い出しながら、ランティはさらに一歩引いて礼を告げた。まぁ、そんな美貌も本命であるガォルグには全く効いていないようだが。

「この道場には、どなたかお知り合いが？」

「はい。おっ……、身内が」

夫、と答えかけて、その響きの恥ずかしさからすんでで止める。何にせよ身内には違いない。

「へぇ、この道場に通えるなんて、お強いんですね」

「え？」

「だって選抜試験がありますから。身内の方も、それに合格したから入れたのでしょう？」

何を当然のことを、というように男が首を傾げる。ランティは「えっと」と言葉を濁してから、顎を引く。

（試験なんてあったのか。てっきり、誰でも入れるのかと思っていた。……え、どんな試験だ？）

試験の内容はわからないが、ガォルグがこうやって道場に通っているということは、その試験に合格したのだろう。

ガォルグが試験に落ちるなど万が一にもないと信じているが、まずもってそのことを知らなかったというのが問題だ。

「あの、それでその、もしよかったら俺と……」

横で照れたように話し続ける男は視界にも入れず。顎に手を置いたまま、ランティは曖昧に「ええはい」と相槌を打った。

「えっ、一緒にお茶いいんですか？」

明るい声でそう言われて、ようやく顔を上げる。

「え？」

「え？　お茶、いいんですよね」

どうやらいつの間にか茶に誘われていたらしい。ランティはびっくりして「え？　いや」と首を振る。

「すみませんが、僕は……」

「ラン」

ランティの言葉を、低い声が遮る。ガォルグだ。

いつの間に戻っていたのか、ガォルグは荷物を片手に、じろりとランティと相対する男を見やっている。

「え？　身内ってまさかこの人……」

「俺の妻に何か？」

「つっ、つまっ？」

男はたじたじと後ずさると、ランティとガォルグとをちらちらと何度か見比べた。

「いや、その……なんでもっ」

そして、ははは、と乾いた笑いを浮かべて視線を逸らすと「失礼します！」とあっという間に走っていった。

「あの、あれ？」

なんだったのか、とすぐに小さくなってしまった背中を見送っていると、横にいるガォルグが「さぁ」と短く言い捨てた。

「今日稽古の時に撥ね飛ばしたからじゃないか」

「撥ね……？」

わーっ、と叫びながら宙を舞う先ほどの彼を想像して、ランティはほけっと首を傾げた。あの高身長の彼を撥ね飛ばすのは並み大抵の力では無理だと思うが。

「それは、その、ガォルグさん……すごいですね？」

「そうか？」

ガォルグは否定するでもなく頷くと、ランティに、ひた、と視線をあわせた。

「ランは、弱い奴より強い奴の方が好……いいか？」

「え？」

問われて、ぱちぱちと瞬く。

「どうだ？」

「どうって、……まぁ、はい、そうですね」

ランティはうーんと考え込んでから、素直に頷いた。これまでの人生で、肉体的な強さを価値の基準にしたことはなかったが、まぁ強い方が有利ではあるだろう。大は小を兼ねるように、強いは弱いを兼ねる……かもしれない。

「そうか」

どこか満足したようにガォルグが頷いて、奇妙な会話はそこで終わってしまった。

（なんだったんだろう）

ランティが首を傾げたそのタイミングで、「あの」と後ろから声がかかった。

「ふく……、ダンカーソンさんの妻君ですか？」

「え？」

振り返ると、いつの間にそこにいたのか、この道場の主であるザッケンリーがすぐ側に立っていた。元騎士であり、現有名剣術道場の道場主。少し長い茶髪をひとつに括った、がっしりとした偉丈夫だ。元騎士という点から鑑みても、第二性は間違いなくαだろう。

ちらりと彼の後ろ……道場の方を見やれば、いつの間にか門下生は誰もいなくなっていた。入り口付近でだらだらと話しているうちに皆帰ってしまったらしい。

（ふく、って言いかけなかったか？）

名を呼び間違えたのか、と思いながら、ランティは「はい、そうです」と答える。斜め後ろに立つガォルグは黙ったままだ。

「いきなり失礼しました。私はデレク・ザッケンリー、ここの道場主です。いつもダンカーソンさんを迎えに来られているのは知っていましたが、ご挨拶が遅れてしまいまして……」

「こちらこそ失礼しました。私はダンカーソンの妻のランティ、ランティ・ダンカーソンです。いつも夫がお世話になっています」

たしかに、こうやって挨拶を交わすのは初めてだ。ランティはにっこりと笑みを浮かべて頭を下げる。と、ザッケンリーは「あぁご丁寧に」と微笑みを返してくれた。どうやら見た目より穏やかな性格らしい。

「あの、ランティさん……が、ダンカーソンさんにこの道場を勧めてくださったんですよね？」

ザッケンリーは、ちら、とランティの後ろのガォルグに視線をやってから首を傾げた。

「あ、えぇ。そうですね。夫には剣の才能があると思ったので、是非道場に……と」

「ランティさん！」

と、突然。ガシッと両手を掴まれた。

「わっ？」

「ありがとうございます！　本当にありがとうございます！」

そして、ぶんぶんと音がしそうなほど両手を上下に振られて、ランティは体ごとがくがくと揺らしながら「え？　え？」と疑問符を飛ばすしかない。わわわわ、と揺さぶられるままでいると、唐突に肩を掴まれた。

「あ、ガォルグさん」

ガォルグは、べりっ、と剥ぐようにザッケンリーからランティを引き離すと、ずい、とランティの横に立った。

「……はっ、ダンカーソン……さん」

途端、さっと青ざめたザッケンリーが口元に手を当てる。が、誤魔化すように「ごほん」と咳払いをすると、手を後ろに組んだ。

「いやその、ダンカーソンさんは本当に素晴らしい才能の持ち主です」

「えっ、やっぱり？」

そうだろうと思った、と遠慮なく笑みを浮かべると、ザッケンリーが肯定するように頷く。

「そうなんです、やっぱりなんです。いやもう本当に素晴らしい。元々体格にも恵まれていますが、それに甘んじない鍛え方をされている」

「でしょう？」

そう、ガォルグは元々体格がいいが、それだけではない。日々山を歩き木を担ぎ、みっしりとした筋肉は弛まぬその仕事っぷりから生まれているのだ。ガォルグがいかに仕事に熱心なのかというのは、その体つきでわかる。

「特に体幹が素晴らしいですね。どんな体勢に持ち込まれても、グッと押し返すだけの力がある。剣はね、腕だけじゃないんです。足腰が、足腰が大事なんです」

「あぁっ！　先生、嬉しいことを仰ってくださるっ！」

ガォルグが褒められてランティの心が、ぱぁっと明るくなる。大好きな夫が有名な道場主に認められて、嬉しくないはずがない。ランティは体の脇で拳を握りながらうんうんうんと頷いた。

「動きにも隙がないのですよ！　基礎体力がしっかりしているから息切れしない、だから剣先がぶれない。素晴らしいことです！」

「うんうんっ」

「是非っ、今年の秋に開催される剣術大会に……」

「ザッケンリー師」

熱く語り合う二人の間に、す、と冷ややかな声が割り込んだ。ガォルグだ。

横を見れば、ガォルグが珍しく顎を持ち上げて見下すようにザッケンリーを見ている。

「そろそろ日暮れなので失礼します。ラン、行こう」

「えっ、あ……そうですね」

たしかに、ちらりと後ろを見やれば、もうすっかり日は傾いていた。今日は宿に泊まる予定だが、日が落ち切る前に着いていた方がいいだろう。

「先生、また改めて主人の話を聞かせてください」

ふんふんと鼻息も荒くザッケンリーを見上げてみれば、彼は「えぇ」と何故かちらりとガォルグを見やってから、ランティに視線を戻した。

「もちろんです」

ランティはその答えににこにこと笑みを返して、丁寧に頭を下げた。

「今後とも、どうぞよろしくお願いします」

深々と腰を折ると、ザッケンリーが「こちらこそ」と頭を下げる。ザッケンリーはこんなに大きな道場の主でありながら、偉ぶったところがなくとても話しやすい。Ωであるランティを差別するような素振りも全くなく、きちんと敬語で話してくれる。

「いい道場に入れてよかったですね」

頭を上げてガォルグを見上げると、一瞬黙り込んだ夫は「そうだな」と小さな肯定を返してきた。

それでは、と何度か頭を下げて手を振って、日が暮れかけた道を歩く。国都はセバクよりも人口が多いからか、この時間でも通りには人が溢れている。

どんっ、と人の腕が肩に当たり、ランティは「わっ」と足踏みする。Ωのランティは、どうしても体格的に周りに劣る。もう子供の出歩かなくなったこの時間帯は、大体の人間にはじかれてしまうのだ。

やだやだ、と思いながら先を行くガォルグの背を追おうとする。と、もう先に行ってしまったと思っていたガォルグが、すぐそこに立って待っていてくれた。

「ラン」

「はい？　……あっ」

てててて、と駆け寄ると、ガォルグが自分の手をボトムで拭ってから、ランティのそれを掴んだ。思わず驚いて掴まれた手を見下ろし、次いでガォルグの顔を見る。

「繋いでも、いいか？」

「えっ、あ……はい」

それ以上何も言わず、ガォルグがずんずんと進み出す。

ガォルグが歩き出すと、手を繋いだランティも必然的に前に進んでしまう。ガォルグの一歩はランティのそれより大きいので、引っ張られるように小走りになった……が、ガォルグもすぐにそれに気が付いたのだろう。何も言わないが、そのうちに歩みはゆるゆると速度を落としていった。ずんずん、から、てくてく、ほどになって、二人は夕暮れの街を前後ろ一列になって歩く。夫婦にしては多少歪な形ではあるが、まぁ手を繋いでいることには変わりない。

（あれ、これ、初めて……）

ガォルグとランティは、これまでこうやって手を繋いだことはなかった。歩くといえば山道が多く、手を繋いでほのぼのと歩くという雰囲気でもなかったからかもしれないが。くっついて歩いた思い出といえば、一番最初に家に向かった際背負ってもらったことくらいだ。

（ガォルグさん）

ガォルグが前を歩いてくれるので、誰にぶつかることもない。小柄なランティを庇うように歩くガォルグのその優しさに気が付いて、頬がじわじわと熱を持つ。

好きや嫌いなんて、どうでもいいと思っていた。愛や恋は自分には縁のないものだと思っていた。

（ガォルグさん、僕のこと好きになってくれませんか）

心の中でそう呼びかけて、ランティはその無意味さに空笑いをこぼす。そして、大きなその背中をじっと見つめた。

名前だけの夫婦でいたいわけでもない、でも、発情期にかこつけて無理矢理に性交したいわけでもない。

（でも、そもそもは僕が……）

元々、ランティは恋愛感情なしで結婚したのだ。そしてそれはガォルグも知っている。さらにはガォルグの方も、ランティにそういった感情はないと言った。働き者の嫁がいればいいと思っただけだ、と。

ちょうど一年と少し前、結婚してすぐ、ガォルグの家で暮らし始めた日のことだ。

（あぁ、僕が、あんな失礼なことをしなければ。きちんと正しく段階を踏んで、夫婦になっていれば）

そうすればもしかしたら……なんてありもしない未来を思い描いて、ランティは首を振った。

と、ちょうど手を繋いだ男女とすれ違って、思わず目で追ってしまう。二人は並んで歩きながら会話を楽しんでいる様子だった。男が女の腕を引き寄せて、自分の方へわざとくっつけさせて。「もうやだぁ」という甘えた様子の女の声が聞こえて遠ざかっていった。

(いいなぁ)

思わず羨んでしまって、ランティは慌てて下を向いてその気持ちを誤魔化す。彼らと同じことがしたいわけではない。くっつくくらいのこと、毎晩やっている。ランティはただ……。

「ラン、夕飯に何か食べたいものはあるか?」

「え、いや……」

振り返らないままのガォルグに問われて、ランティは言葉を濁した。夕飯のことなど、頭からすっぽりと抜け落ちていた。

「あぁその前に。この間言っていた……、あの、あれだ……焼き菓子が美味しいと評判の店に寄るか?」

言葉に詰まりながら問うてくるガォルグは、もちろん焼き菓子などに興味はない。ただ、ランティが甘い物が好きだから問うてくれているのだ。

ガォルグなりの気遣いが嬉しくて、同時に、どうしようもないほど胸が切なく引き絞られて。ランティは俯いたまま「はい」と小さく返した。

(僕はただ……)

ただ、心から自分のことを好きになって欲しい。その心のどこかに自分を住まわせて欲しいのだ。

そう胸の中で呟いてから、ランティはガォルグの大きな手を握り返した。指先に力を込めて、ぎゅう、と強く。

十九

人気の少ないザッケンリーの剣術道場に、模擬刀である木の剣がぶつかり合う鈍い音が響く。

「はっ、やぁっ！」

声を出して打ち込んでいたのは、ザッケンリーだった。括った髪を揺らして、さらに二、三歩踏み込んで「相手」に打ちかかる。が、それはことごとくいなされて、あっ、という間に持っていた剣を撥ね飛ばされてしまった。弾かれた木刀は後方に飛んで、床の上をくるくると回りながら壁にぶつかって止まる。「はぁ、はぁ」と肩で息をしたザッケンリーが、ゆるく首を振る。長い髪が、ぱさ、と乾いた音を立てた。

「……やぁ、参りました」

ザッケンリーは両手を上げて降参の意を示してから、剣先を突きつけてくる相手に頭を下げた。

「さすがです。ガォルグ副団長」

相対していた「ガォルグ」は、ふ、と短く息を吐いてから、木刀を下ろした。

「相変わらず右の踏み込みが甘い。利き腕に頼りすぎだ」

短いアドバイスに、ザッケンリーは「いやはや、仰る通りで」と頭をかく。ガォルグはそんなザッケンリーに背を向けて模擬刀を壁に掛けながら、「しかし」と続けた。

「前より格段に動きがよくなっている。怪我を乗り越え、よく鍛えているな」

「……っ、ありがとうございます。まさか副団長に褒めてもらえるなんて」

感動を噛み締めるように「くっ」と眉根を寄せたザッケンリーに、ガォルグは冷たい視線を送る。

「今は『副団長』ではない。ただのガォルグ・ダンカーソンだ」

「い、いや、ただのではないでしょうよ」

不満気にそう言って、ザッケンリーは転がった木刀を拾いに行く。

「副団長は副団長です。今も、昔も」

ザッケンリーの言葉など聞こえていないかのように、ガォルグは身につけていた簡易武具を外す。

その様子をちらりと見やってから、ザッケンリーは「はぁ」と軽い溜め息を吐いた。

「しかし驚きましたよ。まさかあのガォルグ副団長が自分の道場に通うなんて」

「そうか？　俺も驚いたぞ。あのザッケンリーが道場の師範をやっているなんて」

からかうようにそう言われて、ザッケンリーは肩をすくめてみせた。

「まぁ副団長からしたら俺なんて甘ちゃんでしょうけど。何度も間抜けな失敗しましたしね」

「あぁ。ふっ……これから突入するっていう魔獣の巣穴に足を滑らせて落ちていった時はどうなるかと思ったな」

「あーっ！　あの話はもう二度としないって約束したでしょう！　あれは位置が悪かったんですよ、位置がっ」

ザッケンリーが拳を握って力説する。「ふ、ふ」と短く笑うガォルグをしばし眺めてから、ザッケンリーは「まぁ」と続けた。

「たしかに俺も自分が道場をやるなんて思ってもいませんでしたけどね。……まぁでも、なんだかんだ四年やってぼちぼち人気もあるので……人に剣術を教えるのが性にあっていたのかもしれません」

「そうか」

軽く目を伏せ頷くガォルグに、ザッケンリーがなんともいえない表情を向ける。言おうか言うまいかと悩んで、口を開いて閉じて、そして思い切ったように言葉を振り絞る。

「四年……四年ですよ、副団長」

「副団長じゃない」

「俺にとっては、いや、当時から騎士団にいる者にとっては、副団長はガォルグ副団長だけです」

「……」

ザッケンリーの言葉に、ガォルグは何も答えない。答えないまま、防具を綺麗に片付けていく。

「マイルも、ナイジェルも、怪我を負った奴らは皆内勤になって騎士団を支えています。ちゃんと暮らしてます。二人とも『ガォルグ副団長に申し訳ない、戻ってきて欲しい』ってずっと言ってます」

四年前までガォルグの直下にいた部下の名前を伝える。しかし、ガォルグの動きは止まらない。ザッケンリーはそれでも諦めずに言い募る。

「ナイジェルなんて、行方知れずの副団長を探す任務を任されていたんですよ？　それがまっさか俺の道場に現れるなんて……、ナイジェルは副団長探索中に怪我まで負ったらしいのに」

「怪我？」

「大した怪我じゃないそうですよ。なんならその時助けてくれたΩを娶ったそうですし、まさに怪我の功名ですね」

「……」

何かを考え込むように黙り込んだガォルグに構わず、ザッケンリーが口を尖らせる。

「そもそも俺やあいつらの怪我だって、副団長のせいじゃない。無茶な作戦とわかっていて組ませた上の……いや、アッガイ元副団長のせいでしょう」

「それでも、下の者に怪我をさせた責はあの時率いていた俺にある」

そのことに関してだけは、あっさりと返事をするガォルグに、ザッケンリーは「だぁから」と両手を広げて上下させた。

「ないんですって！　皆それはわかっています。戻ってきて欲しいんですよ……副団長に」

「鬼の副団長にか？」

熱のこもった言葉に、ガォルグは軽く、どこかからかうように答えた。それでもザッケンリーは「えぇぇぇ」と何度も頷く。ガォルグを説得できるのであればなんでもいいのだ。

「えぇ、鬼の副団長にですよ。騎士団長、未だに副団長の席は空けたままにしてるんですよ？　さっきも言いましたけど、行方まで探して……。この意味、察しのいいガォルグ副団長にならわかるでしょう」

さすがに、ガォルグも黙り込んでしまう。騎士団の副団長は常に二人いる。しかし今ザッケンリーは、そのひとつがずっと空席なのだと言った。つまり団長は本気でガォルグの帰還を待っているのだろう。ザッケンリーが察せ、と言う通り。

黙り込むガォルグに、ザッケンリーが眉根を寄せて首を振る。

「何年も行方知れずかと思ったら何故か俺の道場の門下生になって、騎士団に戻るのかと思ったら『俺が騎士団にいたこと、妻には秘密にしてくれ』とか言って……。っていうか鬼の副団長が結婚してるしっ」

「……」

ガォルグはむっつり黙り込んだままだったが、ザッケンリーは構わず自棄（やけ）になったように言い募る。

「ああもういや、結婚はおめでとうございます！　めちゃくちゃお似合いですね！」

「……そう思うか？」

ようやくガォルグからまともな返事がきて、ザッケンリーが「おや」といった顔をする。

「ランティさん……可愛いし、しっかり者っぽいし、お似合いじゃないですか？」

「そうか」

興味があるのかないのかわからないような態度を取るガォルグに、ザッケンリーは「おやぁ？」といった含み笑いをしてみせる。

「これはかなり惚（ほ）れ込んでると見ましたよ。はぁ〜、あの堅物ガォルグ副団長がねぇ。恋女房なんですか？」

怒られるのを覚悟で、にやにやと多少下種（げす）な笑みを浮かべて問うてみる。と、ガォルグは怒りもせずに、気難しい顔で腕を組んで悩んでいた。

「いや……。そうだな、なんと言ったらいいかわからないが……俺は、恋愛的な意味合いでは好かれていない」

「はぁ？」

ガォルグの言葉に、ザッケンリーは「なんですって？」とわざとらしく右耳を差し出してみせた。

俺の聞き間違いですかね、というように。

「いや、それはないでしょう。ランティさん、あんなに好き好きって空気出してるのに」

「誰が誰に？」

低く問われてザッケンリーは「は？」と首を捻る。

「いや、ランティさんがガォルグさんに」

「誰が誰に？」

「……ランティさんがぁ、ガォルグさんにぃ」

じわじわと、ガォルグが冗談ではなく「本気」でそう思っているのだということがわかってきて、ザッケンリーは奇妙なものを見る目で元上司を眺めてしまう。

「いや、ないな」

「なんでですか」

もはや投げやりな聞き方になってしまった。だって、ザッケンリーから見て二人の気持ちが「恋愛的な好き」ではないなんてありえないからだ。ザッケンリーは人の気持ちに敏いところがある。騎士団でもその能力を買われて、人の感情の機微に疎いガォルグの下についたのだ。

「はっきり言われたんだ。好きになって結婚したわけじゃない、と」

「なるほど？」

本当に「なるほど」なんて思ってはいないが、神妙な顔をしてそんなことを言うガォルグの手前「はっはっはっ、んなわけないいない」なんて言うわけにもいかず、ザッケンリーはうんうんと軽く同意する。

「じゃあ、ガォルグさんの方はどうなんですか？」

そこで、ザッケンリーは話を切り替えた。

「俺？」

まさか自分の気持ちを聞かれるとは思ってもいなかったのか、ガォルグは真剣な顔で「俺か」と繰り返す。

「ランティさん、可愛いじゃないですか」

「可愛い」

「お」

ずい、と厳(いか)つい顔を向けられて、思わず仰け反ってしまう。今は「鬼の副団長」を知っている人物に人相がバレないようにと目を前髪で隠してはいるが、ガォルグの眼光はなにしろ鋭い。

「可愛いがこう、しっかりしているんだ。すごいんだ、木が……木を、上手く捌(さば)いて……」

「木？」

「とにかくすごい」

　なんとも曖昧で抽象的な答えに、ザッケンリーは「はぁ……」と気のない返事をするしかできない。

そういえばガォルグは人の感情の機微に疎い上に、自分の気持ちを言葉にするのも苦手としていた。

黙って俺についてこい、を体現したような男なのだ。

「それでいて、抜けているところもあって。なんというか、愛らしい」

「愛ら……、んっ、なんかガォルグ副団長から愛らしいとかいう単語が出ると、こう、それだけで破壊力がすごいっすね」

　衝撃に、思わず心臓のあたりを押さえてしまう。しかしガォルグはザッケンリーのそんな態度を怒るでもなく、珍しいほどに穏やかな笑みを浮かべていた。

「とてもいい子なんだ。俺にはもったいないくらい」

　こんなに柔らかなガォルグの表情を見るのは、長い付き合いのザッケンリーでも初めてだった。眉間にいつも寄っている皺が取れて、年相応の恋する男が現れる。

「そんなん、めちゃくちゃ惚れてるじゃないですか」

「まぁ」

「何にしても、そういうのは本人に言った方がいいと思いますよ。絶対」

「……」

　気持ちを言葉にしろと言った途端、ガォルグはまたぱたりと黙り込んでしまった。彼なりに色々考えてはいるのだろうが、いかんせん傍(はた)から見るとやきもきして仕方ない。

「夫婦なんでしょう？」

「あぁ」

「これからも夫婦やっていきたいんでしょう？」

「あぁ」

「なら伝えるべきでしょう」

最後の言葉に、しばし悩むように口をつぐんだガォルグだったが、最後には「そうかもしれないな」と若干同意を見せた。

それだけでも、ガォルグにしてみれば大きな進歩なのだ。ザッケンリーは「やれやれ」と肩をすくめてから、咳払いした。

「えぇー……それから、秋の剣術大会ですけど」

「出ないぞ」

「……と、言われると思いまして。ランティさんにお知らせしておきました」

途端、ギッ、と音がしそうな勢いで、ガォルグがザッケンリーを睨みつける。もさもさとした髪の隙間から覗く目が、射殺さんばかりにこちらを見ている。

「怖い怖い、怖いですって」

「お前たちの思惑にランを巻き込むな」

お前たちとガォルグが言ったことにザッケンリーはすぐに気が付いた。つまり、ガォルグは知っているのだ。ザッケンリーだけではなく、騎士団にもガォルグに戻ってきて欲しいと強く願っている人物がいることを。ガォルグのことはランティには何も言っていない。が、それ以外の人に言ってはいけないとも言われていない。たとえば、彼の帰還を待ち望むどこかの団長になんて……。

ザッケンリーはそのことには触れないまま「えぇ〜」と軽い調子で話を続けた。

「だってランティさんから言ってきたんですよ、ガォルグさんに騎士になって欲しいって」

それは、事実だった。

先日、ガォルグの稽古の日ではない時に、ランティが一人で道場を訪ねてきたのだ。そして「差し出がましいお願いではありますが」と前口上をしてから、ザッケンリーに向かって深々と頭を下げてきた。

「ガォルグさんほど騎士に相応しい人はいないって。商売については自分がちゃんと考えるから、ガォルグさんにはやりたいことをやって欲しい、夢を叶えて幸せを掴んで欲しいって」

一言一句違(たが)えぬよう、ザッケンリーはランティの言葉を伝える。最愛の妻の言葉が、頑なな彼の心を少しでも溶かしてくれないか、と祈りながら。

「……」

ガォルグは無言で、道場の窓に目を向けている。その真っ直ぐな姿勢も、眼差(まなざ)しも何もかも、四年前と全く変わらない。変わったのは、服と髪型と……それから、彼のその心の中。

「ガォルグさんは、本当はずっと騎士になりたいんだって……そう言っていました」

最後にそう結ぶと、ガォルグはどこか自嘲するように「はっ」と笑った。

「さぁ、どうだろうな」

それが彼の本心だかどうかわからぬまま、ガォルグはザッケンリーに背を向けてしまった。

二十

「ガォルグさん、秋の剣術大会に出ましょう」

ね、ね、とばかりに勢い込んで伝えるも、当の本人であるガォルグは「そうだな」と言ったきり腕を組んでしまった。予想外の反応に、ランティは思わず唇を尖らせる。しかめ面を続けようかと思ったが、甘い匂いに鼻をくすぐられ、それも保ってはいられない。

今日は久しぶりにのんびりと過ごしていた。ガォルグは基本的に休みなんて設けていないし、ランティも働き者を自負するくらいなのであまりそういった日を必要としていない。が、最近はセバクに国都にと外出することが増えて、なかなかゆっくりと体を休める時間がなくなってしまった。だからあえてランティが「月に数回、完全なる休みの日を作りましょう」と提案したのだ。

家でのんびりしよう、と言ってもお互いそわそわと落ち着かず、結局なんだかんだと仕事をしてしまうので、仕事でセバクや国都を訪問した次の日などを休みにしている。

今日は甘味処を二カ所回る予定を立てていた。既に一軒目を終えて、二軒目に着いて注文を済ませたところだ。

「さっきの店のケーキも美味しかったですけど、ここのパイも楽しみですねぇ」

「そうだな」

「この店のパイは絶品だって有名なんですよ。僕が頼んだ林檎のパイみたいな甘い系統のパイもいいんですが、ガォルグさんが頼んだミートパイもいいですよね」

「そうだな」

「甘い物としょっぱいものの繰り返しなら、永遠に食べ続けられる気がします」

「ほどほどにな」

会話は終始こんな感じだが、これでいいのだ。結婚したばかりの頃は会話を弾ませなければと気を使っていたが、今はもうそれも落ち着いた。別にゆっくりでも口数が少なくても、決してつまらないということはないからだ。

ランティが主に話してガォルグが頷いて、またランティが話してガォルグが頷いて。時折ガォルグが話題を振ってくれたり、良い返しで会話を盛り上げたり。そんなやり取りがとても楽しい。

そしてパイが運ばれてくるまでの間に、ランティは先日ザッケンリーから聞いた話をガォルグに振った。なんの話かというと、あれだ。

「秋に開催される剣術大会に出ないか」

という話だ。

ザッケンリー曰く、ガォルグはやはりかなりの実力者らしい。道場に入門してそう時間も経っていないが、どの門下生にも負けないほど強い。と、自信を持って言えると断言してくれた。そして、「ダンカーソンさんの実力なら、剣術大会に出場すべきだ」と。

まさしく、ランティが思い描いていた通りの未来に向かって進みつつある……のだが、何故かここになってガォルグが渋り始めた。はっきりと口にはしないが、どうやら騎士になるのを躊躇っているらしい。

というわけでこうやってことあるごとに説得を試みているわけだが、何故か毎回さらりと流されてしまう。

「俺が騎士になったら、仕事に支障が出る」

ふい、と顔を横向けてそう言うガォルグは、なんだか聞かん坊のようだ。

「だぁから、それはちゃんと僕が考えているから大丈夫ですって」

ランティがそう言っても、やはり「しかし」と渋る。

(急に頑なな……)

ランティはぐぬぬと唇を噛み締める。

騎士になるのはたしかにガォルグの夢だったはずだ。だからこそ道場にも通い始めたと思っていたのだが、何を躊躇うことがあるのだろうか。

「秋の剣術大会は国と騎士団が主催する、年に一度の大きな大会ですよ。選ばれるだけでもすごく栄誉なことではありませんか?」

じっ、とガォルグを見つめていると、横を向いていた彼がちらりとランティに視線をやった。そして、ぱち、と目が合ってから「いや」と溜め息まじりに言葉をこぼす。最近気付いたのだが、ガォルグはランティの物言わぬ視線に弱い。

「ランは……」

何かを問いかけようとして、そして言葉を切ってしまったガォルグに、ランティは「僕は？」と先を促す。ガォルグは胸の前で組んだ腕の、その指先を小指から順に動かして、そしてもう一度溜め息を吐いた。

「ランは、一度手放したものを、未練がましくもう一度拾いに行こうとする者を、どう思う？」

「えぇ？」

微妙に抽象的な物言いをされて、ランティは眉根を寄せる。つまりそれは「一度は騎士の夢を諦めたのに、もう一度目指そうとする自分」のことを言っているのだろうか。

（それにしては微妙な言い方だけど）

「ふん？」と鼻を鳴らしながら、ランティはガォルグにならって腕を組む。悩んでいるふうに見せてはいるが、しかし答えは決まっている。

「そんなの、何回でも拾いに行けばいいでしょう」

「……なに？」

ランティの言葉が予想外だったのか、ガォルグが眉間の皺を消して、眉を持ち上げる。切れ長の目が少しだけ丸くなったのを見ながら、ランティは続けた。

「そりゃあそうでしょう。もう一度拾いさえすれば幸せが手に入るんでしょう？　そんなもの、僕なら恥も外聞もかき捨てて我先に拾いに行きますよ」

「我先に……」

思わずといったようにかすかに笑うガォルグに、ランティはツンと顎を上向けてみせる。

「ぇぇそうですよ。だって他の人に拾われたら嫌ですもの」

もし尻込(しりご)みして、他の誰かがその捨てたものを先に拾ってしまったら。それこそ泣いて悔しがるだろう。

「結局のところ、拾いに行かない理由の多くは恥と誇りのせいですよね。そんなことをして周りからどう見られるのか気になる。とか、一度捨てたものを拾いに行くなんて、そんな自分許せない、とか」

「まぁ、そうかもな」

ランティの真っ直ぐな言葉に、ガォルグはゆっくりと頷く。何かを思い出しているようにも見えるが、それがどんな記憶かは、ランティにはわからない。彼がどんな記憶を持っているのか、どうして今こんな質問をするのか。それもわからないのだ。

それでも、ランティは妻として彼の問いに真摯に答える。ガォルグにおもねるのではなく。嘘偽りなく、自分の正直な気持ちを。

「僕は、そんなものどうでもいいんです。自分が幸せになるためならいくらだって恥をかくし泥を被ります」

その通りなのだ。ランティは人に指を指されて笑われても、それほど気にならない。ランティにとって大事なのは、人の心の中ではない、自分の心の中なのだ。

「僕にとっては、そちらの方が後悔が少ないいんです」

そう言って微笑むと、一度口を開きかけたガォルグが、思い直したようにそれを閉じて、やがて微笑んだ。

「笑われたって何したって、僕は自分の幸せのために尽くしてきました。多分これからもそうすると思います」

最後にそう言い切ると、ガォルグが溜め息を吐いて「あぁ」と頷いた。その溜め息は先ほどのものと違って存外に軽く、どこか笑い声のようにも聞こえた。

「ランらしいな」

「そうでしょう?」

それからランティは伝え忘れていたことを思い出して「あ」と声を上げた。

「ガォルグさんにも幸せに貪欲であって欲しいと思ってますよ」

ふんふんと頷きながら言うと、意味が伝わったのか伝わっていないのか、ガォルグが「うん?」と首を傾げた。

「僕の幸せはガォルグさんの幸せに繋がると信じてますし、ガォルグさんの幸せは僕の幸せに繋がってますから」

そう。ランティが幸せを掴むために頑張ってきたことでガォルグも幸せになったというのであれば、その逆もまたしかりだ。ガォルグが夢を掴んでくれれば、ランティはこの上なく幸せな気持ちになるだろう。

「夫婦は運命の共同体です」

「運命の共同体、か」

ランティの前向きな言葉に当てられたのか、ガォルグが表情をわずかに柔らかくする。が、すぐにそれを引き締めた。

「ランは……、騎士である俺がいいのか？」

「当たり前で……」

こくこくと頷きかけて、ふと途中で思いとどまる。ランティはガォルグと出会った時、彼を騎士だと思い込んだからこそ結婚を申し込んだ。あの時は、結婚相手は決して「ガォルグ」でなくてもよかった。ただ騎士という肩書きさえあればいいと。

しかし、今は違う。騎士であれば誰でもいいとは思っていないし、今後も思えない。他の誰でもない、ガォルグがいいのだ。ランティは二回、目を瞬かせてから、「いや」とゆるく首を振った。ちら、と見上げると、ガォルグの墨を刷(は)いたような真っ黒な目と目が合う。途端にじんわりと胸の内が熱くなって、ランティは「いや」ともう一度こぼした。

「僕はその、決して騎士がいいとか、そういうのではなくて……」

じんじんと指先が熱くなってきて、ランティはわずかに首を傾げる。いくら夏真っ盛りとはいえ、日陰の店内でこの暑さは異常だ。

「なくて、その」

「ラン？」

様子がおかしいと気が付いたのだろう。ガォルグがわずかに腰を浮かせてランティに手を伸ばしてくる。

「ガォルグさんが、ガォルグさん自身が……、好」

その手が動いた時に、わずかに香るガォルグの匂いに、ランティの肌がぶわっと粟立った。

「は、え？」

ガォルグを見つめているはずの視線がぶれる、指先が震える、心臓がどくどくと痛いほど高鳴る。

これは、心臓か何かの病気ではないかと思った瞬間、近くにいた客がすんと匂いを嗅ぐように鼻を上向けたのが見えた。

「何か甘い匂いしない？」

どこかうっとりとしたようなその呟きに、向かいに座っていた客が笑う。

「そりゃパイの匂いだろ」

「いや、そういうのじゃなくて……」

その客が首をめぐらせて、そしてその視線がゆっくりとランティに向かう。目が合いそうになった、その瞬間。

「ラン」

目の前を太い腕が遮った。まるで目隠しをするように視界を覆われて、抱き寄せられる。もちろんその腕は、ガォルグのものだ。

そのまま促すように立たされて、ランティは「あ？　あ？」と意思のこもっていない音を吐き出した。自分を包んでいるガォルグの体に、そこから漂ってくる匂いに、どうしようもなく下腹部が疼いてしまったからだ。

「ガォルグさ……」

膝が震えて立っていられなくなって、ランティは目の前の体にしがみついた。情けないよりなにより、自分の急激な変化が恐ろしすぎた。

店の中がにわかにざわついて、どこからかこそこそと声が聞こえて来る。「これって」「Ωいる？」「うわ、あそこじゃない？」そんな声を聞いて、ランティはようやくハッと気が付いた。

（これって、もしかして）

「ラン」

思考が固まる前に、ガォルグに抱き抱えられる。ランティは抵抗することなく、その腕の中に収まった。ガォルグが触れた場所がじんじんと熱くてたまらない。思わず顔を胸に擦り寄せて、その心地の良さに「ふぁ」と甘えたような声を漏らしてしまった。

ガォルグはずんずんと進んで、店員に「騒がせてすまない」と謝る。そして、懐から袋を取り出してそれを店員に渡す。

「今店にいる客の代金は全てここから。余った分は迷惑料として受け取ってくれ」

「は、はい……、わっ」

店員はガォルグにやっていた視線を、ランティに注ぐ。その目がとろりと蕩けてランティに釘付けになっているのを見て、ガォルグが自身の体でランティを隠す。

しかしその行動で、ランティは嗅覚（きゅうかく）を刺激され、「ん」と濡れたような声を出してしまった。ガォルグは小走りに店の外へと飛び出した。

「ラン、ラン駄目だ。そんな声を他の奴に聞かせてはいけない」

ガォルグがランティの頭を自身の胸に抱き締める。まるで、誰にも見せないとでもいうように。ランティはそのたび「う、うぅ」と呻くが、ガォルグは自分のせいでそうなっていると気が付いていないようだった。

(近っ、づくとますます辛いんだけど……っていうか、っていうかやっぱりこれって)

「発情期、か」

思考を読んだかのようなガォルグの発言に、ランティは思わずビクッと体をすくませる。ガォルグの動きは素早いのにとても丁寧だ。周りの景色は飛ぶように速く動いているのに、頭は全く揺れない。ただ、揺れずとも息は上がっていく。

「宿は、発情期のΩも大丈夫だったか？」

宿によっては『発情期のΩ、入店お断り』と掲げているところもある。発情期に撒き散らされるフェロモンはある意味公害に近いからだ。先ほどの店でもそうだったが、Ωのフェロモンは他の性の者にとって、どうしても抗いがたいものだ。特にαにとっては、性衝動を否が応でも刺激し、望むと望まざるとにかかわらずΩとの性行為をしたくてたまらなくなる。

つまり、「そこにいるだけで他の客に迷惑をかける」ということで、発情期のΩはそもそも入店禁止とされることが多い。

「だい、じょうぶです。たしか、三階の一角が、それ用に……」

息も絶え絶えに伝えてみると、ガォルグは端的に「わかった」と頷いた。万が一のことを考えて宿屋はいつも発情期のΩの受け入れが可能なところを選んでいた。他の宿より多少割高だったが、今この瞬間のことを考えると全く「無駄だった」とは言えない。

逞しい腕の中でガォルグの心音を聞きながら、ランティは「ふぅ、はぁ」と熱い息を吐いた。息を吐けば次は吸い込まなければならないわけで。そうすれば、顔を寄せたガォルグの香りが胸の中を満たすわけで。

「く、ぅん」

思わず声を漏らすと、ガォルグの腕がぴくりと動いたが、ランティはそれでももじもじと揺れる足を止めることができなかった。体はしっかりとガォルグが包んでくれているし、路地裏を通っているので人には見られていないだろう。が、抱きしめてくれているガォルグには隠しようがない。

それでもどうにか身を縮め、唇を噛み締めて声を我慢しながら、ランティはぎゅっと目を閉じた。

二十一

「はっ、あ」

ドサッ、と優しくベッドに下ろされ、ランティは軽く仰け反った。声を出したことで開いた口に、熱い指が触れる。

「ラン、抑制剤だ」

その指先には、小さな錠剤がのっている。ランティは大人しく口を開いてそれを飲もうとして……、何故かその指ごと口に含んでいた。

「ランっ？」

驚いたような声に答えるよりも、口に含んだ指の方が気になる。ランティは、ちゅう、と指先を吸ってから離し、ぺろ、ぺろ、と二度舌でそれを舐めた。

「ラン、っ、頼む」

唇をぐいと割り開かれて、指が侵入してくる。にゅぐ、と舌の上に無理矢理薬を押し込まれて「んぐぅ」と思わず苦しげな声を出してしまった。が、そのすぐ後には、そんな小さな息苦しさなど忘れてしまうほどの快感が襲ってきた。指先が、上顎（うわあご）を擦ったのだ。

それはおそらく、ガォルグの意図したところではないのだろう。しかし、気持ちがいいものはいい。ランティは夢中で頭を前後させ、ちゅぽちゅぽと口に指を出し挿（い）れさせた。

「……駄目だ」

「んぁっ」

が、指はあっという間に引き抜かれて、口の中には錠剤だけが残る。ランティはガォルグの指が恋しくて「あ、あ」と間抜けに口を開いたまま舌を差し出した。

「ラン、それを飲むんだ」

「ん、んん」

頭では「飲み込むべき」とわかっている。それはガォルグが宿の受付でランティのために買い取ってきたものだ。飲み込んで、そしてこの体の火照りを鎮めるべきだ。

わかってはいるのだが、しかし体は言うことを聞かず、ただ目の前のガォルグを求め続けている。

「水がいるな」

ふぃ、とランティから視線を逸らして、テーブルの上の水差しを見るガォルグが憎い。こんなにも熱く溶けそうな自分を放っているガォルグが。

(いや、何を考えているんだ。違う、違う違う。迷惑を、こんな、駄目だ)

もはや、ランティの頭は正常に働いていなかった。

(怖い)

ランティは自分の思考がおかしいことに気が付いていた。頭と体は、相反するふたつの思いを同時に抱いているのだ。「薬を飲んで、ガォルグから離れるべき」そして「薬なんて飲まずに、ガォルグに抱きしめられたい」。

どちらを選べばいいのか悩むように、体がどちらの行動もしてしまう。だからこそランは「うう」と涙を滲ませながらも錠剤を、ぺ、と吐き出してしまったのだ。

「ランっ」

窘めるように強く名前を呼ばれて、ランティはビクッと肩を跳ねさせた。そして快感にか、悲しみにか、恐怖にか、なんらかの感情で潤んでしまった瞳で、ガォルグを見上げる。

「だって、ガォルグさん……っ、僕、ぼく」

はぁ、はぁ、と荒い息を吐きながら、ランティは体を起こして、ぺたりとベッドの上に座り込む。

「違う、違うんです。僕……、怖い」

そろそろと手を持ち上げて、ガォルグの服の裾(すそ)を「くんっ」と引くと、ランティはどうにか自我を保とうと首を何度も振った。

「ごめ、なさい。薬を、飲まなきゃ、なのに、……んっ」

発情期で、迷惑をかけてはいけないという気持ちがどこかにはあるのに、それよりなにより、目の前にいる男に抱きしめられたくてたまらない。匂いを胸いっぱいに嗅いで、きゅんきゅんと疼く下腹部を撫でてもらって、そして……。

「あっ」

身動ぐと、ちゅく、と音がした。見下ろしてみれば、夏用の薄手のボトムの前の色が変わるほどに湿っている。陰茎がボトムを押し上げて、布ごしにぷくりと先走りの玉ができていた。

「やっ、ごめ、なさ」

恥ずかしくて、きゅっ、と太腿を締めるように寄せると、そのせいで形の変わった陰茎や陰嚢(いんのう)、そしてさらにその奥にある場所が、きゅう、と疼いた。

「ひあっ」

たまらずに声を上げて、どさっ、と前に倒れ込む。掲げられた尻のその狭間……常ならば濡れることなどない尻穴が、ぐじゅぐじゅに湿っている。その初めての感触や快感に、ランティは「っ？」と疑問符を浮かべるしかない。こんな感覚、生まれて初めてだった。

「ラン……っ」

声に、どうにか頭を上げるとガォルグと目が合った。途端、どくっと心臓が跳ねて、抗えない快感に体がびくつく。ガォルグもまた、何かに耐えるような表情をしていた。薬の入った瓶を開けようとしているが、その指はなかなか定まらない。やっと……というように蓋が開いて、中から錠剤をひとつ取り出して。うつ伏せに倒れるランティを支えるように、ベッドに乗り上げてきたガォルグが肩を掴んだ。

「ラン、ラン……っ」

体を起こされ、後ろに回って支えてくれるガォルグに寄りかかりながら、ランティはゆっくりと口を開いた。

震える舌を伸ばして、錠剤を舐めとろうとして。そこでふと、自身の腰に硬いものが当たっていることに気付く。ランティは口を開いたまま、ゆっくりと振り返る。

「……ぼくたち、夫婦ですよね？」

腰に当たっているのは、ガォルグの陰茎だ。その感触をたしかめるように尻を振って背中に撫で付ける。さっ、と腰を離されてしまったが、ランティはあえて追わずにじっとガォルグを見上げた。

「夫婦なら、こうやって……」

そのままランティは背を反らし、んちゅ、とガォルグの唇に口付けを落とした。それは触れるだけの柔らかなものであったが、それだけでぴりぴりと痺れを感じるほどに心地がよかった。

（そうだ。そうだよ、僕たちは夫婦だから）

間近で呆然と見開かれる目を見ながら、ランティは逆に目を閉じる。

「こうしても、い、いいんじゃあ、ないですか？」

言葉にするとより納得できる。ランティはそのまま、んちゅ、ちゅ、と何度か口付けを繰り返す。と、突然肩を掴まれて、ぐいっと引き寄せられた。

「ぅく、んうっ」

まるで噛みつかれるように口全体を覆われて、開いた口の中にぬるりと舌が侵入してくる。口の中を味わうように縦横無尽に蠢(うごめ)くそれは、上顎をごりごりと擦り、歯列を辿り、舌と舌とで絡まり合う。

「ふぅん、ん、んっ」

息もできぬほど苦しいそれが、たまらなく気持ちいい。ランティは思わずゆるゆると腰を振りながら、それをガォルグの股間に押し付けた。互いの昂りきった陰茎が布ごしに触れて、余計に興奮が増していく。

「ラン、ランっ」

たしかに名前を呼ばれているはずなのに、それはまるで形をなさない呻き声のようにも聞こえる。肉食動物がぐるぐると喉を鳴らして唸るのに似ている。さながらランティは、獣の前に出されたごちそうだ。舐められしゃぶられ、吸われ噛みつかれ。まるで口の中自体が性器になってしまったかのように、どこをどうされても気持ちがいい。涎がとめどなく溢れて、白く細い首筋を流れていった。

「ぷは、んっ、んぐぅ」

ぢゅうぅ、と舌を吸われて、ランティは快感に仰け反る。仰け反ればもちろん体は離れようとする

のだが、舌を吸われているせいでそれも叶わない。

「んぃ、がぉるう、ひゃん」

情けない声を出しながら、ランティはガォルグの腕を叩く。と、ガォルグが「あ」と舌を吸う口を離したので反動のように体が傾ぐ。と、ガシッと肩を掴まれた。そしてあっという間に距離を取られる。

「やはり、駄目だ」

驚いて目を見開くと、ガォルグが歯を食いしばるようにして唸っていた。

「これは……、互いが愛し合っている場合にすべき行為だ」

唸りの合間の、擦り切れるような声だった。

「っつ」

まるで、言葉の剣でざっくりと斬られたような衝撃だった。指が震えて、視界が滲む。それでもランティは熱に浮かされた頭の中で、今の言葉をぐるぐると繰り返した。

(愛し合って、愛し……、そりゃあ、そりゃあガォルグさんは僕のこと愛していないかもしれないけど)

悔しい気持ちで、下唇を噛み締める。

たしかにガォルグの言う通りだ。ランティがいくらガォルグのことを好きでも、ガォルグが同じ気持ちでないのならば意味はない。仲良くやってはいても、それは夫婦というより相棒。それこそただの運命共同体。

ランティは浮かんできた涙を、瞬きすることでどうにか散らしながら「ぅ、っく」としゃくりあげた。

「それでも……っ、僕たちは夫婦でしょう?」

ランティは弱気な気持ちに負けないように、ガォルグの腕を掴む。

理性なんて捨てて欲しいのに、いっそ本能のまま襲ってくれればいいのに。ガォルグはそうしない。

「ラン、俺は、ランのことが……」

「あ、あっ」

ガォルグが何か言いかけた時、ひときわ熱い欲情が体の中から沸き上がってきた。

ぞぞぞっ、と背中に怖気にも似た何かが走り、ランティはがくがくと膝を震わせながらくずおれて、目の前のガォルグに縋る。

「ひゃあっ」

と、その拍子に、ガォルグの横にあった抑制剤の入った瓶を薙ぎ倒してしまった。

「あ」

運悪く、開いたままだった瓶はタァンッといい音を立てて弾かれて、中身はばらばらと散らばってしまった。しかもそのほとんどが、備え付けの立派な箪笥の下に滑り込んでいく。

「あ、あ」

結局足元には、中身のない空っぽの瓶だけが残った。

「ごめ、なさ……。わざとじゃ……」

さすがに「わざとじゃない」とふるふると首を振る。と、薬の行方を目で追っていたガォルグが「もう一度、薬を貰ってくる」と立ち上がった。その前面……股間の部分はボトムを破らんばかりに勃ちあがっていて、ランティは思わずガォルグを押し止める。

「そ、そんな格好じゃまずいです、通報、されます」

「どうにかする、どうにか……」

冷静に見えるが、もしかするとガォルグもかなりランティのフェロモンに当てられているのかもしれない。顔色すら全く変わっていないと思っていたが、よく見れば目元が赤く染まっている。

「あ、あっ、じゃあああの落ちたやつ、落ちたやつ探しましょ……、っあ」

ずるずると床に這いつくばって、四つん這いで薬を探す。ガォルグに尻を向けるような格好だ。棚の下に手を伸ばすが、どうにも届かない。ランティは懸命に尻を揺らしながら、どうにか錠剤をつまむ。

「あっ、取れる、取れる、ぅ。ねっガォルグさん、手伝って……わぅっ！」

突然、ガォルグが後ろからのしかかってきて、ランティはその重みで床の上にぺしゃっと潰れる。下は絨毯なので痛くはないが、圧迫感がすごい。そして、耳にかかる吐息が熱くてたまらない。

「ラン……っ、ランっ」

「ガォルグさ……んっ、んんっ」

尻のあたりに、硬いものをぐりぐりと押し付けられる。それがあまりにも気持ちよくて気持ちよくて、もうこのままそうなってしまっていいような気になってくる。

「がぉ、うぐさ……」

「っつ！」

――バキッ！

途端、何かを強く殴る音が聞こえた。そして、腕の横に、ぱたっ、ぱたたっ、と血が飛び散る。

「あっ、えっ？　ガォ、ルグさんっ？」

驚いて振り向くと、頬に痛々しい殴打痕が残ったガォルグがいて。その鼻からは血が滴っていた。

「ガォ……っ」

「ラン、薬を」

ガォルグはそう言いながら、ランティの手を引っ張って、その手のひらから錠剤を取る。そして、自分の口の中にパクっと放り込んだ。

「がぉうくひゃ……んんっ」

そのまま、覆い被さってきたガォルグがランティに口付ける。先ほどのように、舌が唇を割って、歯列を開いて、舌先と触れ合って。ぐじゅ、ぬちゅ、と何度も絡め合ったその先に、ころ、と何かを含まされた。

「んぐ」

おそらくそれは、抑制剤の錠剤だ。一瞬体が拒否しかけたが、ガォルグの舌がそれを許してくれなかった。ランティは、こく、とその薬を飲み下す。

「ふ、ん」

飲み終えた後も、ガォルグはなかなか唇を離さなかった。どこか鉄臭い、血の味がする口付けは、ランティの頭をくらくらと揺らす。

酸素が足りなくなって、頭がぼんやりとしてきて、気が付いたらランティの心音はとくとくと穏やかに落ち着いていた。

「ん、ん」

それでも唇を触れ合わせたまま、何度も何度も口付けを繰り返す。角度を変え、深さを変え、速さを変え、何度も、数えきれないほどに。

「ん……」

いつの間にか、ランティがとろとろと目を閉じてしまうまでずっと、ずっと。二人は床の上に転がって、貪(むさぼ)るような口付けを繰り返していた。

二十二

ザッケンリー剣術道場では、今日も軽やかな木刀の音が響いている。ランティは道場の入り口に立ち、剣技を交わし合う門下生たちをぼんやりと見ていた。

どの男たちも互いに熱のこもった激しい剣撃を繰り広げており、時折「やぁっ！」「はっ！」と気合の入った声を上げている。

「ラン」

「……あっ、はい」

唐突に名前を呼ばれて、ランは飛び上がる。右を見やれば、夫であるガォルグが木刀を片手に立っていた。

「もう片付けたら終わりだから、待っててくれるか？」

「はい、もちろん。あ、その荷物持っておきますよ」

木刀を持つのとは反対の手に握られた荷物を指し、手を出す。と、ガォルグも「あぁ、悪いな」とそれを差し出してきた。

荷物が二人の間を行き来するその瞬間、ちょっ、と小さく指先が触れ合う。

「っつ」

思わず、ビクッと肩を跳ねさせてしまった。指先も揺れたせいで掴み損ねた荷物はすんでのところでガォルグが掴む。

「……ここに、置いておくな」

そしてガォルグは、荷物をランティに手渡すのではなく、その足元に置いた。ランティは「あ、はい」と気まずげに微笑むしかない。

「……」

「……」

互いの間を気まずい空気が流れて、ランティはもじもじと視線を逸らす。ガォルグはそんなランティをもの言いたげに見やってから、これまたふいっと視線を逸らした。

「じゃあ、片付けてくる」

そう言って、道場の奥へと消えていくガォルグの背中を見ながら、ランティは「ぎぎぎ」と歯ぎしりにも似た唸りを噛み潰す。

(なぁんでこうなっちゃったかな～！)

頭の中でわぁわぁと喚いて、ランティは「はぁ～」と深い溜め息をこぼした。


あの、突然発情期が来た日。ランティは抑制剤を飲んだことによって、ゆったりと眠りに落ち着いた。初めての発情期で心身共に疲れ果てていたのか、その日はそのまま目覚めることなくこんこんと眠り続けた。発情期はきっちりと七日間続いた。つど抑制剤を飲んだり、たまに自分で熱を発散させて、ランティはどうにかそれを乗り切った。宿代は高くついたが、まあ仕方ない。必要経費ということで納得した。

問題は発情期が明けてからだ。妙にガォルグとぎくしゃくしてしまって仕方ない。五秒以上目が合わないし、体が触れ合うと先ほどのようにビクッとしてしまう。寝る時に同じベッドには入るものの、互いに背を向け合って端の方に寄るものだから、何故か真ん中にぽっかりと隙間ができている。日常生活にも支障が出そうなほど、お互いに意識し合っている。

原因はもちろん発情期のせいだ。熱に浮かされて互いの唇を貪りあって、あまつさえ「夫婦ならこういうことをしてもいい」なんてことを言ってしまって、ガォルグを困らせて。

（僕の馬鹿。なんであんなこと言ってしまったんだ）

あれではただの淫乱ではないか、とランティは唇を噛み締める。発情期の欲望に流された、ただのΩだ。欲望のままにガォルグに縋りついて、求めて、泣いて口付けをして。

（でも、発情期の欲望だけって……言えるだろうか）

Ωの自分が、αのガォルグを欲した。たしかにそうとも言えるが、だがそこに、いっぺんたりともランティ個人の欲が入っていないかと問われたら、自信を持って頷くことはできない。

（だって、僕はガォルグさんが好きだから）

そう、好きだ。やはりランティはガォルグが好きなのだ。だからこそあんなにも乱れてしまったし、求めてしまった。ランティは「うぅ」と赤く染まった頬を両手で押さえて、その一瞬後に、すん、と暗い顔になる。

（でもガォルグさんは、僕のこと好きじゃない）

ランティがいくらガォルグのことが大好きでも、ガォルグがランティを好きでなければ意味がない。ガォルグは「こういう行為は愛し合う夫婦がするべき」と言っていた。つまり彼にとってランティと自分は「愛し合う夫婦」ではないのだ。

（知っていた。あぁ知っていたけど……）

改めて突きつけられると胸が痛い。ランティは「ちぇ」と舌打ちしてからそっぽを向いた。

そもそも、はじまりがよくなかったのだ。騎士と勘違いして、騎士がよかったなんて泣き喚いて。あれで好きになってもらおうなんておこがましすぎる。

（だから、努力して、頑張って、好きになってもらうしかないんだ）

ランティは沈んでいた肩をぐんと持ち上げて、「ふん」と鼻を鳴らした。

（こんなことでへこたれないぞ。僕は絶対に、幸せを掴んでみせるんだから……）

その「幸せ」は、もうランティ一人のものではない。ガォルグと二人で得る幸せだ。

「あの」

さて、と頭の中で計画を練ろうとしていた、その時。不意に声をかけられて、ランティは「ん？」と正面に視線を戻す。そこには、以前もこの道場でランティに声をかけてきた男がいた。

「あぁ、どうも」

ランティはいつも通りの表面的な笑みを浮かべ、男に頭を下げる。と、男はぽぽぽぽと頬を染めてから「ど、どうも」と微笑みを返してきた。

「お、お久しぶりですね。最近はお忙しく？」

「えぇまぁ」

問われて、ランティは自信たっぷりに頷く。

最近、国都での仕事が軌道に乗ってきた。ランティの地道な営業活動が実を結んだ……というのもあるし、「時機」が来たから、というのもある。なんの時機かというと、ランティたちが卸した木で作られたセバクの商品が国都に流通する時機だ。木が加工されて商品になるまでは、もちろん時間がかかる。一朝一夕で商品として売り出されるわけではないのだ。

ガォルグが伐った上質な木は多くのセバクの職人によって商品となり、最近国都で話題となりつつあった。ランティはこれまで門前払いされていた国都の職人に「最近流行りのあれ、うちの木材を使ってるんですけど、ご覧になりました？」と耳打ちするように伝えた。と、「なに？　あれを？」となった職人が、徐々に興味を持ってくれるようになったのだ。

おかげで国都でもかなり仕事が取れて、忙しくしている。最近はセバクにいるのと同じくらいの時間を国都で過ごすようになった。もちろん、仕事のためだ。

さらに、数学の勉強をこつこつとやってきたおかげか、儲けの出る値の付け方も段々とわかってきた。今まで「おおよそ」の感覚でしか割り出せなかったものが、計算することによってきっちりと割り出せる。ランティは自らの力で計算して付けた金額で、しっかりと利益を得たのだ。初めてそれができた瞬間の感動といったらなかった。

それは全てガォルグがランティに「数学を学ぶといい」と言ってくれたおかげだ。ランティはそれによりますますガォルグに対して「好き」となったわけだが……。

「最近顔を見ないから、もしかしてその……ご主人と上手くいってないのかなぁ～なんて思ってまして」

頭の中に思い描いたガォルグに「好きです大好きです」と言っていたら、目の前の男が勝手に話を進めていた。ようやくそのことに気が付いて、ランティは「え？」と首を傾げる。

「上手くいってないなら、その……少しくらい俺にも機会があるんじゃないかと」

「機会？」

なんのだろう、と内心で首を傾げながら、ランティは目を瞬かせる。と、男はそんなランティの顔を眩しそうに眺めながら、胸を張った。

「ご主人には負け……たりもしますけど、俺もαですし実力はあります。秋の剣術大会にもこの道場の代表として参加するんです」

「へぇ、それはすごいですねぇ」

まぁガォルグさんの方が強いだろうけど、と心の中で呟きながら、ランティはにっこりと笑みを浮かべる。

「ランティさんがとても誠実な方というのはわかっています。そんなあなたにこんなことを言うのは心苦しいのですが……、でも、どうしても気持ちを抑えきれないのです」

「はぁ……」

シャツの胸元を押さえながら話す男は、なんだか随分と自分に酔いしれているように見える。いや、それが悪いということではないが、こうもぐいぐいと情熱的に語られると、どうも一歩引いてしまうのだ。

「俺たちはもしかしたら、運命の番ではないでしょうか?」

「はぁ……?」

しまいには夢物語のようなことまで言い出して、ランティは首を傾げるしかなかった。「運命の番」というのは、ほとんどおとぎ話といえる代物だ。元はひとつの魂であったものが、この世に生まれる時にαとΩに分かれたのだ、と。その魂の片割れともいえるαなりΩのことを「魂の番」もしくは「運命の番」と呼ぶ。今時子供ですら信じていない、迷信だ。

何にしても、ランティの方は男に運命を感じたことなどない。そもそも名前すら知らないのだ。何故知らないのかというと、全く興味がないからだ。知る必要性も感じない。そんな「運命の番」がいるだろうか。

「もし俺があなたの夫なら、妻を、こんな男ばかりがいるむさくるしいところに連れてきたりはしません。宝石でもなんでも、望むものは全て与えて、家の中でゆっくりと過ごしてもらいます」

「へぇ、そうですか……」

男の言葉を聞きながら、ランティはなんとなく物思いにふける。昔の自分であれば、男の言葉が魅力的で仕方なかっただろう。その妻が自分だったらいいのに、と。

こんなことを言うということは、きっと男の家は裕福なのだろう。何をせずとも苦労なくなんでも手に入って、最高の衣食住が保障されて。食うに困らず着飾れて。それはそれは素敵な人生を過ごせたかもしれない。

「俺なら、Ωにとってのなによりの幸せを与えることができます」

男の言葉に、ランティは頷けなかった。それが「Ωにとってのなによりの幸せ」だと思えなかったからだ。

悪意なくそれを幸せと断言できる男の、その素直さが可愛らしくて、ランティは「ふ」と微笑んだ。それはどちらかというと侮りに近い笑い方だったが、男にはただの笑みにしか見えなかったようだ。パッと表情を明るくして満面の笑みを返してきた。

「だからランティさん、俺が剣術大会で優勝して騎士になれたら、その暁には……俺と結婚してください！」

「……っはぁ？」

「はーい、はいはい」

と、勢い込んで前のめりにランティに向かってきた男の前に、す、と木刀が差し込まれる。切っ先からするすると辿っていくと、逞しい腕に行き着いた。

「あ、ザッケンリーさん」

それはこの道場の主であるザッケンリーだった。いつもの柔和な笑みを浮かべて男を見ている。その目が幾分か剣呑に見えるのは気のせいだろうか。

「ザッケンリー先生……！」

少し焦ったようにザッケンリーを呼んだ男は、びし、と姿勢を正した。

「フィガロ、もう稽古は終わりか？」

「あ、いえ……」

「他の何かが目に入っているうちは、剣に集中しているとは言えないぞ」

ザッケンリーの言葉に、男（どうやらフィガロという名前らしい）は恐縮したように「は、はいっ」と言って道場の方へと駆け出した。が、途中で振り返り、ランティの方へと戻ってくる。

「あの、絶対勝ちますから！」

そして、熱のこもった声でそう言ってから、今度こそ背を向けて駆けていった。ランティは、ぽかん、とそれを眺めてから首を傾げた。

「ありゃ勝てないな」

と、隣から笑い混じりの声が聞こえてきて、顔を上げる。声の主はザッケンリーだ。「あーぁ」というように肩をすくめて、ランティにちらりと視線を送ってくる。

「あれでもまぁ大会に推薦するくらいには優秀なんですけどね」

「へぇ」

「でも、ダンカーソンさんには遠く及ばない」

その言葉を聞いて、ランティは目を瞬かせてから、に、と唇を持ち上げる。

「そうですか」

ランティにとってなによりも一番大事なのはガォルグだ。たしかに彼が通う剣術道場のことも大切ではあるし、同じ門下生の彼にも「頑張ってください」とは思う。が、それだけだ。

ランティの笑顔を見てどう思ったのか、ザッケンリーが「ふっ」と吹き出した。

「本当に、ダンカーソンさんのことがお好きなんですね」

「それはもう、自慢の夫ですから」

自信満々に「えぇぇぇ」と頷いてみせると、ザッケンリーがますます笑みを深くした。

「そんなに愛されて、ダンカーソンさんも幸せでしょうね」

ザッケンリーの言葉にランティは頷きかけて、誤魔化すように首を傾ける。

「う、ぅん、そうですね。そうだといいんですけど」

「はい？」

肩を落とすランティを見て、ザッケンリーが目を丸くする。

「えっ、そうだといいってなんですか。そうでしかないと思います、が……？」

「いや、その……、ザッケンリーさんだから言えるのですが……、実は、僕の一方通行なところがありまして」

「はい？」

ザッケンリーが慌てたように手を振り上げて、あわせて木刀も持ち上がる。彼はそれを壁に立てかけると「いやいやいや」と首を振った。

「ダンカーソンさんは間違いなくランティさんをお好きだと思いますよ、むしろ好きじゃないなんて、そんなっ……考えられませんよ！」

何故かザッケンリーの方が不思議そうに首を傾げる。

「なっ、なんでそうなるんですか？」

「なんでって……」

ランティは少し言葉に詰まってから、目を伏せた。まつ毛の影で目の前が少し暗くなる。

「僕たちは、そういうのじゃないので」

それを聞いたザッケンリーは「うわ」と普段の穏やかさからは想像もできないような低い声を出した。

「それ、ダンカーソンさんも言ってたやつ」

「え？」

視線を持ち上げると、ザッケンリーが頬を引きつらせていた。言葉の意味がいまいちわからず「なんですか？」と問うと、ザッケンリーはゆるく首を振る。

「いや、その……ダンカーソンさんはランティさんのこと、とても好きだと思いますよ？」

「そうですね、夫婦としては仲良くやれていると思います」

仕事も順調だし、恋情を挟まなければ仲良くやれていると思う。ガォルグから嫌悪の気持ちを感じたことはない。まぁ今は、かなりぎくしゃくしているので、もしかしたら若干距離を置かれてしまった可能性が、なきにしもあらずだが。

ふぅ、と悩ましげな吐息を漏らすと、ザッケンリーが「うぅ」だの「あぁ」だの、なんともいえない言葉を食いしばった歯の隙間からこぼした。

「あの、失礼を承知でなんですけど……」

「はい」

申し訳なさそうに手を掲げるザッケンリーに、ランティも真面目な顔をして話の続きを待つ。

「その、ランティさんとダンカーソンさんは、お互いの気持ちについて話し合った方がいいかと」

「はい？」

が、待っていたのはなんともいえないアドバイスであった。

「お互いの気持ちは話しているつもりなのですが……」

夫婦として、毎日一緒に過ごして会話もしている方だと思う。しかし、傍（はた）から見たらあまり話をしているように見えないのだろうか。

会話のない夫婦、仲の良くない夫婦、と思われているのだろうか。と、にわかにランティの気分が落ち込む。

「いやその、お互いこう、下手にしっかりしているぶん『こうに違いない』って思い込んでそうなところがあると思うんですよね」

「思い込み……」

たしかに、それは大いにあるかもしれない。もしかすると、仲がいいと思っていること自体思い込みなのでは、という指摘だろうか。いや、実際にランティとガォルグの仲はいいし、ザッケンリーはそんな意地悪な指摘をする人ではない。

「えっと、つまり、あの？」

「あ～、そんなしょんぼりしないで……」

ザッケンリーは「参ったな」と小さく呟いてから、その長い髪をがしがしかいた。そして何かを振り切るように「よしっ」と声を上げてから自分の胸を叩いた。

「わかった、わかりました、ひと肌脱ぎます。その代わりこちらの思惑にも少し利用させてもらいますから。まぁそれでなんとか」

「？」

ザッケンリーの言う「思惑」がなんなのか、そもそもひと肌脱ぐとはどういう意味なのか、ランティは何もわからず「はて」と目を瞬かせる。

「えぇと、ザッケンリーさん？」

「ラン、待たせた」

と、その時。ちょうどいいというか、なんというか、稽古を終えたガォルグが、ランティたちのところへのっそりとやってきた。ランティが「お疲れ様です」と言う前に、ザッケンリーが「あのっ」と割って入ってきた。

「ダンカーソンさん、大変です！」

「なに？」

「へ？」

何かそんなに慌てることがあっただろうか、とガォルグと一緒にランティも目を丸くしてしまう。

と、ごくりと息をのんだザッケンリーが、ガォルグに向かって人差し指を立てた。

「秋の剣術大会で、優勝して騎士になったらランティさんに結婚を申し込むと意気込んでいる門下生がおりまして」

「は？」

ザッケンリーの言葉で、その場の空気が凍る。いや実際に空間が凍るなんてことはないのであくまで比喩表現だが、たしかに凍りついたのだ。凍りつけたのは、「は？」の言葉を漏らした彼だ。彼、つまりガォルグ。

「詳しく聞こう」

びゅうっと冷たい風が吹いたとすら感じる雰囲気の中。ガォルグが、氷よりもさらに冷えた声を発しながら、ザッケンリーを睨みつけるように見下ろした。ランティは何も言うことができないまま、そろりと自身の腕を擦った。

二十三

「本当によかったんですか？」

「あぁ」

「本っ当に剣術大会に出場するんですか？」

「あぁ」

夕暮れの街を二人並んで歩きながら、ぽつぽつと会話を交わす。

先ほど、ザッケンリーの剣術道場で男……フィガロが出場して騎士になった暁にはランティに求婚する、という話を聞いたガォルグは何故かムッと（というより、グワッと）いう顔をした後に「俺も出る」と即座に断言した。これまで頑なに返事を濁していたガォルグが、だ。

「ええっ！」と、目を丸くするランティを見て、一瞬ハッとした顔はしていたが、出場の意思を覆すことはなかった。

（今まであんなに渋ってたのに……）

横を歩くガォルグをちらりと見上げながら、ランティは視線を彷徨わせた。そして、以前までなら自分の先を歩いていたガォルグが、横に並んでいることに気が付く。

(なんだか、僕を守るためにに出場するみたいじゃないか?)

心の中で「そうかも、いや、期待しすぎるのはよくないけど……そうかも」と肯定と否定を繰り返す。

(いや、いやいや、ここで期待して台無しにしては駄目だ)

ランティは甘い考えを無理矢理押し込めて、ぶるぶると首を振った。

(ガォルグさんは責任感が強いから……夫としての責任を果たすために『出場する』と言ってくれたのかもしれないし)

そう考えてみると、これがまた妙にしっくりくる。ランティは「ちぇ」と小さく呟いた。尖らせた唇を、ひゅ、と夏の終わりの温(ぬる)い風が撫でる。

(お前を他の男に渡したくないっ、なぁんて言ってくれたらなぁ)

頭の中で、キリッとした表情の……まるでおとぎ話の中の王子様のようなガォルグを思い浮かべて、ランティは「ふふ」と笑いをこぼしてしまった。

「どうした?」

「いえ、……ザッケンリーさんがとても喜ばれていたなぁと思って」

誤魔化すように、頭の中で考えていたこととは別の話を口に出す。が、それもまた事実だ。

ガォルグの出場の意思を聞いたザッケンリーは、それはもう喜んでいた。いつもは穏やかな彼が「よっしゃあ!」とはしゃぐ様は珍しくて面白かったし、何故かガォルグがそんなザッケンリーをひんやりとした目で見ていたのも面白かった。普段無表情なガォルグにしてはあからさまで、わかりやすい不満顔であったのだ。

「そうだな」

またも、む、という表情を作ったガォルグを、ランティは「ははは」と笑ってしまう。結婚して一年以上経つというのに、こんな小さな表情の変化が嬉しいし愛おしい。

(惚れた方が負け、なんてよく言ったものだよな)

ランティは何事においても優位に立ちたい人間だった。Ωという性に生まれ、それに負けじと反骨精神でがむしゃらに頑張ってきた。だが、ガォルグの前でだけはその気持ちもぐずぐずに溶けてしまう。ガォルグにならば負けてもいいし、情けない姿も見せられる。まぁ、今まで散々みっともないところを見せてきたが故、というのもあるが。

ランティはいつも張っている胸をちょっとだけ撫でおろした。そして、肩ひじ張らない穏やかな気持ちで、ガォルグの指先に、そ、と自身の指を触れさせた。ガォルグの腕が少し大げさなくらいにビクッと跳ねる。

「ありがとうございます、僕のために」

恋愛的な意味であろうとなかろうと、ガォルグがランティのことがきっかけで大会に出ようと決めてくれたことには違いない。指を絡めながら礼を言うと、数回咳払いをしたガォルグが「いや」と首を振った。

「俺自身のため、でもある」

「ガォルグさん自身の……」

ランティはそこでようやく「そうか」と気が付いた。そうだ、そもそもガォルグは騎士になりたかったのだ。ランティが求婚されているやらなんやらというのは、あくまできっかけに過ぎないのだろう。

ランティは少し切ない気持ちで、それでも笑みを浮かべたまま「えぇ、はい」と頷いた。

「試合には、元々出るつもりだった」

「あ、そうなんですね」

「あぁ、先日ランティが言ってくれた言葉が嬉しかったからな」

「……僕の？」

はて、一体どの言葉だろうか。ガォルグには「大会に出ろ出ろ出ろ」とまるで呪いのように連呼しまくっていたから、正直いつのどの言葉が響いたのかわからない。わからないが、自分の言葉がガォルグの心を少しでも動かすことができたのであれば、嬉しい。

（よかった）

ゆるりと脱力していた指に力を込めて、ガォルグの指にきつく絡める。ごつごつとした指の感触が心地よくて、ランティの頬が緩み、ついでに熱くなる。

夕暮れの街は何もかもが茜色（あかねいろ）だから、きっとじんわりと赤く染まった自分の顔も普通の顔色に見えているだろう。いや、見えていて欲しい。

（そういえば、ザッケンリーさんが）

ふと思い出して、ランティは沈む夕日を眺めた。

ザッケンリーは「お互いの気持ちについて話し合った方がいい」と言っていた。ランティはその言葉を思い出しながら、ガォルグを見上げる。

「ガォルグさん、僕……」

「ん？」

声をかけると、ガォルグが優しくランティを見下ろしてきた。ぼさぼさの髪越しにも、彼が優しい目をしていることがわかる。

「あの、その」

その顔を見ていると、どうしても言葉が出てこない。喉のあたりでぐるぐると渦巻いたそれは、往生際悪く口の中にしがみついて「出たくない」と言っている。「出たくない」「この穏やかな関係を壊したくない」と。

まさか自分の中にそんな弱虫じみた気持ちがあるとは思わず、ランティは驚いて胸のあたりを押さえる。

「ラン？」

行動を不審に思ったのだろう、ガォルグが「大丈夫か」と問うように優しく名を呼んでくれた。もしも、気持ちを伝えたことによって、こんなふうに名前を呼ぶことすらしてくれなくなったら。発情期の際の接触ですら、未だに尾を引いているのだ。もしかしたら、ランティの告白が二人の関係に終止符を打ったりはしないだろうか。

「……あ、いや、やっぱりなんでもありません」

自分がこんなにも意気地なしだとは思わなかった、と嫌な胸の高鳴りを感じながら、ランティは曖昧に笑って誤魔化した。そして、いや、と思い直す。

「剣術大会が終わったら……お伝えしたいことがあります」

もしもガォルグが剣術大会で優勝し、騎士になるという夢を叶えることができたら。その時は、今よりも勇気を振り絞れる気がする。

「剣術大会が、終わったら？」

「わっ」

ガォルグがぐんと腕を引いたので、引っ張られるようにそちらを見る。と、ガォルグもまた何かを言うように口を開いて、一度閉じて、そしてもう一度、決意するように目を閉じてから開いた。

「俺も、ランに伝えたいことがある。伝えたいというか、その……まぁ。過去と未来の話をしたい」

「ガォルグさんの、未来と……過去？」

剣術大会で優勝すれば騎士になれるわけだし、たしかに未来の話は必要だろう。しかし、過去とはなんだろう。

「木こりの……？」

おそるおそると聞いてみたら、ガォルグが「ははっ」と吹き出した。珍しい、大きな声を出す笑い方だ。

「ちゃんと話す、全部」

どこか吹っ切れたようなその物言いは、ガォルグらしいようなそうでもないような、不思議な空気を纏っている。

（ガォルグさん？）

ランティは心の中でだけガォルグを呼んで、夕日に染まるその端整な横顔を眺める。それは、ランティがこれまで見たことのない顔であった。

二十四

ガォルグが出場を決めてからひと月。剣術大会はあっという間にやってきた。

秋に行われる剣術大会は毎年一度だけ開かれる大きな祭典とあって、国都は大いに盛り上がっていた。街には国章と騎士団の紋章とが描かれた綴織（つづれおり）が交互に飾られて、そこかしこに出店が出ている。国都はいつでも人で賑わっているが、今日は殊更だ。

「誰が優勝すると思う？」

「やっぱりスミスが手堅いんじゃないか？　昨年も準優勝だったし」

「私、フィガロ様に頑張って欲しいわぁ。家柄も良くて剣の腕も立つなんて、もう最高じゃない。なにより、あのお顔で騎士の制服を纏っているところを見たいのよ」

「なんか、伝説の元騎士が出場するって聞いたんだが、本当かな？」

ざわざわと途切れがちになる会話に耳をすませていると、すれ違いざまにドンッと肩に衝撃を受けた。

「わっ」

「おやおや、大丈夫ですか？」

ぐらついた体を隣から支えられる。

「あ、ありがとうございます、ザッケンリーさん」

「いいえ」

隣にいるのは、ザッケンリーだ。剣術大会を見に行きたい、とガォルグにねだってみたところ、熟考したガォルグに何故か「ザッケンリー師と一緒なら」と許可されたのだ。

いくら出場選手の関係者とはいえまさかザッケンリーが自分と一緒に試合を観てくれるなんてことは……と思っていたのだが、彼はあっさりと「もちろん」と請け合ってくれた。

「人が多いですし、ランティさんが不埒な輩に拐かされないか心配なんですよね。私でよければいくらでも護衛になりますよ」

と、言っていたが、当のガォルグが何も答えず腕を組んだだけだったので、真相はわからない。時たま、ガォルグのザッケンリーに対する態度が気安すぎる気がするのだが、気にしているのはランティだけらしい。ザッケンリーはガォルグに冷たい目で見られようが、無視されようが、特に気にした様子もない。道場主と門下生のはずなのだが……なんとも不思議な関係である。

というわけで、今日は朝からザッケンリーと行動を共にしている。ガォルグは出場選手として身体検査や武具の確認等々があるらしく、ひと足先に会場の方へ向かっていた。

「人が多いですねぇ」

「えぇ、皆この日を楽しみにしてますからね」

行き交う人は皆口々に「誰々が優勝するに違いない」「いいや誰々だ」と今日の試合の勝敗を予想している。

「ランティさんは誰が優勝すると思いますか？」

「え？　ガォルグさん以外にいないと思いますけど」

ザッケンリーに問われて、ランティは目を瞬かせて首を傾げた。ランティにとってこの世で一番強いのはガォルグだ。

「ザッケンリーさんのところは、国都でも有数の実力主義の道場ですよね。その中でガォルグさんは選手として選ばれた」

剣術道場を探す時、ランティはきちんと下調べをした。国都にあるほぼ全ての剣術道場の大会での成果や、道場主の経歴など、調べられることはなんでも。その上で、ザッケンリーの道場は騎士になるのに一番の近道だと判断した。

道場によっては、実力より序列を優先するところもある。そういったところに通えばいくらガォルグに剣技があっても騎士にはなれないと考えた。結局のところガォルグはあっさりと代表選手になれたので、この選択は正解だったのだろう。

「しかももう一人の出場者であるフィガロさんとすらそれなりに力の差がある。これは期待していいのではないでしょうか」

身内の贔屓目だけではなくちゃんと理由もあるのだ、という気持ちを込めて伝えると、ザッケンリーは「なるほどなるほど」と感心したように頷いた。

「ランティさんは賢い。よく周りを見ていますね」

「ふふ、それほどでも。……それから」

高笑いした後に言葉を途切らせたランティは、きょろ、と周りを見てから照れた笑いをザッケンリーに向けた。

「ガォルグさんが『優勝する』って言われましたから。ガォルグさん、僕には絶対嘘つかないんです」

ふふ、とはにかんで内緒話をするように伝えると、一瞬だけ目を丸くしたザッケンリーが、ランティと同じように笑みを浮かべた。

「ランティさんは賢くて可愛らしい」

ランティはわざとらしく「おや」という表情を作ってから、片目を閉じてみせた。

「今までご存知なかったと？」

「おやぁ。これじゃあガォルグさんが骨抜きになるのも無理はないですね」

ザッケンリーの言葉に、ランティは「むぅ」と唇を尖らせる。

「本当の意味で早く骨抜きにして差し上げたいんですけどね」

「ははっ、それももうすぐだと思いますよ」

そうならばいいのだけど、と心の中だけで呟いてから、ランティは今日の護衛役ににっこりと微笑んでおいた。

「おや、屋台が出てますよ。何か買ってから会場に向かいますか」

ザッケンリーが、額に手を翳して通りを見やる。彼の言う通り、そこから先には道の両側にところ狭しと出店が並んでいた。しかもこの通りだけではない。一本曲がったところや、さらにその先の左右に分かれた通りにも、ずらずらと続いている。

「あぁ～、人も店も多すぎて目的のものが買えないかもしれませんね」

ランティはザッケンリーの残念そうな声を聞いてから「うっふっふ」と怪しい笑みを浮かべてみせた。そして、懐からごそごそと取り出した袋にしまっていた紙を見せる。

「そうだろうと思いまして、今日出店する店につきましては商工会への探りで既に全店把握済み。ザッケンリーさんの好みの店へ案内できますよ」

そこには今日出店する店の一覧と通り全ての地図が描かれていた。ちゃんと会場までの経路も記している。

「さらに、購入しやすいように小銭もたくさん準備済み。さぁザッケンリーさん、お好きなものは？　肉？　魚？　それとも甘味？　護衛のお礼になんでも買わせていただきますので、どうぞ遠慮なく。ちなみに僕は食べたいケーキがあります」

ふんす、と鼻を鳴らしてそう言うと、一瞬きょとんと目を丸くしたザッケンリーがげらげらと笑い出した。

「や～、ランティさんって、……ははははっ！」

「ザッケンリーさん？」

手作りの小銭入れを手に、はて、と首を傾げる。いつもの穏やかな雰囲気より、ちょっと気さくな笑い声を上げるザッケンリーは、ぐい、とランティの肩を抱いた。

「ほんと、めちゃくちゃ面白いっすね。ガォルグさんの嫁さんじゃなきゃ絶対惚れちゃってますよ」

「そうですか」

自分の魅力というものをある程度理解しているランティは、変に否定するでもなく頷いておいた。ザッケンリーの口調が妙に軽くなったが、それだけ気を許してくれたということだろう。何にしても、一緒に行動をする上では何も問題はない。むしろよい傾向だ。

「ふふ。ガォルグさんの嫁さんがランティさんでよかった。……そっかそっか、ランティさんだったからガォルグさんは大会に出られたんだ」

「？」

一人で納得したように頷くザッケンリーに、ランティは首を傾げる。が、そんなランティには何も言わず「そうかそうか」と嬉しそうに目元を拭ったザッケンリーは、ランティに視線をあわせるように軽く膝を折り曲げた。

「これからもガォルグさんをよろしくお願いします」

「ええ、言われずとももちろん」

それに関しては自信満々で頷くことができる。たとえ何があろうと、ランティはガォルグの側にいるだろう。

「ではそろそろ出発しますか。大会が始まるまであと少しです。行きたい店を各々ふたつずつに絞って攻略していきましょう」

「はぁい了解～」

ランティの提案に、ザッケンリーはにこにこと嬉しそうに頷く。

二人は仲良く並んで歩き出した。

二十五

試合会場は熱気に包まれていた。真ん中に舞台を擁した広々とした闘技場は階段式の客席にぐるりと囲まれている。各々自身の応援する選手に向けて「頑張れー！」「そこだっ」「いけー！」と声を張り上げ声援を送ったり、「あの選手は強いぞ」なんて訳知り顔で頷いたり、はたまたただ祭りの雰囲気を楽しんで酒を飲んでいたり。本当に様々だ。

ランティは石造りの椅子に腰掛けて、ほっ、と息を吐いた。

「今の試合もよかったですね」

「えぇ、勝者は昨年の剣術大会の準優勝者なんです」

「へぇ」

ランティはザッケンリーの解説を聞きながら声を上げる。

「ちなみにほら、昨年の優勝者はあそこですよ」

ザッケンリーの指した方を見ると、来賓席付近に騎士が固まっているのが見えた。今大会の主催である騎士団だ。

剣術大会は春、夏、秋、冬と季節ごとに開催されているが、大会ごとに主催が違う。試合の形式や参加人数等もがらりと変わるが、秋の大会は純粋に剣術の強い者が競い合う。なにしろ、優勝者はこの国の誉である騎士になることができるからだ。そんじょそこらの腕自慢では、そもそも参加することもできない。全国にある選ばれし剣術道場……の中からさらに選出された各二名ずつの強者だけに参加資格が与えられるのだ。

というわけで、きっちりとした制服を着こんだ騎士がそこかしこに配置されて、姿勢正しく背筋を伸ばして、至る所に視線を配っている。

観客の多くは、試合だけでなくそんな彼らにも熱い視線を送っていた。特に年頃の娘やΩたちとなれば尚更だ。

「ふぅん」

以前であれば、ランティも彼らに向かって手を振ったり見つめたりしていたかもしれない。が、今ランティが気になるのは、この世に一人だけだ。

「あっ！」

ちょうどその時、舞台にガォルグが上がってきた。

「つ、次ですよ、いよいよ次ですよ」

「ですねぇ」

　隣のザッケンリーの服の裾を掴み、ぐいぐいと揺さぶってしまう。そうでもしないと、気持ちが落ち着かなかったからだ。興奮でからからに渇いた喉をごくりと鳴らしながら、ランティはザッケンリーの服の裾をぎゅううと握りしめた。

「え、誰あれ？」

「あれも選手なの？」

　ガォルグの登場に、会場に妙な空気が漂う。

　それも仕方ない。今日のガォルグの髪はいつにも増してぼさぼさだ。ランティは「やだー！　ちゃんと梳かして撫でつけましょうよう！　なんなら前髪切りましょうよう！」と両手に拳を握って髪をどうにかするよう説得したり、その分厚い胸をぽこぽこ叩いたりしたのだが、ガォルグは頑として提案を受け入れてくれなかった。

「どこの道場？　え、ザッケンリー？」

「余程いい選手がいなかったんだろう」

「フィガロ様が出るから、そちらにかけているんじゃない？」

　好き勝手言う声がそこかしこから聞こえてきて、ランティはムッと片頬を膨らませる。それに気付いたらしい目敏いザッケンリーが、膨らんだ頬をつついた。ぷしゅ、と間抜けな音を立てて空気が抜けていく。

「好きに言わせておけばいいじゃないですか」

「好きに言わせておけばいいんですよ、ええええ」

わかってます、と言いながらもランティは口を尖らせた。

「でも『見てろよ』とは思います」

そう、見ていればいい。今自分たちが貶したガォルグが一体どんな剣を振るうのか。ランティは小さな足を精一杯踏ん張って、むん、と腕組みした。

舞台の上では、細身な男が、ガォルグと向かい合うように立っている。ガォルグと彼のちょうど間に立った審判が、両者に視線を送ってから腕を交差させる。と同時に、ざわざわと騒がしかった会場が、しん……と静まり返っていった。

剣術大会はそれぞれ試合の開始時に規則に則った誓いを必要とされる。たとえば、不正なく正々堂々と闘うこと。たとえば、背を向けた相手には斬りかからないこと。たとえば、明らかに勝負が決した後にむやみに相手を傷つけないこと。など、その誓いは多岐にわたっている。宣誓は必要としない、とする大会もあるが、本大会においては、主催である騎士の規則が適用される。

――キッ……

静まり返った会場に、硬質な音が響く。舞台の真ん中で、ガォルグとその対戦相手が、天高く掲げた剣を交わした音だ。二人は交えた剣をそれぞれに下ろし、剣先を地面に当てる。

「ちっ、誓う」

カンッ、という剣先が地面を穿つ音と共に、口上が始まる。

先に口を開いたのは、対戦相手だった。

「裏切ることなく、欺くことなく。勇ましく、己が品位を高めることを」

いささか緊張しているのか、その声はわずかに震えて上擦っていた。自身の担当部分を言い終えたことでほっとしたのか、安堵の息まで聞こえてきた。

会場に、どことなく微笑ましいものを見守るような、柔らかな空気が流れた。

——カァン……ッ！

突然、高く響いた音に、緩んでいた空気がぴりりと引き締まる。

「誓う」

空気を一変させたのは、ガォルグだった。彼が舞台に突き立てた剣は、見事なほどに真っ直ぐにそそり立っている。そしてそれは、背筋を伸ばしたガォルグと一体化しているようにすら見えて、観客は揃って息をのむ。まるで、ガォルグこそが、一振りの剣であるように見えたからだ。

「騎士道に則り、誠実謙虚に、堂々と闘い抜くことを」

低く、しかし朗々と透き通ったその声は、ランティの背中の毛という毛を、ぶわりと逆立てさせた。ぞくぞくという気配が抜けず、わずかに鳥肌の立った腕をするりと撫でる。

最後にもう一度剣を地面に打ち付けて。カァンッ、という高い金属音で宣誓は終了だ。会場に漂っていた張り詰めた空気が緩み、ざわざわと雑多な音が戻ってくる。

「や、すごかったですね、ザッケンリーさん。……ザッケンリーさん？」

……と、横から、ずっ、と何かをすするような音が聞こえてきた。驚いてそちらを見れば、何故かザッケンリーが目を赤くしていた。目尻には、薄らと涙の雫が見える。

「えっ！　だっ、大丈夫ですか？」

「あー、すみません……、すごく、こう、感極まって」

ザッケンリーは気恥ずかしそうにそう言って、はは、と笑い涙を拭う。

(ザッケンリーさんも元騎士だし、思い入れがあるんだろうな)

ザッケンリーの気持ちを慮りながら、うん、うん、とランティは頷く。深くは聞かない方がいいし、涙は見ない方がいいだろう。と、視線を舞台に向けていると、宣誓を終えた二人が、審判に促されて距離を取った。いよいよ、試合が始まるのだ。

「――ブレァナ道場代表ミカエラ・アナキン、ザッケンリー道場代表ガォルグ・ダンカーソン」

名前を呼ばれたそれぞれが、先ほど地面に突き立てた剣を隙なく構える。

「始めっ！」

試合開始の合図に、わっ、という歓声が上がる。と、同時に、ガォルグの対戦相手が「やぁっ！」と声を上げながら剣を振り上げた。先手必勝で攻撃を仕掛けるつもりなのだろう。対してガォルグは、下段に剣を構えたまま動かない。

これは勝負あったな、と会場のほとんどの者が思った……その時。

――ギッ、ガンッ！

金属のぶつかる甲高くも重たい音が響いて、次いで、ガシャーンッと何かが地面にぶつかる音が続いた。

「……えっ！」

それは、舞台の上の男の声だったろうか、それとも会場の誰かの声だったろうか。信じられない、と驚きを含んだその声は静まり返る会場に嫌に響き渡った。

舞台の上では、ガォルグが尻餅をついた男の首筋にぴたりと剣を当てている。あと少しでも動けば首の皮が切れてしまいそうな、本当にすれすれの距離だ。

ガォルグは斬りかかってきた男の剣を根元から撥ね上げ、さらに剣の向きを変えて横に打ち払った。余程強い威力だったのだろう、しっかりと握られていたはずの剣は男の手からすり抜け、今は舞台の端の方でくるくると回っている。さらに剣の柄で男の肩をドンッと押したせいで、剣を取り落として焦った男は呆気なく後ろに倒れ込んでしまった。立ち上がろうとしたところに、ぴたっと首筋に剣を押し付けられたのだ。たしかに彼でなくとも「え？」と言いたくなるだろう。

「しっ、勝負あり！　勝者ダンカーソン！」

審判さえも、少し言葉に詰まってから手を上げる。その宣言によってようやく静まり返っていた会場に音が戻ってきた。

「すごいじゃやねぇかっ」

「なんだあいつは！　どこの誰だ？」

「えっえっ、何も見えなかったぞ」

わぁああっ、という耳をつんざくほどの歓声に紛れるように、ランティは「あーっはっはっはっ」と高笑いをした。

「見ましたかっ、見ましたかっ！　それでこそ僕の夫！　僕のガォルグさん！　あははっ、はーっはっはっ」

ランティは思わず隣のザッケンリーに飛びついてがくがくと揺らした。ザッケンリーは「はいはいはい、すごいですすごいです」と揺さぶられながら何度も頷いている。

「俄然楽しみになってきましたね」

未だ驚き冷めやらない周りの反応を見ながら、ランティは舞台のガォルグを見下ろす。と、なんだかガォルグもこちらを見ているように見えた……が、まさかそんなはずはない。今日どの席に座るかは事前にはわからないし、わかっていてもガォルグのいる場所からはこちらの顔は見えないだろう。

（まぁ、見えていたらそれはそれで嬉しいけど）

ランティは見えていないことは承知で、ガォルグに向かってひらひらと手を振った。ガォルグは一瞬だけ動きを止めて、もさもさとした前髪の間に見える目を、ふ、と細めた……ように見えた。いかんせん距離があるのでさすがにそこまでは目視できない。

「頑張れ、ガォルグさん」

小さな呟きは決して届いてはいないだろうが、ガォルグは緩やかに片手を掲げて、ぐ、と拳を握ってみせた。謎の男が見せた闘志の表れに、観客はさらにわいわいと盛り上がる。

「なんかあいつ、どっかで見たことないか？」

観客の中の数人がそう言って首を傾げていたが、色々な声が飛び交う観客席で、その言葉はランティの耳には届かなかった。

＊

試合は順調に進んでいった。出場者は全員で二十人、前回成績優秀者は一回戦が免除されているが、もちろん初出場のガォルグは一番下の組から順に試合をこなしていかなければならない。ガォルグが優勝するには、決勝も含めて全五試合を勝たねばならない。かなり体力を使いそうだが、ガォルグはほとんど時間を割くことなく、とんとん拍子で勝ち進んでいる。

試合が始まった頃は「なんだあいつ」という空気が漂っていたが、二試合、三試合と進んで、観客もガォルグの勝利が単なる偶然ではないと気が付いたらしい。最初は少なかった応援も、試合を重ねるごとにどんどんと増えていき、四回戦……準決勝ともなるとそれは一種の熱気のようなものに変わっていた。素人目に見ても「あいつは只者じゃない」と気付かされたのだろう。

実際のところただの木こりでしかないガォルグは、しきりに「あいつは誰だ」「名のある剣士に違いない」「異国の民では?」と推察されている。

「皆驚いていますねぇ」

ざわざわと盛り上がる周囲の声を聞きながら、ランティは「ふふん」と鼻を鳴らして足を組み替える。ちょっと偉そうな態度になってしまったが、嬉しいのだから仕方ない。手の中に扇子があったら高笑いして顔を扇いでいるところだ。

「まぁガォルグさんですからね」

ザッケンリーが肩をすくめて苦笑しながらそう言って、ランティは「ですよね、ですよね」と頬を紅潮させた。舞台では、もうひとつの準決勝が終わったところである。つまりそう、ガォルグの決勝戦の相手が決まったということだ。

わぁっ、と上がる歓声に混じって「いやぁ、決勝戦はやっぱりスミスが上がってきたか」「相手はあのわけわからん化け物だな」と興奮した声が聞こえる。

(化け物なんて失敬な)

ふん、と鼻を鳴らして舞台の端に控えた化け物こと夫の姿を探していると、左隣……ザッケンリーとは反対の隣方向から「うぅん」と声が聞こえてきた。

「俺ぁあいつの剣筋をどっかで見たことある気がすんだよなぁ」

「あぁわかる、俺もだ俺も」

見るからに年配の男たちが酒を片手に顎に手を当てながら考え込んでいる。

「あの体格にあの剣捌き……、うーん、いやまさかな」

「なんだよ」

「いやほら、四年前の……」

「えぇ?」

周囲の声のせいで途切れがちになる会話に「ん?」と意識を向けようとすると、不意にザッケンリーが「あっ」と声を上げた。

「え?」

見れば、ザッケンリーは舞台の右手、騎士が集まっているあたりに顔を向けていた。どうやら騎士たちもこちらを窺っているようだ。

「やばいな、バレてら」

「ザッケンリーさん？」

と、騎士を見ていたらしい観客たちが、その視線を追ってザッケンリーに気が付いた。できるだけ人目を集めないようにと髪を下ろして帽子を被っていたのだが、ついに誰かが「あっ、ザッケンリーだ」と声を上げる。

「本当だ！」

「ザッケンリーさん」

周りにいた観客が「ザッケンリーがいる」と口々に騒いで、その情報はどんどんと伝播していく。ザッケンリーが「げ」と小さく漏らしたのが聞こえたが、ランティが彼の名を呼ぶ前に、どっ、と人波が押し寄せてきた。

「ねぇザッケンリーさん、あの剣士は誰なの？」

「ザッケンリーさんのところの選手ですよね？」

「彼はどんな経緯で門下生に？　あんなに才能がある者なら騎士になって……」

「わっ、ちょっ、待ってください、待って」

ザッケンリーは押し合いへし合いしながら集まってくる人に囲まれていく。小柄なランティは人に押され、どかされ、揉まれて、あっという間に人垣の向こうに、ぺっ、と吐き出されてしまった。

「んわっ」

背伸びして見やれば、ザッケンリーは赤ら顔の男に肩を組まれて困った顔をしている。しきりに顔を動かしているのは、もしかしたらランティを探しているからかもしれない。

ランティは精一杯背伸びをしてから手を振った。が、それも人に揉まれて見えなくなる。

「え、どうしよう」

困ったな、と思いながら顎に手を当てていると、もうすぐ試合が開始される旨のアナウンスが舞台に登った係からされる。ザッケンリーは人に囲まれたまま着席することになったらしく、両隣どころかそのまた隣の隣や前後数人からわいわいと話しかけられている。ちらっと目が合ったので、ランティは「大丈夫ですよ」という意味を込めて手を振っておいた。

ガォルグはザッケンリーを護衛に、と言っていたが、今のところ何も危ないことはない。なにしろ皆試合に夢中だからだ。酔っ払いに絡まれることもないし、Ωだからといっていちゃもんをつけられることもない。

(まぁ、あと一試合だし)

ランティはそう心の中で呟いて、空いた客席に座った。それよりなにより、今は目の前の試合に集中しなければならない。

この試合に勝ったら、いよいよガォルグは念願叶(かな)って騎士になれるのだ。

「はぁ、緊張する」

胸に手を当てて小さく呟く、と、舞台上に決勝戦に出場する両名が現れた。それぞれ剣を腰にさげて、堂々たる面持ちで歩いてくる。

「はぁ、ガォルグさん、ガォルグさんが勝ちますように」

思わず手を組み合わせてぶつぶつと念じるように名前を繰り返してしまう。一見すればかなり変な人だが、周りも立ち上がったり手を振り上げて声を出したり、好き勝手している。ランティの小さな呟きなどあってなきが如しだ。

(頑張れ、頑張れ)

いつものもさもさ頭が舞台を歩いていく。対する相手は去年の準優勝者であるスミスだ。金の髪を短髪に刈って、涼やかな顔をしている。歳の頃もガォルグよりかなり下だろう。若々しい力を感じた。

この会場にいるどのくらいの人間が、ガォルグの勝利を願っているだろうか。大穴だったとはいえ、所詮は新参者だ。最後にはスミスが勝つ、と皆どこか確信しているような空気が漂っている。ガォルグはあくまでも、この大会を盛り上げるための余興でしかないと。

「でも、負けない」

絶対に負けない、と繰り返してから、ランティはガォルグを見つめた。

(だってガォルグさんは、すごい)

この一年半、ランティはガォルグと共に過ごして、彼のすごさを知った。ガォルグは本当に禁欲的で、努力家だ。毎日毎日山に登り、木を伐り、切り分け、黙々と運ぶ。贅沢はせずに、ただ必要なものを必要なぶんだけ買って、食べて。娯楽もなく。不当な買い付けをする商人に文句を言うでもなく、ただ黙々と課せられた仕事をこなす。

ランティと結婚するまでは、ずっと一人でそんな日々を繰り返していたのだろう。騎士になりたいという夢を、剣と共に床下に放り込んで。

(夢を諦めるのが、どれだけ苦しいことかちゃんとわかってる。わかってて、それでも不満も言わない)

最近のガォルグは、表情が明るくなったと思う。初めの頃は弾みもしなかった会話も、相槌だけにしてもきちんと成立しているし、時には自分の言葉で気持ちを語ってくれる。

剣術道場に通い始めてから、ガォルグが剣術を模した鍛錬をしているのをよく見るようになった。言葉にはしないが、やはり剣を振るうことが好きなのだ。もちろん、彼の木こりという仕事を否定するつもりはない。

けれど、彼のやりたいことを思う存分にやって欲しい、と思うのも事実だ。

「頑張れ、ガォルグさん」

わぁわぁ、としきりに上がる声の中、ランティはもう一度ガォルグに声援を送った。組んだ手に顎を当て、ぎゅっと背を縮めるようにして。

——と、その時。

ポンっと肩を叩かれて、ランティは身を跳ねさせた。

「ザッ……」

ザッケンリーかと思って振り返ったその先、逆光を背負って現れた男に目を細める。

「やぁ、ランティさん」

「……フィガロ、さん」

そこにいたのは、先月ランティに結婚を申し込んできた、フィガロであった。

二十六

試合が始まった。どうやら初手から凄まじい剣撃の応酬となっているらしい。ギンッ、ガキンッ、と金属がぶつかり合う音と、割れんばかりの拍手と歓声が聞こえる。

しかしランティは今、その様子を目にすることができないでいた。しっかりと肩を掴まれて、首すら動かせないでいるからだ。

「フィガロさん？　あの、指が食い込んで……、痛っ」

柔らかく微笑んで肩にかかる手から逃れようとするが、それは一向に弛まない。肩の肉を抉られそうな痛みに、ランティはついに顔を歪めた。周りの人間は皆舞台に視線をやっており、ランティとフィガロのやり取りなど注視もしていない。

「ランティさん、俺、負けてしまったんですよ」

「え、あの、はい……、惜しかったですね」

フィガロは二回戦で敗退していた。ちょうどその時別の舞台でガォルグが試合をしていたため、ランティはそれを見ることができなかった。後で結果を知っただけである。そのため、正確にはどんな試合だったかはわからない。

「そうですよね、惜しかったですよね。あれに勝てていたら俺が優勝していましたよね？」

鬼気迫るその言い方に、ランティは「ど、どうでしょう」と微笑むことしかできない。ランティは初めから優勝するのはガォルグしかいないと確信していたので、嘘がつけなかったのだ。

「なんでそんな曖昧なことを言うんですか？　ランティさんは俺の運命の番なのに……俺の応援をしていなかったんですか？」

「え、いや、僕たち別に運命の番じゃないと思いますけど……わっ！」

「なんてことをっ」

突然、フィガロに距離を詰められる。座っていたところを無理矢理立ち上がらせられて、視界が高くなる。両腕をぐっと掴まれて、持ち上げられたからだ。どうにかぎりぎり爪先がつくくらいの高さで、腕は痛いしなによりフィガロの血走った目が恐ろしい。

「わかった！　あなたが俺の勝利を祈らなかったから負けたんです」

「はっ、はぁ？」

「負けたのは俺のせいじゃない」

苦しさに首を振りながら、ランティは顔を引きつらせる。と、背後で「わぁっ！」とひときわ大きな歓声が上がった。どうやらどちらかが勝負を仕掛けたらしい。ギンッと鋭い音が響いた。

そちらが気になって仕方なく、思わずちらりと振り返ってしまう。と、唐突にがくがくと視界が揺れた。フィガロがランティを強く揺さぶったのだ。

「わっ、わっ、ちょっ！」

「俺じゃなくて、あの人がいいんですかっ？」

「そりゃ……あっ、放してっ！」

先ほどから思ってはいたが、フィガロは正気ではない。勝負に負けたショックで少し混乱しているのかもしれない。が、その混乱をランティにぶつけられても困る。

（ザッケンリーさん、は……）

ランティは慌てて右へ左へと顔を向ける。

ザッケンリーの方へ視線をやるが、立ち上がった人々に邪魔されてそちらを見ることもできない。

「おい、喧嘩なら他所でやってくれよ」

と、隣にいた男がランティたちの言い合いに気が付いて声をかけてくれた。というより試合の邪魔だと迷惑そうな顔をしている。

「たっ、助けてくださっ」

「俺のΩがうるさくしてすまないな」

ランティが助けを求める前に、フィガロが笑顔でにこやかに謝罪する。男はフィガロの方を見やってから「あぁ」と顎を持ち上げた。にちゃ、と音がしそうなほどに粘ついた笑みを浮かべて。

「Ωなんかに手を焼かされて、かわいそうな兄ちゃんだな。一発殴れば大人しくもなるだろ」

へっ、と笑う男は、うろんな目でランティを見下ろす。それはランティという人間でなく「Ω」というモノを見る目だった。ガォルグといる時には感じない、嫌な感覚がゾワっと背筋を走る。ランティは今度こそ抵抗しようと力を込めて腕を振るが、あっという間に押さえ込まれる。

「騒がせて悪かった。もう連れていくから大丈夫だ」

「おう、……っと、いいとこだな！　そこだ！　得体の知れねぇ新参者なんて斬り伏せろ、スミス！」

男はもう興味を失ったとばかりに、舞台の方へと視線を移す。どうやらガォルグが押されているらしい。ランティはそちらを見たいのだが、両手をひとまとめにされてフィガロに引っ張られ、それも叶わない。

「ちょっ、フィガロさんっ？　いやだっ、なにをっ……あっ！」

抵抗しようと体重をかけると、バシッ、と頬を張られた。驚いてフィガロを見ると、彼は爛々と目を光らせて眦を吊り上げていた。

「行きますよっ」

「行くって、どこへっ」

喋っていたところを殴られたのがよくなかったのか、口端から血が流れる。どうやら内頬が切れてしまったらしい。痛みに耐えながら、それでもどうにか足を踏んばる。しかしそんなもの抵抗にもならないというように、フィガロはランティをずるずると引きずっていく。

「最初からこうしておけばよかったんだ。下手に勝負に勝ったらなんて言ったから、こんな、恥をかいて」

「ちょっと、やだっ、やぁっ」

無理矢理に引きずられるので、石畳の階段に足ががんがんとぶつかって痛い。どんなに頑張っても、嫌がっても、αの力にΩは敵わない。

「うっ、くっ」

ランティは「助けて」と小さく声を出すものの、どこに視線を向けても、誰もこちらを見ていない。

と、その時。一人の女性と目が合った。誰も気にかけていないランティたちに、一人じっと心配そうな視線を向けてくれている。

(あ、Ω……!)

首にレース付きの紐が巻かれているのを見て、彼女がΩであることに気付く。おそらく、自分と同じ立場であろうランティを見て、哀れに思ってくれたのかもしれない。彼女は自分の席から二、三歩いてこちらに向かってきてくれた。

「あっ、あのっ、彼、苦しんでますよ」

そしてランティが伸ばした手を掴もうと、フィガロに声をかける。……が、振り返ったフィガロは女性を見て、その首元を見ると眦をきつく持ち上げた。

「Ωが、俺に指図するのかっ!」

「ひっ……!」

フィガロの一喝で、彼女の細い体がぶるぶると震える。ランティの手を掴もうと伸ばしてくれていた手も、ビクッ、と縮こまる。

「あっ、ちが、ごめ……っ」

(あ、あぁ……)

彼女は怯えた目をして、じりじりと自分の席へと戻っていく。ランティは絶望に染まった心で、彼女を見つめた。せっかく助けようと手を差し伸べてくれた優しい彼女を、結局怖がらせるだけで終わってしまった。

(忘れてた……っ、くそっ)

ランティはすっかり忘れていた。この、人間として当たり前の扱いをされない、Ωに対する理不尽な言動を。同じ人間のはずなのに、自分より一段低いところにいるとでも思っているような……そんな態度。忘れていた、いや、忘れていられたのは……。

(それはきっと、ガォルグさんの、おかげだ……っ)

結婚してから、いや、出会ったその日から、ガォルグはランティの第二性にこだわらず接してくれた。ガォルグの前では「Ωのランティ」ではなく、ただのランティとして生きることができた。こんなふうに、久しぶりに「Ω」ということを思い知らされて、ショックを受けるくらいには。

ガォルグの側にいると、息がしやすい。特別会話が弾むわけでも、笑いが絶えないわけでもないけれど、誰の側にいるより、いや一人でいる時よりも余程安心できる。

(嫌だ、僕は……！)

一度、その幸せを知ってしまったからには、もう知らなかった頃には戻れない。ガォルグが側にいない未来なんて、考えられない。

「強制的に発情期を迎えさせ、精を注げば良い。孕んでしまえばあなたは私のものだ」

そんなランティの心情なんて知らずに、打って変わって機嫌の良くなったフィガロは、歌うように恐ろしいことを呟いている。

「やだ、嫌だって言ってるっ」

ゾッとするような提案に、泣きたくないのに涙が溢れてくる。ランティは歯を食いしばって「んぐぅーっ！」と力を込めて手を引っ張ると、自身を掴むフィガロの手に噛みついた。

「ぎゃあっ！」

——わぁあああああっ！

フィガロが喚いたのと同時に、会場が揺れんばかりに盛り上がる。誰もが手を上げて、両手を打ち鳴らし、足を踏み締めている。ランティも舞台を見たいが、そんな余裕はない。フィガロの手が緩んだ隙を狙って、地面に転がる。そのまま這いずるようにして階段を駆け下りようとするが、人に邪魔されてそれも上手くいかない。

「待てこのっ！　Ωがぁっ！」

「やだっ、やだっ！」

後ろから髪を掴まれて、ぐんっ、と首が仰け反る。ランティは死に物狂いで前に前にと体を進める。ぶちぶちっと髪が数本引きちぎれる音がしたが、どうにかフィガロの手が離れた。ランティは水をかくように両手を動かして、どさどさっと階段を落ちる。迷惑そうな顔をする人の間を抜けて、抜けて、どうにか逃げる。

「待てっ、待てぇっ！」

後ろから追いかけてくる声が恐ろしい。捕まったら、本当に連れていかれて、閉じ込められて、強制的に発情期を迎えさせられるかもしれない。もはや恋情とはいえない執着に思えるが、フィガロはそれでいいのだろうか。

（わかっ、わからない、わからないけどっ）

ランティは「ひくっ、ひっ」と涙を流しながら人をのけて前に進む。

「助けてっ」

わぁわぁと騒ぐ人に助けを求めるが、誰もランティの声なんて聞いていない。ランティはそれでも泣きながら「助けて、助けてぇ」と叫んだ。

「助けて……っ、ガォルグさん！」

こんなところでガォルグの名前を呼んだところでなんの救いにもならないことは知っていた。しかしそれでも、ランティは人生でただ一人、絶対に自分を救ってくれるであろう人の名前を呼んだ。

「ガォルグさぁんっ！」

舞台の方に向かって必死で手を伸ばす……が、反対の手を恐ろしい力で掴まれた。振り返れば、髪を振り乱したフィガロがいた。目は血走っており、歯を剥き出しにしてランティを睨んでいる。しかし口端は歪に持ち上がっているのがますます恐ろしい。

「やっ、いやっ」

なんとか逃げようと石の階段を掴んだ……その時。舞台を中心に前方の方がざわざわと騒がしくなった。先ほどまでの歓声とは違う……戸惑ったような声だ。

「わっ！」

「えっ、なにっ」

ざわざわとした声は徐々に広がり、ランティたちの方へと向かってくる。が、ランティは掴まれた腕を離そうと必死になって、それに気が付いていなかった。

「放してっ、放し……っ、あっ！」

またも頬を打たれて、ランティは顔を俯ける。

「さぁっ、こっちに来るんだ！」

ずるずると階段を引きずられて、もう駄目だと思ったその瞬間、……ガシッ、と力強く肩を抱き締められた。

「やっ、嫌だっ！」

固く目を閉じたままじたばたと脚を動かす。αのフィガロからしてみればなんてことない無意味な抵抗かもしれないが、それでも諦めずにいられなかったからだ。

「ガォルグさんっ、ガォルグさっ」

腕を突っぱねて叫ぶと、「ランっ」と力強い声がした。ハッ、と目を見開いて、恐る恐る自分を抱えた人物を見下ろす。

「ガォ……っ、っう」

どうにか言葉にしようとしたが何も出てこず、ランティは「うっ、うぅー……」と呻きながらその分厚い胸に縋りついた。

「ガォ、ぅグさん……ん」

ランティを抱えていたのは、叫び求めていたガォルグその人だった。焦って駆けつけてくれたのだろうか、額にかいた汗のせいで、日頃のっぺりと顔を隠している前髪が持ち上がっている。

「一人にして悪かった、ラン。ラン……もう大丈夫だ」

ガォルグの低く耳に心地よい声が耳朶を撫でる。ランティはもはや何も話すこともできず、ただ、こく、こく、と何度も頷いた。

ガォルグはそんなランティの髪に顔を埋めるようにして鼻先を擦ると、ゆる、と顔を持ち上げた。

「誰の妻に手を出したか、わかっているのか」

氷よりも冷たいその言葉は、もちろんランティに向けられたものではない。おそらくガォルグに蹴飛ばされて、無様に尻餅をつくフィガロに向けてのものだ。

「くっ……！」

フィガロは両手を後ろについたまま、ずるずると後ろに下がる。その目には、ガォルグに対する憎悪にも似た何かが燃え盛っていた。

と、それまで微妙に距離を取りながらも興味津々といった様子でこちらを見ていた観客の一人が「あっ！」と声を上げた。震えるその指先は、ガォルグの顔を指している。

「ガォルグ・ハイサンダー！　ハイサンダー副団長だ！」

その言葉に、あたりにいた観客の数名が「えっ！」と驚いたような声を出した。

「うそっ、ハイサンダー副団長っ？」

「言われてみればたしかに……」

「えっ！　亡くなられたんじゃないの？」

ざわざわとした騒めきは波紋のように広がっていって、やがて会場全体を包み込んだ。

「ハイサンダー副団長！」

「ハイサンダー副団長！」

それはとても好意的な声だった。ぅわんぅわんと会場を揺らすように響くその歓声の中心にいるランティは、ガォルグに抱き上げられたままあちこちを見渡す。

「えっ、え、ハイ、サンダー？」

誰のことだ、とガォルグの胸元から彼の顔を見上げるが、夫は渋面を作ったままむっつりと黙り込んでいた。その目はただひたすらにフィガロを睨みつけている。

「きっ、聞いてないっ！　あなたが、伝説のっ、ハイサンダー副団長だなんて……っ！　しっ、知ってたらそんなΩなんて相手にしなかった！」

急に、憑きものが落ちたかのように怯えた顔で首を振るフィガロは「ハイサンダー」という彼のことを知っているのだろう。

「そんなΩ、なんて？」

ガォルグのただでさえ低い声がさらに低くなり、まるで地の底から響いてくる地鳴りのようになった。

「おぅい、ガォルグ・ダンカーソン！　そろそろ表彰式をしたいのだが」

その時。その場に相応しくない呑気な声がかかった。ガォルグに抱えられたままきょろきょろと首を動かす、と、舞台の上から観客席を見上げる騎士が目に入った。

「っ、ニコラウス・ヒラーリー団長……！」

大きな声でガォルグに話しかけていたのは、かの有名な騎士団長、ニコラウス・ヒラーリーであった。豪奢(ごうしゃ)な金髪を靡(なび)かせて、にこにこと柔和な笑みを浮かべながらこちらを見ている。

ガォルグはちらりとそちらを見やると、むんずとフィガロの襟首を掴んだ。

「えっ、うわっ、……っぎゃーっ！」

そして躊躇いもなく、観客席から舞台に向かってフィガロを投げた。舞台の側に控えていた騎士たちが慌ててフィガロを受け止める。自分よりは小柄とはいえ、フィガロはαの成人男性だ。そんな男をやすやすと投げるガォルグに、ランティはもちろん周囲の誰もがギョッと目を見張る。

ガォルグはすたすたと石階段を降りて舞台へ向かう。そしてニコラウスに向かって顎をしゃくってみせた。

「暴行の現行犯だ。客席の見張りが足りないんじゃないか」

かなり不遜な物言いだが、ニコラウスの方に不快そうな色は見られない。それどころか、にこにこと微笑んだまま首を傾げている。

「そうか？　騎士団も人が足りていなくてね。規律に厳しい副団長なんていてくれると助かるんだけど」

ニコラウスの言葉に、ガォルグが「ふん」と鼻を鳴らす。

「ガォルグ、騎士団に戻ってきてくれるかい？」

それは、涼しげだが、どこか切実な願いのこもった訴えだった。ニコラウスは一段高いところにいるガォルグを見上げている。誰もが、そう、事情を飲み込めていないランティでさえも思わず固唾を飲んでガォルグの返事を待ってしまう。……と、ランティを抱えたまま、ガォルグが軽く頷いた。

「優勝の賞品だからな。謹んで受け賜ろう」

ガォルグの返事が響いた途端、わぁっ、と凄まじい歓声が会場を包んだ。先ほど、おそらく優勝者が決まった時と同等……いや、それ以上の大歓声だ。

ランティは思わず片方の手で耳を押さえてから、もう一方の手をガォルグの首に回した。

「騎士団万歳！」

「ヒラーリー団長万歳！」

「ハイサンダー副団長万歳！」

という声が、わんわんとうねりを伴って聞こえてくる。なんだか狐にでも化かされているような気持ちで、ランティはガォルグの耳元に「あの」と小さく問いかけた。

「ん？」

「つまりその、ガォルグさんが優勝したってことですよね？　僕、大事なところを見逃しちゃって」

そう言った瞬間、ガォルグは口を大きく開けて笑った。澄んだ空に消えていきそうな、弾けるような爽やかな笑いだ。それを見ていた周りの人、ついでに舞台にいるニコラウスや他の騎士団員たちも、どよっと騒めく。

「副団長が笑っているぞ」

「夢まぼろしか？　いや、天変地異の前触れか」

「うっ、なんか夢に見そうだな……どっちかっていうと、悪夢の方の」

多少失礼な声も聞こえてきた気がするが、そんな些細なことは今のランティにはどうでもよかった。

一番大事なのは、大好きな夫が笑っているということ、それだけだ。

「ねぇガォルグさんってば」

拗ねを隠さずに口を尖らせて頭をつつく、が、ガォルグの笑いの発作はなかなか治まらないらしく、腰を折り曲げるようにして笑っている。

まぁその笑顔が見られているだけでもいいかと思っていたら、ガォルグが笑いの合間に「ラン」と呼んだ。

「ラン、ラン……ははっ、大好きだ、俺の最愛の妻」

「……え？」

思いがけない言葉に、ランティはつついていた指を止める。と、ガォルグもハッとしたように笑いを引っ込め、腕に抱えたランティを見上げた。

「それって」

「おぉい、そろそろいいかぁ？」

どういう意味なのかと問いかけようとしたその時、舞台の方から声がかかった。痺れを切らしたニコラウスの声だ。

ランティは「一旦あの、ここに、います」ともにょもにょと伝えてから、ガォルグに回していた腕を解いた。

「あ、あぁ。ザッケンリー」

ガォルグが呼ぶと、人波をかき分けてザッケンリーが「は、はいっここに！」と顔を出した。かなり揉まれたらしく、髪の毛はくちゃくちゃに乱れている。

「今度こそ頼んだぞ」

「っ、はいっ」

ガォルグの言葉に、ザッケンリーが姿勢を正す。それを見届けてから、ガォルグは観客席と舞台との仕切りをひらりと飛び越えて元いた場所へと戻っていった。

後に残されたのは、「ごめん、ごめんね、ランティさん」としきりに謝るザッケンリーと、それに「はい、あぁ、えぇ」と生返事をしながらこくこくと頷くランティ。そして、そんな二人を興味津々で見つめる観客たちであった。

二十七

「えっ、じゃあスミス選手に勝って、そのまま僕のところに駆けつけてきたんですか？　舞台から？」

「まぁ……」

ガォルグは若干気まずそうに答えて頭の後ろに手をやった後「そういうことだ」と頷いた。

それは、観客たちは相当驚いただろう。優勝者がいきなり駆け出して観客席に飛び込んできたのだから。

「もっと早く助けたかったんだが、時間がかかってしまった。本当に悪かった」

「えっ、いや、早かったと思いますけど」

昨年準優勝だったスミスと戦ったにしては、十分に早かった。たしかに恐ろしい目にはあったが、ランティは案外けろっとしていた。

「ガォルグさんが優勝してくださったおかげで、こんな素敵な宿にも泊まれて、ありがたい限りです」

ランティは今自分が腰掛けているベッドを叩く。

現在ランティとガォルグは、国都一と評判の宿屋に泊まっていた。こんな高級な宿、日々節制を心がけるランティたちが望んで泊まっているわけではない。騎士団長ニコラウスから「優勝の祝いだ」と半ば無理矢理押し込められてしまったのだ。

道を歩いているだけでも「あっ、ハイサンダー副団長だ」「優勝者だ！　おめでとうございます！」とわらわら囲まれて騒ぎになっていたので、早々に宿屋に……それもとてもいいところに避難できたのはよかったかもしれない。もしかするとニコラウスもそれを見越して「祝い」として押し付けてくれたのだろうか。

部屋は驚くほどに広く、豪奢だった。ベッドルームに加えて、どっしりとしたソファが数脚。見るからに質の良い素材を使った木材のテーブルが並んだ居間まである。壁には絵画まで掛かっており、入り口の姿見は金の装飾が施されていて、細かな調度品に至るまでかなりの金をかけていることがわかる。

　ベッドサイドに置かれた水差しが希少な色硝子であることに気付き「どうやって職人に話をつけて置けるようになったのだろう」なんてことを考えていると「ラン？」と名を呼ばれた。

「はいっ」

　慌ててそちらに顔を向けると、ガォルグが不思議そうな表情を浮かべてこちらを見ていた。ランティはその顔を見て、そのまま体の方まで視線を辿らせて、耐え切れずに笑いをこぼした。

「ふっ、ふふっ、僕たち……」

「ん？」

　ガォルグは表彰式後、わいわいと自分を取り囲む数多くの人を放ってそのままランティのところへ来た。なので、未だ試合着のままだ。ところどころ土埃がついているし、腕のあたりは破けている。おそらく、試合中に剣で切られたのだろう。

　対するランティの方もまた試合を見ていた時の服のままである。フィガロとのひと悶着があったせいで、ガォルグに負けず劣らず泥だらけだ。

「とりあえず、お風呂にでも入りましょうか」

　そう言うと、ガォルグもさすがに自分の服装に思い至ったのだろう。ちら、と体に視線を落としてから苦く笑った。

「そうだな」

それは今日一番情けない笑顔で、今日一番柔らかな笑顔だった。

「いやいやいやっ、大事なこと聞き忘れてました！　ハイサンダーって誰ですかっ」

一度各々風呂に入って。夕飯は部屋まで運んでもらって、最後のデザートまでのんびりと楽しんで（ガォルグが自分のぶんまで譲ってくれたので、ランティはすこぶるご機嫌になった）。食事を運んできた宿屋の従業員に握手を求められたガォルグがにこやかに……とまでは言えないがそれに応じて。今日の試合の話をして、ガォルグの剣技がいかに素晴らしかったかを（主にランティが）語って。とにかくも思う存分に一等宿屋を満喫して。

そして就寝前「へへ、ちょっともっかいお風呂に」とランティはもう一度豪華な湯船を堪能しようとして……、その途中で、とんでもなく大事なことを思い出した。

そう、試合が決着した後、観客がしきりに叫んでいた「ガォルグ・ハイサンダー」のことだ。というわけで、風呂から転がるように飛び出て、布一枚を体に巻いたまま部屋に戻って叫んだ次第である。

「えっ……」

ソファに座って本を読んでいたガォルグが、ひと言漏らしたまま固まる。そして「ラ、ラン」と立ち上がりかけて、中腰で止まって、それからまた腰掛けて手のひらに顔を埋めた。

「ラン、体が」

「あぁ、失礼しました」

ランは布を広げてぐるりと体全体を包むと、そのままずんずんとガォルグの方へと向かった。

「ガォルグ・ハイサンダー副団長って、ガォルグさんのことなんですか？」

「……、あぁ」

目の前に座ったランティから視線を逸らすように明後日(あさって)の方を見ながら、ガォルグが頷く。そのはっきりしない態度に、ランティはぺんぺんとソファを叩いた。

「ダンカーソンってなんなんですか？　ランティ・ハイサンダー？　僕はガォルグさんの家族じゃないんですか？　まさか僕もハイサンダー？　ランティ・ハイサンダー？　……いや、それはそれでなかなかいい名前……」

思わず、ふむ、と顎に手を当て思案すると、ガォルグが「ラン」と名前を呼んだ。

「俺は間違いなくガォルグ・ダンカーソンだ。……ダンカーソンは母方の姓で、四年前までは別の姓を名乗っていた」

「それが、ハイサンダー？」

「あぁ」

ガォルグはやはりちらっとランティの太腿あたりを見やり、顔を逸らして咳払いする。そして体の向きを変えると、そちらを向いたまま話し出した。

「剣術大会が終わったら話したいことがある、と言っていたことを覚えているか？」

「あぁ、ガォルグさんの未来と、過去……」

なんとなく、じわりとその過去を察して、ランティは「あぁ」と呻くように漏らした。

「つまり『ガォルグ・ハイサンダー』は四年前まで騎士団で副団長を務めていたわけですね？」

ランティとて、今日の大会でのやり取りを終始見聞きしていたのだ、さすがに察せないわけがない。

観客はみなしきりにガォルグのことを「ガォルグ・ハイサンダー副団長」と呼んでいた。ニコラウスも、ガォルグに「戻ってきてくれるかい？」と言っていた。戻る、ということは元々そこにいたということだ。

なんとなくわかってはいても、ランティはちゃんとガォルグの口から真実を聞きたかった。……が、その前に。

「……っ」

ランティはソファに置いた手を震わせた。その震えは指先から体に伝わり、全身がふるふると震え始める。

「ラン、黙っていて本当にすまな……」

「や～っぱり僕の予想は外れていなかった！　でしょう？　でしょうっ？　ガォルグさんを初めて見た時『絶対騎士に違いない！』と思ったんですよ！　いやぁ、僕の観察眼は素晴らしい。ねぇっ？」

ガォルグが何か言いかけていた気がしたが、それを聞いてやる余裕がないほどランティの気分は高揚していた。

「只者ではないとは思っていたんですが、まさか騎士団の副団長だったとは。ふっふっ、あぁ自慢したい、誰かに『すごいでしょう』って言いたい」

ガォルグは、しばし黙って腕組みしたままランの言葉を聞いてくれた。

「ガォルグさんの筋肉は職人のそれとは違うと思ったんですよ。うんうん。傷もね、うん、やはり剣でつけられた傷は普通のものとは違うんですよね。ね？」

「まぁそうだな。……ところでラン、そろそろ話を続けてもいいか？」

「え？　あぁはいお願いします」

そうだそうだガォルグの話だ、とランティはにこにこ満面の笑みを残したまま夫に向き直る。ガォルグは薄らと笑みらしきものを浮かべたまま何故か「本当に、ランが嫁でよかった」と溜め息と共に呟いた。

＊

「えっとつまり」

ランは今聞いた話を頭の中で組み立てる。ガォルグは普段から物事を三割ほど省いて話すため、ある程度肉付けが必要なのだ。

「ガォルグ・ハイサンダーは叩き上げの副団長で、騎士や市民の人気者。しかしそれを妬(ねた)んだ貴族出身で金の力に物言わせて副団長の地位を得たいけすかない男が、ガォルグさんを失脚させるべく無茶な隣国への潜入作戦を立てて」

「いけ……、まぁ」

ランティの言葉に、ガォルグが苦笑いを浮かべる。が、ランティは笑っていられない。こめかみをひくつかせたまま「それで」と続ける。

「案の定ガォルグさん含め三人の部下が怪我を負って、その責任を取ってガォルグさんは騎士団を退いた、……と？」

「部下の怪我に関しては俺の責任が大きいから、彼のせいだけとは言えないがな」

言葉の端に後悔を滲ませるガォルグに、ランティは「いやいやいや」と手を振った。

「それで、全ての財産を捨てて母方の祖父が有していた山で、彼の跡を継いで木こりになって？　それで、あの山の中で四年も木こりを？　騎士団の副団長だった男が？　ガォルグ・ハイサンダーが？」

「そうだな」

こく、と頷くガォルグを前に、ランティはわなわなと両手を開いて震わせて、そして「ぐぅぅう！」と呻きながらその場に突っ伏した。

「ラ、ラン？」

「はぁ――っ？　なんですかそれっ、なんですかそれっ！」

「許すまじ、許すまじ」とソファをどしどしと叩きながら呪文のように恨み言を繰り返す。

結局のところ、その事件後に失態を繰り返したその副団長も退団することになったらしい。どうやらガォルグのように振る舞おうとして失敗したようだ。身の丈に合わない成果をあげようとして自滅するなんて、よくあることではあるが、そのせいで身内が傷つけられたという過去が許せない。

過去だろうがなんだろうが、自分の大切な人が不当な目にあったのだと思うと、目から炎が出そうなくらい怒りが込み上げてくる。

「本当は四年も前に騎士を退いていたことを黙っていて、あまつさえ騎士を目指しているかのようなふりをして。すまなかった」

ガォルグの、申し訳なさそうなその言葉に、ランティはソファに埋めていた頭をガバッと持ち上げた。そして「いやいや」とぷるぷる首を振る。

「あれはそもそも僕が勘違いしたからでしょう？　あぁ恥ずかしい。……って、違うでしょ」

恥ずかしい恥ずかしい、とひとしきり照れた後、ランティはきっぱりと断言した。ランティの言葉に、ガォルグが「ん？」と首を傾げる。

「ふりなんかじゃない。ガォルグさんは、騎士になりたかったんですよね？」

ガォルグの動きが止まる。ぎくしゃくと体を持ち上げて腕を組み思案して、そしてもさもさの髪をかき上げてから、どこか不安そうな顔でランティを見た。

「何故？」

ガォルグの問いに、ランティは「だって」と笑ってみせた。ガォルグの小さな不安の種など、あっという間に吹き飛ばしてしまうように。

「ガォルグさん、未練があったからこそ床下に騎士の剣を残してたんでしょう？　だって、本当に必要がないと思ったら捨てるなり、山に埋めるなりしてますもん」

そう、ガォルグはいつだって騎士の剣を捨てられた。売ることだって、それこそ山の中の谷底に投げ捨てることもできた。しかし、ガォルグはそうしなかった。

「いつでも手の届くところに置いていたのは、ガォルグさんの中にいつか騎士に戻るっていう気持ちがあったからですよ」

うんうん、と頷いてそう言うと、しばし迷うように視線を彷徨わせていたガォルグが困ったように笑った。

「そうか。そうかもしれない。……ランは、俺よりも俺の気持ちがわかっているな」

「んん？」

事実かどうかなんて、それこそガォルグの心の中を覗いてでもみないとわからない。しかし、これまで一緒に暮らして、彼の喜怒哀楽に触れてきたランティには、それが間違いない事実のように思えた。きっとガォルグは、心のどこかでずっと騎士を夢見ていたのだ。

「ガォルグさんを一目で『騎士に違いない』と見抜いた僕ですよ？　気持ちくらいお見通しです」

「お見通し」と親指と人差し指で輪っかを作って、出来上がった輪の中からガォルグを覗き込む。と、小さな丸の中心にいるガォルグが「あぁ」とゆっくり、自分の気持ちをたしかめるように頷いた。

「そうだな」

そのくしゃくしゃの笑顔が愛おしくて、ランティはゆっくりと輪っかを下ろした。そして、膝の上に置いた手をもじもじと何度か握って開く。

「あの、もうひとつ聞きたいことがあるんですけど」

「ん？」

短く息を吸ったランティは、意を決してガォルグを見上げた。

「最愛の妻って、なんですか？」

「えっ……」

ランティの言葉に、ガォルグが動揺したような声を漏らして黙る。

最愛の妻、ガォルグが大会の会場で言ったのだ。ランティを腕に抱えて、にこにこと機嫌良く笑ったまま。「最愛」といったら「最も愛すべき存在」である。

ガォルグがどれほどの意図をもって使ったかわからないが、ランティにとっては大事な、とても大事な言葉だ。軽く聞き流すこともできないほどに。

そんなことを言われてしまったら、どうしたって期待してしまう。ガォルグも、自分のことを少しは愛してくれているのではないかと……。

「ガォルグさん、僕のこと好きなんですか、嫌いなんですか」

「そりゃあ好きで……」

ガォルグからあっさり返事が戻ってきそうで、ランティはぶぶぶっと首を振った。

「間違えました。愛してるんですか、愛していないんですか。恋愛感情はありますか？　僕のこと抱けますか？」

ランティが欲しいのはただの「好き」ではない。ザッケンリーや家にいる鶏たちにだって言えるような「好き」ではなく、特別な「好き」なのだ。

畳み掛けるように問うてみると、ガォルグが「なっ」と言ったきり仰け反ってしまった。

「そういう意味で好きなのは、僕だけですか？」

逃げるガォルグを追いかけるように、ずい、と身を乗り出して迫る。

本当はもっと時間をかけてもいいと思っていたが、「最愛」なんて言われて我慢できるはずもない。

なかった。

もし、もしガォルグがランティのことを「そういう意味」で好きなのならば、もう一秒たりとて待て
「すまない」

爛々と目を光らせてガォルグに顔を近付ける。と、身を引いたままのガォルグが短く謝った。途端に、ランティの心で燃え盛っていた火が、しょぼ、と小さくなって揺れる。

「あぁ、いえ……。あ、そうなんですね」

謝るということはつまり……。

(好きじゃ、ないということ)

期待させてすまない、勘違いさせてすまない。そんな言葉を思い浮かべて、ランティの体から力が抜けていく。

「あぁ……、その」

そうか、そうか、どうしよう。なんて言って誤魔化して、どう軌道修正しよう。なんて頭の中で考えながら、ランティは唇を噛み締めた。そうしないと、涙が溢れてしまいそうだったからだ。

「もっと早く伝えるべきだった」

ほろ、とひと粒落ちる前に、ガォルグが静かに続けた。ランティは落としていた顔をゆっくりと持ち上げる。

「未来の話をしてもいいか?」

「み、らい?」

ぐす、とすすったせいで鼻の奥がツンと痛い。ランティは涙に滲む世界に、ガォルグを捉える……が、その姿はすぐに、ソファの下へと降りていった。

ガォルグが、ソファの上にぺたりと座るランティの前にかがみ込む。片膝を立てたガォルグの、無骨な指がランティの指に触れた。

「ラン……、ランティ」

「はい？」

何度も指の腹を撫でられて、力を込められて握りしめられて。ランティの指はガォルグの手の中でくちゃくちゃにされる。それを見て、なんだか面白くなって、ランティは「ふ」と泣き笑いのような顔をした。

「っ、俺と、本当の意味で結婚して欲しい」

と、ガォルグが急に、まるで何もない道で躓いたような唐突さで、ランティに求婚してきた。

「えっ」

「愛しているんだ。一生、側にいたいし、側にいて欲しい」

聞きながら、ランティの口が自然と開いていく、嬉しいと同時になんだか、信じられないような驚きの気持ちと、その他諸々がぐちゃぐちゃに混ざり合って。

「嘘だぁ……！」

そしてそれは、情けない言葉と涙になって出てきた。

「嘘じゃない」

ガォルグが驚いたようにランティの手を握りしめる。

手を握られ腕をぴんと伸ばされて、頬を転げる涙を拭うこともできないまま、ランティは「嘘だ、嘘、だって」と首を振った。

「僕のことそういう意味で好きじゃないって言ってたぁ！」

「言ってない！」

「言った、最初の時に『俺もそういう意味でランティを見ていたわけじゃない。働き者の、嫁がいればと思っただけだ』って絶対言ってましたっ」

何度も何度も思い出していた言葉なので、するりと出てきた。なんならガォルグの真似をして低い声も出せた。

「それは……っ、ランこそ、あの時『騎士だと思ったから嫁に来た』って言ってたじゃないか」

「だってそうだったんですもん！　あの時は騎士に目が眩んでおかしくなってたんですよ！　しょうがないでしょう僕ですから！」

ああ言えばこう言う、という速度で、お互いぽんぽんと自身の気持ちをさらけ出す。

「騎士ではない俺のことなんて、興味がないと思っていたっ」

「そっ……、だって好きになったのはその後ですもん！」

「俺はあの時から好きだった！」

ガォルグの大きな声に、わんわんと喚いていたランティも、ぴたりと言葉を止める。ガォルグもハッとしたように口を引き結んで、大きな手で口元を覆った。まるで「言うはずのなかったことを言ってしまった」というように。

「え、え……ほんとですか？」

ランティは床に膝をついたガォルグの腕に腕を絡める。ソファの上にいるランティの方が縋る形になって、ずるずるとガォルグの体にのしかかっていく。

「ほんと？　ほんとにほんと？」

じわじわと涙がまた湧き上がってきて、頬を滑る。何度も同じ言葉を繰り返しながら、ガォルグの体にしがみつく。ガォルグはその逞しい体でランティを受け止めて、抱き止めてくれる。

「あぁ」

「うぇえ……」

しっかりと頷くガォルグのその温もりを感じて、ランティは情けなく泣き出した。

「ほっ、本当はもうずっと前から、ガォルグさんのことが好き……っ、でぇ」

「あぁ」

ランティのぐずぐずの主張にも、ガォルグは真剣に頷いてくれる。下半身をソファに残したまま滑り落ちてきたランティをきつく抱きしめて、その背中を撫でて。

「はっ、つじょうき、が来ても抱いてくれない、しっ」

「あれは、……相当我慢したんだぞ」

「がまんん……っ、しないでくださ、よぉ」

「ランに、嫌われたくなかったんだ」

ガォルグの言葉に、ランティはさらに「うぇうぇ」と泣く。まさかそんなに好かれていたなんて、愛されていたなんて知らなかったからだ。

ガォルグの肩に回した両手の、右手で左手首を掴む。もう絶対に放さないという意志を込めて、ぎゅっ、と、きつく。

「もう一度、結婚してくれるか？　今度は本当に、ちゃんと心を通わせて」

ガォルグの誠実な言葉に、ランティはすんと鼻を鳴らして「ん」と答えた。ガォルグの肩口でごしごしと目元を拭い、その形の良い耳に囁くように。

「するに決まってます」

涙を堪えて、ふん、と鼻を鳴らす。ガォルグの体がかすかに揺れて、彼が笑ったことが伝わってきた。

瞼が熱くて仕方ない。きっと明日は見事に腫れ上がるだろう。それでもいいや、とランティは目を閉じた。

それでもきっと、ガォルグはランティに「可愛い」と言ってくれるだろう。ランティには、それだけでいい。そのひと言だけで前を向いて笑える。誰に見られたって笑われたって、きっと恥ずかしくない。

二十八

「ところで、その格好は……目のやり場に困るんだが」

しばらく二人で抱き合って、ガォルグに抱えられてソファに座り直して。それでもまだ離れがたくて膝の上に乗っていたら、ガォルグが困ったように首を傾げた。

言われて見下ろせば、布を一枚纏（まと）っただけだった。

「たしかに、これじゃあ風邪を引きかねないですね」

話をすることを優先してしまった。ランティは「服、服」と言いながらソファを降りようとした。と、何かに引っ張られて立ち止まってしまう。

ランティを止めたのは、ガォルグの手だった。ランティの白く細い腕に、浅黒い手が絡みついている。

「ガォルグさん？」

ガォルグの手が、ふにゅ、とランティの柔らかな腕の肉を押す。ごつごつとざらついた手に撫でられると妙な気分になってしまって、ランティは忙（せわ）しくなく瞬いた。

「あ、あの？」

先ほどまでなんてことなかったのに、急に自分の剥き出しの腕や、首筋に鎖骨、太腿から足先までが気になる。

「いや、すまん」

ぱ、と手を放されて、何故か今度はランティの方がその腕を掴んでしまった。

胸がどきどきと忙しなく高鳴って、喉から飛び出しそうなほどだ。

「ガォルグさん」

「ラン」

言葉に色がつく、なんてことあるわけない。しかし不思議とガォルグの「ラン」には色を感じた。淡い薄桃色。「好き」という気持ちが透けて見えるような、幸せの色だ。

「着替える前に、一回だけ、口付けしてもいいですか？」

「あ、あぁもちろん」

ガォルグはランティの手を掴みなおし、互いに向かい合って両手を繋いだかたちになる。ランティはすとんとソファに座り直してから、じ、とガォルグを見つめる。

「ん」

どうしたらいいかわからなくて黙り込んで唇を突き出すように上向いてみせる。と、ますます困ったような顔をしたガォルグが、散々言葉に迷ったあと「失礼する」とわずかに顔を傾けて、ランに顔を近付けた。

目を閉じる間もないほど、ちょん、と素早く口が触れて、お互い火に触れたようにパッと顔を離す。

「ふ、ふふ、ふふふ」

「ラン？」

正気の状態で口付けすると、なんだか変な感じだ。これまで一年以上同じ家で暮らしてきているはずなのに、こんなことをするなんて。

　照れ笑いなのかなんなのかわからない笑いを繰り返してから、ランティは胸の中に浮かんだ欲求を伝えることにした。

「あの、もう一回しませんか？」

「あぁ」

　ガォルグは間髪をいれず頷いて、今度は少し強い力でランティの腕を引いた。つんのめるような勢いで、ランティとガォルグの唇がぶつかる。

「ん」

　ガォルグが口を開いてくれたので、歯がぶつかることはなかった。が、ランティの小さな口はガォルグの大きな口に飲み込まれるように食まれる。

「ん、うっ」

「……ん」

　お互いかすかな声を漏らしながら、おどおどと舌を差し出し合う。ガォルグの分厚い舌に唇を辿られて、ランティはヒクッと腰を揺らした。二ヶ月ほど前の、あの発情期の時よりぎこちない口付けだった。舌と舌が遠慮がちに行き来するので、生々しい感触を覚えてしまうし、手をどこに置いていいのかもわからない。それでもただ、ちりちりと熾火のように「何かしたい、どうにかしたい」という欲望が燻っていく。

「はっ……」

ぎこちなく唇を離して、お互い見つめ合ったまま荒い息を繰り返す。

「もうちょっと、まだ、足りないような気がするんです」

「そうだな」

目も、手も離さないままに、二人でぎくしゃくと頷き合う。繋いだ手から、どきどきと心臓が鳴る音が聞こえてしまうのではないかというほど、胸が高鳴る。

「もう少し続けても、いいですか？」

「もちろん」

言うなり、ガォルグがランティの肩を掴んで、覆い被さるように口付けを仕掛けてきた。まるで「入れて欲しい」とねだるように唇を舌で撫でられて、ランティはおそるおそるそれを開く。と、ガォルグの舌が歯列を辿りこじ開け、舌先をつついてきた。

「んっ、んぁ、う」

「はっ、ラン、……は」

あまりにも口の中を舐め啜られすぎて、思わず、ガォルグの腕にしがみつくようにして伸ばしていた手を震わせる。その震えが伝わったのか、ガォルグがゆっくりと身を離した。ようやく空気を吸うことができたランティは「ん、っはぁ」と荒い息を吐く。

「ガォルグさんって、その……、こういう行為の経験は？」

なんの、とは聞かずに問うてみたが、ガォルグにはきちんと伝わったらしい。ガォルグは「まぁ、なくはないが」と言葉を濁した。

「最近は……」

その誤魔化すようなはっきりしない言葉に、ランティはハッと息をのむ。

「なるほど。ガォルグさん、もしかして」

「いや、ラン。それなりというのは昔の話で……」

「経験がないいんですか？」

「……なに？」

問いかけると、妙な間を置いてガォルグが眉根を寄せた。これは、図星を指された顔かもしれない。

と、ランティはガォルグを安心させるように頷く。

「あ、や、大丈夫です。僕も全く経験なんてないので」

と、今度はガォルグが顎に手をやったまま目を閉じてしまった。そしてしばらく何かを噛み締めるように口を結んでから、ようやくゆっくりと口を開いた。

「何故そうなる？」

「え？　だって、口付けがぎこちなくて一生懸命だったたし」

貪るように舐め吸われたのは不慣れの証拠と思ったのだ。

「それにガォルグさん、十五の頃には騎士見習いとして勤めていたって言われてたから、てっきり
……」

真面目なガォルグのことなので、真面目に騎士の仕事に打ち込んでいたのだろうと思ったのだ。

そう考えれば発情期になった時も手を出してこなかったのも頷ける……と思ったのだが、違っただ

ろうか。はて、と首を傾げると、ガォルグはしばし唸った後に「まぁ、ランの想像に任せる」と言った。

「あぁ、やっぱり」

ランティはパッと顔を上げて、左手をガォルグの右手に重ねた。

「ふふ、なんだか安心しました。僕も未経験なので……、僕だけじゃないんだって、なんだかホッとしました」

「そうだな」

ランティが正直な気持ちを告げて胸に手を当てると、ガォルグも同意してくれた。わずかに目を逸らしているのは、気恥ずかしいからだろうか。

「やり方くらいは知ってますよ」

ランティはほくほくと微笑みながら、「あ、でも」と続けた。

「そうか。それは……助かる」

ガォルグがどこか安堵したように微笑んだ。ガォルグ自身も慣れておらず、その上ランティが未経験の知識なしだとしたらなかなか上手く事に及べないと危惧(きぐ)していたのかもしれない。

その顔を見て、ランティは得意げに「ふふん」と鼻を鳴らした。

「あれですよね。穴に棒を挿れる」

「……」

ガォルグが微笑んだまま固まる。あまりにも動かないので、ランティは「あれ?」と首を傾げた。

「え、僕の穴にガォルグさんの棒を挿れるんですよね？」

「わかった、聞こえている、繰り返さなくて大丈夫だ」

なんの反応も返さないガォルグにもう一度伝えると、ガォルグが手のひらをランティに向けて、もう片方の手を額にやった。

「あ、よかった。僕の穴がここだから……」

「ランっ」

かぱ、と足を開いたその瞬間、ガォルグに両膝（りょうひざ）を掴まれて思い切り閉じられた。

「わっ、ガォルグさん？」

「ラン、ランティ。ちょっと待ってくれ」

「はい」

素直に頷いて動きを止める。と、はぁー……と随分重たい溜め息を吐（つ）いたガォルグが、ゆっくりと口を開いた。

「穴に棒を挿れるだけじゃないだろう」

「なるほどたしかに」

ランティは頷いてから、ガォルグの股間に手を伸ばした。

「先にガォルグさんの棒を舐めたりした方が……」

「ランっ！」

膝の上にあったガォルグの手が、肩に移った。前屈（まえかが）みに倒れかけた体を支えられて、ぐぐぐ、と押し戻される。

「え？」

「棒や穴だけじゃない。こういう行為には……もう少し情緒が必要だ。それに、ちゃんとした準備も」

「なるほど？」

情緒、と言われてランティは「はて」と内心で疑問符を飛ばす。何故なら、宿屋に泊まりに来る男女（もしくは男同士や女同士でも）の行為中に遭遇することは何度かあったが、いずれもただ穴に棒を挿れて、がつがつと腰を振り合っているようにしか見えなかったからだ。ちなみに、部屋まで食事を持ってきて欲しいと頼まれて運ぶと、高確率で行為の「最中」であったり、もしくは「直後」であった。同僚曰く「行為の後は腹が減るんだよ」とのことだったが、未経験のランティには事実のほどはわからないままだ。

口付けをして、服を脱がせて、あとは穴に棒を挿れて、ついでにその後飯を食べたら終わり……というものでもないらしい。

「情緒って、どうやって生み出すんでしょうか？」

ガォルグはほとほと困ったように目を閉じて腕を組んでから、「わかった」と何かに納得したように頷いた。

「俺がやってみよう」

「はい……！　お願いします」

やる気を出してくれたらしいガォルグに、ランティもパッと顔を明るくする。

「僕も精一杯頑張ります」

「わかった、互いに最善を尽くそう」

「ガォルグさん……」

ランティは頼もしいガォルグの言葉に感謝して、きらきらと輝く目で夫を見る。ガォルグはこれまたわずかに視線を逸らしていたが、ランティは気が付いていなかった。

ここに、たとえばザッケンリーでもいれば「いやいやいや、さすがに騎士団副団長が未経験というのはないと思いますよ。まぁガォルグさんは色気より仕事の人だったので夜遊び大好き色男ってわけじゃあないですけど。でも騎士団副団長ですよ？　ガォルグ・ハイサンダーですよ？　ガォルグさんがぎこちないのは、心底惚れてるランティさんに嫌われたくないからってがっつかないように自制してるだけですよ！」なんて言ってくれただろうが、あいにくとこの部屋には今ランティとガォルグしかいない。見つめ合い手を取り合う夫婦を邪魔する者は、誰もいないのだ。

＊

「ふ、……んぅ」

「ラン、気持ちいいか？」

問われても、ランティは「ん、ん？」と困ったように首を傾げることしかできない。口を開いたが最後、あられもない言葉が迸（ほとばし）ってしまいそうだった。

「もう少し香油を足すぞ」

「んっ、んん〜っ」

ぶんぶんと首を振るが、ガォルグは許してくれない。ベッド脇に放り出していた瓶を手に取り、ランティの股間に向かってそれを傾けた。とろぉ……、とした粘液が流れ出て、ランティのいきり勃った陰茎に落ちる。

「ふぅ、んっ」

ガォルグはそれを手のひらで陰茎にちゅこちゅこと馴染ませる。

「体を解すために、媚薬の成分が入っているらしい。どうだ？」

どう、と聞かれても「気持ちいい」としか答えようがない。ランティは「は、ふぅ」と熱い息を吐いて、自身の人差し指の付け根を咥えながら、ゆるゆると首を振った。


情緒をどうするのか、と思っていたら、ガォルグはまずランティをベッドへと運んだ。ソファではいけないのか、と問うたところ「それではランティの体を痛めるかもしれないだろう」と難しい顔で首を振られた。

ランティを気遣う優しさに少し胸が、じゅわ、と潤んで。ランティは「なるほどこうやって情緒を生み出すのか」と感心した。

それからガォルグはランティの纏っていた布を払って、体中を検分するかのように触れてきた。手だけではなく、時には唇を使って。顔や腕だけではない。鎖骨を辿り胸や、その頂点に位置する桃色の尖り、それから臍に至るまでくすぐるように撫でられて。現にランティはくすぐったくて脚をバタつかせて笑ってしまった。と、ガォルグはそんな脚を掴んで爪先にまで口付けをした。

「ランは足先まで可愛らしい」なんて言いながら。それから体をひっくり返されて、背中、腰、尻臀にまで手を伸ばされて。さすがに「僕だけ見られているのは、恥ずかしい」と伝えたところ、ガォルグは躊躇いなく服を脱ぎ捨てた。

指だけではなく、その肌でもって体に触れられて、たしかめるように擦られて撫でられて。まるで、この世にふたつとない煌めきを放つ宝石のように大事に、大事に扱われて。ランティはだんだん熱に浮かされるように、ぼう、としてきた。

そうやってお互い肌と肌を寄せ合い時折口付けて、頬と頬を寄せて。ランティが「なるほど、これが情緒」と理解し始めた頃、ガォルグがいつもの真顔で言い出したのだ。

「次は準備だ」

と……。手に、宿屋備え付けの豪奢な棚から取り出した、香油の入った瓶を手にして。

それから数刻、ランティはひたすらねちねちと香油を塗りたくられている。主に、股間のあたりに。ガォルグ曰く「いくらΩの『穴』が濡れるからといって、解しもせずに挿入はできない」とのことらしく。ランティは生まれて初めて、下半身を他人に任せっきりにしている次第である。

初めのうちは、なんというか慣れない感触にもじもじするだけであったが、段々とそれが快感に変わっていった。なにしろ、ガォルグがいやに丁寧に性器に触れるからだ。

「ん、んっ」

なんて、声を漏らし出したが最後、初めはとろりとゆるく勃ちあがる程度だった陰茎はぐんぐん力を持ち始め、今や天を突かんばかりに勃起(ぼっき)している。

その間にもガォルグが、ランティの頬に口付けながら「可愛い」「愛しい」「なんて滑らかな肌だ」「こんなに白く美しいものを初めて見た」「円(つぶら)な尻が可愛い」「擦ったこともないような薄い色の陰茎が愛らしい」なんて、日頃の無口はどこにいったのかと問い詰めたくなるほどにつらつら囁いてきて。

さすがのランティも「そうでしょう。僕の体は素晴らしいんですよ」なんて言う余裕もなく「あ」だの「う」だのしか言えなくなって。いつもの二人の関係と、まるきり逆になってしまったかのようだった。

「んんっ、……こ、これが、この羞恥が、情緒なんですか？」

先端のくびれに向かって陰茎をキュッと擦られて、ランティは涙混じりにガォルグに問いかけた。

ランティの方は息も絶え絶えで足先をひくつかせているというのに、ガォルグの方はまるで斧でも振るうような気軽さで「あぁ」と頷く。

「俺がランに触れたり、囁いたりするだけで、心が粟立(あわだ)たないか？」

「ん……、胸がざわざわ、します」

たしかに、ガォルグの一挙手一投足に心を動かされる。愛しさであったり、羞恥であったり、焦りであったり、安堵であったり、その種類は様々だが、たしかにぽこぽこと感情が生まれ出でる。

「ただ挿れて、出すだけじゃない」

ガォルグを見上げれば、くしゃくしゃの前髪が、汗で張り付いて持ち上がっていた。いつもは髪の下に隠れている黒いその目が、真っ直ぐにランティを見つめている。

「恥ずかしかったり、気持ちよかったり、そうやって心を動かし合いながら体でも繋がるんだと、閨事とはそういうものだと、俺は思っている」

ゆったりと、だがはっきりとした声で告げられたその言葉は、すとんとランティの胸の中に落ちてきた。

（そっか、そうかぁ）

そうか、とランティは心の内で繰り返した。「棒を穴に挿れる」だけじゃないのだ。そこに至るにはきっとたくさんの感情の揺れがあるのだ。ランティが宿屋で見たのはただの見た目だけの話、それを行う二人の内面まではわからない。

「はい」

ランティは小さく頷いてから、シーツを握りしめていた手を放して、ガォルグの肩へと回した。

「僕も、そういうこと、ガォルグさんとしたいです」

そう言いながら、ランティは自らガォルグの唇に「ちゅ」と口付けをする。驚いた顔をするガォルグに、ランティは「へへ」と笑ってみせる。

「僕だけじゃなくて、ガォルグさんの心も揺らしたい」

そう、閨事は二人で行うものだ。であれば、心動かされるのも、恥ずかしい、気持ちいいと思うのも、一人だけではもったいない。

ランティは自身の陰茎に手を伸ばすと、まとわりついていた香油を掬い取る。自らで性器を慰めるような格好だ。

「ん、ふっ」

「ラン……、う」

ランティはしっとりと濡れた手を、今度はガォルグの下半身に伸ばした。

布越しにもその重量を思わせていたガォルグの陰茎は、それはもう……逞しかった。寝そべるランティの上にガォルグが覆い被さっているような体勢だからか、余計にその重さをずっしりと手のひらに感じる。

片手では足りなくて、両手で捧げ持つようにゆっくりと擦る。と、ガォルグがわずかに腰を引いた。

「ラン」

「僕も、ガォルグさんに触れたい」

ランティは縮こめるように閉じていた脚をゆるりと開き、くっ、と力を込める。ガォルグの陰茎に添えていた手を鼠蹊部から腰へと滑らせて背面へと辿り着かせる。そして、自らは腰を持ち上げながら、ガォルグには腰を下ろさせる。

「んっ」

ぬちゅ、と濡れた音がして、ランティとガォルグの陰茎が触れ合った。

「ラン、……っつ」

「あっ、ぁん」

少し腰を動かせば、硬く反り返った陰茎と自身の陰茎が触れ合う。香油のせいか、陰茎の先から漏れた先走りのせいか、ガォルグの陰茎やごわごわとした陰毛はあっという間に湿り気を帯びていく。

「これなら、二人で、んっ、気持ちよくなれますよね？」

ぐっ、と足先に力を込めて腰を持ち上げ、陰茎と陰茎をごりごり擦り合わせる。

「ガォルグさんの、でっかくて……かたぁ、い」

ガォルグの陰茎はまるで硬い芯が通っているかのようにギンッとそそり立っている。その下の陰嚢もでっぷりとしており、勃起していてもどこか柔らかさの残る自身の陰茎やふっくりと小ぶりな陰嚢とは比べ物にならない。

「なんか、……ふっ、大人と子供の、みたい、ぁんっ」

「っそういうことを……っ」

言うな、と言おうとしたのか、それとも他の言葉を言おうとしたのか。食いしばった歯の隙間から言葉をこぼしたガォルグが、ずん、と腰を落とした。

「あっ」

必然的に、ランティも押し潰されるように腰が落ちる。と、ガォルグがその体勢のまま、さらに体重をかけるようにして、腰を前後に動かす。

「やっ、んぁ、あっ、あっ」

ガォルグの陰茎が、ランティの陰茎をもみくちゃにする。えらの張った先端が裏筋を辿り、臍の穴に、ぷちゅっと収まる。そのままぐりぐりと穴を捏ね回されて、ランティは「あっ、ひっ」と嬌声なのか悲鳴なのかわからない声を上げる。

陰茎も陰嚢も、薄い陰毛や臍までもぐちゃぐちゃにされて、無意識のうちに体が上へ上へと逃げていく。しかし、ガォルグはそんなランティを逃さない。

「ん、ひぃっ」

「ランっ、ふっ」

逃げを打つ腰をしっかりと掴み、より一層腰と腰とを密着させる。二人の間に挟まれた陰茎は、捏ね回されすぎてもはや白く泡立った香油と先走りに塗(まみ)れている。

揺さぶられれば揺さぶられるほど、ランティの脚が跳ねて持ち上がっていく。次第に膝が曲がり、尻が上がり、ガォルグの陰茎はランティの陰嚢をぐりぐりと押していた。

「んっ、あ、そこ……っ、すごい、変な、んっ」

陰嚢のさらに下、その下にある尻穴までの間のわずかな膨らみ。そこを陰茎の先端で、とん、と押されて、ランティは目を見開いた。

「気持ちいいのか?」

「まっ、……んっ、あぁっ」

待って、と言いたいが、さらにトンットンッと律動的に刺激され、それすら言葉にならなくなる。ぐにぃ、とそこを押し潰すように陰茎を当てられて、ランティは指先が白くなるほどシーツを握りしめて「んん、ぁ、ひぃ」と喘(あえ)ぎ声をこぼした。そこを押されると、射精するのとはまた違う、下腹部のあたりからぞわぞわと快感が湧き上がってくる。ランティが足の爪先を丸めたり伸ばしたりしていると、ガォルグが「ふ」と笑った。

「ランティが気持ちよさそうにしていると、嬉しい」

「んっ、んん」

ここにきて、思いがけない笑顔にきゅうんと胸が引き絞られる。ランティは困ったように眉を下げてから、肩をすくめるようにもじもじと首を動かして、そして、腕を交差させて目元を隠した。

「うっ、うぅ、ずるいぃ……っ！　そんな顔して、あぁ、もう、好きぃ」

言葉にしたらなんだかさらに感極まってしまって、ランティの目尻にじわじわと涙が浮かぶ。

「ラン」

ガォルグが、そんなランティを見て目尻に口付けを落としてくれる。まるで涙を啜るように、ちゅ、ちゅ、と何度も口付けを繰り返されて、ランティは腕を振りながら「や」と呻いた。

「結局、ぼっ僕ばっかり気持ちいい、からぁ……！　ガォルグさんも気持ちよくしたい、ですっ」

えぐえぐとしゃくり上げながらそう言うと、ガォルグがまたも「ふっ、ふっ」と笑った気配が漂ってきた。涙目でキッとそちらを睨みつけると、ぼやけた視界の中で髪をかき上げた夫が笑っていた。

「気持ちよくって……ここでか？」

「ひぅっ」

ガォルグの節くれだった指が、ふにっ、と尻穴に触れる。窄まったそこを何度かふにふにとつつかれて、やがて、つぽっ、と指先が埋まる。

「んっ、んぅっ！」

異物感に驚いてビクッと体を跳ねさせて、膝を擦り合わせて……、慌てて平気なふりをして「はっ、はいっ」とこくこく頷く。

と、ガォルグの指が、くぅー……と中に入り込んできた。

「あっ、あっ」

思わず、きゅうう、と尻穴に力を入れてしまう。するとガォルグの指の感触をまざまざと感じ取ってしまって、ランティは「あう、あ、う」と情けない声を出した。

ふるるっと腰を震わせると、ガォルグは「……大丈夫」と言って、ちゅぽっと指を引き抜いた。

「ん、はっ」

「今日は挿れない」

まさかそんなことを言われると思わず、ランティは身を起こして「えっ！」と叫んだ。

「な、なんでですか？　僕が声出しちゃったから？　変でした？　駄目でした？」

逞しい腕に縋るようにしながら慌てて問いかけると、ガォルグはゆっくりと首を振った。

「いや、そんなことはない。ランティは体の隅々、声のひとつに至るまで可愛らしいし魅力的だ」

「んっ、え……、はい」

それはそうかも、とランティは素直に頷く。と、ガォルグがますます笑みを深くした。どうやら今夜は笑顔の大盤振る舞いらしい。

「ランティのここに比べて、俺の陰茎は……大きすぎる」

言われて、ちら、と見下ろしたガォルグの陰茎はたしかに大きい。

「今ではなく、発情期の時の方が分泌液も多いしフェロモンで挿入もしやすいだろう」

ランティはそう語るガォルグの顔をじっと見つめた。彼が無理をしていないか、我慢をしていないか、気になって仕方なかったからだ。しかしガォルグはただ穏やかに微笑んでいて、嘘を言っているようには見えない。

「また今度、改めてランティの中に入ってもいいか？」

「ん……」

ランティはしばし悩んだ後に、こくりと頷いた。

「穴に棒を挿れるだけが閨事じゃない、ですもんね」

そう言うと、笑みを浮かべたままのガォルグが「あぁ」と言ってランティの頬に口付けを落とした。そのまま、ぐっと体重をかけられて、ランティはころんと仰向けに転がる。

「その代わり、今日はここを借りていいか？」

「ん？　あっ……」

両脚を揃えられて、ぐっ、と持ち上げられて。足裏が天井を向きそうなほどに上向いているような格好にされて、ランティは「？」と疑問符を浮かべる。

「どこ、どこですか？」

借りるとはなんだろうか、と様子を見ていると、陰嚢のあたりに、むにゅ、と熱い刺激を感じた。驚いて脚を跳ねさせようとした時、ぴったりと合わさった太腿の隙間から、ぬっとガォルグの赤黒い陰茎が顔を出した。

「あっ、ん、……ふと、ももっ」

「あぁ、いいか？」

どうやらそこに挟み込んで、擬似挿入のようなことをするらしい。ランティは、これくらいならもちろん平気だ、と「はい」と頷いた。

「ありがとう」

ガォルグがにこやかに礼を言った……途端。

――ぱちゅっ！

「あっ、あんっ」

ランティの尻が何かで弾かれる。何かとは、ガォルグの逞しい下腹部や太腿だ。ガォルグはランティの太腿の裏に陰毛を擦りつけるようにぴたりと体を密着させては腰を引く。勢いよく肌が触れあう度に、まるで尻を叩かれているかのような濡れた打擲音が響く。

「やっ、やぁっ」

ぞく、と妙な背徳感のようなものを感じてしまってランティは情けなく涙声を上げる。しかしガォルグはそれに構うことなく、何度も、何度も何度も腰を打ちつける。

「あっ、あ、擦れて、あっ！」

ガォルグが、ぐっ、と腰を落としたせいで、彼の陰茎とランティの陰茎とがごりごりと擦れ合う。

「ひいっ、いっ」

そのあまりの気持ちいい刺激に、ランティは目を見開く。仰け反ったせいで、涙の粒がぱたぱたと

飛び散った。

「ラン、はぁっ、ランっ」

片腕でランティの両脚を持ち上げたガォルグが、もう片方の手を下の方へと伸ばす。ランティの、尻穴に。

「んっ、んんんんっ」

腰を揺さぶられたまま、尻穴に指が触れる。おそらく親指だろう、尻の縁を、むにぃ、と押したり開いたりしてはその感触を確認しているようだ。先ほど一度指を飲み込んだからだろう、尻穴はくぱくぱと開閉を繰り返して、太い親指を飲み込もうとしている。

「ひぁっ、ガォルグ、さんっ、しげ、きが……ひぁあっ」

刺激が強すぎると伝えたいのだが、もはやまともな言葉にすらならない。

陰茎を擦られ、鼠径部で尻を叩かれ、尻穴を弄られて。ランティは「ひぅ、うぅ」と涙を流しながらその快感に酔いしれていた。

「ラン、ランティ……っ、好きだ」

その言葉を聞いた瞬間、ぞくぞくぞくっと背筋が震えて、気が付けばランティは絶頂を迎えていた。

「あ、ひっ、……うぅ？」

ぶるっと腰を震わせるが、快感はすぐには消えない。ちらりと見下ろした陰茎から精子は出ておらず、それが射精による絶頂ではないことを知る。

「ガ、ガォルグさん、ガォルグさ……っ、んっ」

なにがなにだかわからず、耳鳴りがするようなほわほわとした世界で、それでもガォルグを求めて腕を伸ばす。と、ガォルグがランティの体を抱きしめて、ますます大きく腰を前後させた。

「んぅっ、んんんー……っ！」

と、まるでそれを待っていたかのように陰茎が震え、あっ、という間に、ぴゅっ、ぴゅ、と数度にわけて精が吐き出される。しかしそれはいつもより勢いがなく、後半は、とろとろと精子が流れ出るだけであった。

「あ、あぁ……」

目と口を開いたまま惚けたような声を漏らすランティの髪を顔を、大きな手のひらがくしゃくしゃに撫で回す。ランティは指一本も動かせない疲労感に身を浸したまま、視線だけを動かしてガォルグを見やった。

「……っふっ」

眉根を寄せたガォルグが低く呻いた途端、腹の上に熱いものが飛び散るのがわかった。ガォルグの精液だ。

（あ、あぁ……）

どうしてだか、それを体内に受け入れたくて仕方なくなる。が、指どころか口すらまともに動かせる状態ではないので、そんなこと叶うわけもない。

ランティはただ目だけを動かして、ガォルグを見つめる。しばし目を閉じて射精の余韻に浸っていたガォルグが、ランティの視線に気付いたように瞼を持ち上げる。そして、ゆったりと気怠げに微笑んだ。

「ラン、……ラン」

(あぁ、あぁ)

その顔を見て、胸の奥からじわじわと安堵にも似た感情が広がっていく。ぽかぽかと温かなそれは「幸せ」というのかもしれない。

ランティは震える指を持ち上げて、その人差し指でガォルグの頬を力無くつついた。

「ふ、ふ」

幸せです、と伝えたかったが、上手くいったかはわからない。ガォルグがどんな顔をしたのかもわからない。見たくとも、ランティの方がもう目を開いていられなかったからだ。

(ふ、ふ、ふ)

心の中で笑いながら、ランティはゆったりとした気持ちで目を閉じた。

閨事はやはり、挿れるだけでもなんでもない。こんなにも恥ずかしくて、気持ちよくて、温かくて、嬉しい。

(なんて素敵な)

心の中でそう呟いて、ランティは心地の良い波に身を任せる。ベッドにぱたりと落ちた指を誰かが拾って、柔らかな何かに触れたような気がするが……それももう、わからない。

わからなくても、ランティは幸せだった。わからないことが、幸せだった。

気が付けばランティは、柔らかなベッドの上ですやすやと眠りについていた。

二十九

くすぐったい。きもちいい。あたたかい。

幸せな感触を覚えてふと目を覚ます。と、目の前にガォルグがいた。ベッドに片肘(かたひじ)をついた格好で、ランティの髪をゆったりと梳(す)いている。幸せの正体は、ガォルグの手だったらしい。

しかし、ガォルグのその顔は「幸せ」とはだいぶん程遠い。どちらかというと苦しそうで、痛そうだ。

「……ん」

「ラン、顔に傷が」

ガォルグさん、と問いかける前にガォルグがぽつりと漏らした。昨日、剣術大会で優勝した強者とは思えないくらいに、情けなくて寂しい声音で。

「傷ってほどでもないですよ、腫れも引きましたし」

ランはその傷に思い至り「あぁ」と寝起きで掠れた声を漏らした。

「色、変わってます？」

「……あぁ」

昨日、フィガロに殴られたところだ。昨夜は薄らと赤くなっていた程度だったが、やはり色が変わってしまったらしい。力の強いαに殴られてこの程度で済んだのだから、まぁまだマシなものだろう。

が、ガォルグにとっては痛々しい生傷らしい。

「大丈夫ですよ。こんなの、宿屋で働いてる頃はしょっちゅうありましたし」

励ます、というより元気付けるつもりでそう言うと、髪を撫でるガォルグの手がぴたりと止まった。

「しょっちゅう？」

ぴり、と何かが含まれた声を聞き、寝起きでややぼんやりとしていたランティの頭がしゃきっと起きる。

どうやらガォルグはランティが暴力を振るわれていたと聞いて憤ってくれたようだ。その顔を見て、ランティは慌てて首を振って、ゆっくりと体を起こす。と、ガォルグもまたのっそりと起き上がった。

二人して、向かい合ってベッドの上に座る。

「まぁガォルグさんと出会う前の話ですけどね」

Ωであるが故に、ランティは客に無理を強いられることが多かった。

酒を注げ、尻を触らせろ、今夜部屋に来い、そんなことを何度言われたかわからない。都度上手く断ってはいたが、たまに逆上した客に殴られることもあった。宿屋の主人や同僚は「災難だったな」とは言ってくれたが、それだけだ。誰もランティを助けようとなんてしなかった。唯一、同じΩであるアレクだけは、毎度怪我の手当てをしてくれたが。その恩義に報いるため、ランティはアレクの代わりに客前に出る仕事は積極的にこなしていた。

「嫌だけど、慣れたものですよ」

そう言うと、ガォルグが何か固いものを無理矢理飲まされたような、苦しそうな表情を見せた。

「慣れ……、させたくなかった」

開いた手に顔を埋めるガォルグを見て、ランティは申し訳ないような、それでいて嬉しいような、でもやっぱり悲しいような気持ちになる。

過去は決して消えない。けれど、今こうやってランティに降りかかった理不尽を嘆いて、その場に自分がいなかったことを後悔してくれる人がいる。

「その気持ちが嬉しいです」

ランティは正直にそう言って、それから昨日大会の会場であったことを思い出す。助けてくれようとした人もいたが、悲しそうに手を引いてしまった。ランティと彼女が、Ωだったからだ。そして、フィガロがαだったからだ。

「こういった、Ωが虐げられることが、減ったらいいなとは思いますけど」

そう言ってベッドを撫でる。上質なシーツは引っかかるところもなく、さらさらとランティの手を滑らせる。きっと山小屋のあの部屋のシーツよりもずっと上等だとわかるが、今はあのごわごわとした熊の毛が懐かしい。

「僕、ガォルグさんが木こりじゃなくなっても、仕事を続けようと思うんです」

ふ、と息を吐いてから、ランティは最近考えていたことの一端を、小さくこぼすように伝えた。ガォルグは大きな声を出して驚くでもなく、目を見張るでもなく、「あぁ」と肯定してくれた。そのいつもと変わらない反応に励まされるように、ランティは「それで」と続ける。

「仕事の拠点は騎士団のある国都の方に移そうと思います。材料の確保は、木こりを数人雇おうかな、と」

ガォルグ一人分が並の人間何人分に値するかはわからないが、貯蓄もかなり増えたし、無理なく数人程度なら雇える。

「せっかく数学の勉強もしたし、きちんと、自分で木材の店を開きたいんです」

今までも二人でやっていたが、これを機にランティは国都に店舗を構えるつもりだった。Ωの自分が夫と共同ではなく、一人で店を持つなんて夢のような話だが、きっと無理ではないはずだ。ランティがちゃんと計画を立てれば、できないことなんてない。

シーツの上に置いた、自分の手を見下ろす。白く細くはあるが、長年の水仕事で荒れている。こんな頼りないこの手でも、きっと掴めるものはあるとランティは信じていた。今も昔も、この手なら絶対に幸せを掴めるのだと。

「Ωだってこうやって仕事ができるんだって、誰にってわけではないけど……見せていきたいんです」

拳を握ってそう言えば、黙って話を聞いていたガォルグが「そうか」とゆっくり頷いた。「なんていい考えなんだ」「素晴らしい」「頑張れよ」なんてありきたりな褒め言葉も励ましの言葉もないが、彼が全身でランティの考えを肯定してくれているのが伝わってくる。その微笑みが、柔らかな指先の動きが、ランティを見つめる瞳が「ランならできる」と言ってくれている。

「へへ」

少し照れ臭くて、それを誤魔化すように笑う。と、ガォルグが一度瞬きをしてから、その目に真剣な、何かを思案するような色をのせた。

「俺も騎士団に戻ったら、街の見回りに加えて、……誰かが、いや、誰もが相談できる場所を作りたい」

ガォルグの、彼らしい拙い言葉にランティは「へぇ」と感心の声を上げる。

騎士は何か事件があれば駆けつけて助けてくれる。そうやって街の、国の治安を守っているのだ。

しかしそれは、何かが起こった時に限る。市民間の小さないざこざや、第二性差別などによる被害では「わざわざ騎士を呼ぶほどでもない」と通報されないことも多い。社会的に地位の低いΩが被害者の時など、尚更だ。

もしも何か困った時、通報ではなく、まず相談できる窓口があれば、それだけでも心強いだろう。多分、一朝一夕にどうこうできる問題ではないだろうが、ガォルグはやると言ったらやる男だ。

いつからそんなことを考えていたのだろう、とガォルグにちらりと目を向けると、ガォルグもまたランティを見ていた。もさもさの髪の隙間から、意志の強そうな黒い目が覗く。

「ラン」

「ん？」

名前を呼ばれて首を傾げる、と、ガォルグは眩しそうに目を細めてから緩やかに口端を持ち上げた。

「ランの心は強いが、……体は弱い。それは仕方ないことだ」

「そうですね」

ランティはΩだ。Ωはどうしても身体能力で他の第二性に劣る。だからこそ、侮られるし、馬鹿にされるし、暴力だって簡単に振るわれる。

「でも、ランを見ていたら、仕方ないで終わらせたくなくなる。仕方ないなんて、言わせたくない」

ガォルグの言葉には確かな熱がこもっていた。彼の組み合わせた手から、ギュ、と音が聞こえて、それがまごうかたなき本音なのだと伝わってくる。

ランティは口端を持ち上げてから、ゆったりと眦を下げた。自分の夫は、本当に優しい人だとわかって嬉しかったのだ。

「僕も、ガォルグさんも、忙しくなりますね」

「あぁ」

二人でゆっくりする時間も減るかもしれない。今まで二人だけしかいなかった世界に、きっと色々な人やものが溢れてくる。お互いのことだけを考えていればよかった日々は失われてしまう。

「でも、働き者の僕たちにはちょうどいいと思いません？」

それでも、きっとガォルグとは上手くやっていけるだろう。ランティはそう確信して、首を傾げながら問うてみた。

ガォルグは組んでいた手を解いて、顎に手をやった。そしてそこを擦りながら「あぁ」と笑う。

「きっと、そうだな」

その笑顔さえあれば絶対に大丈夫だろう、と思いながら、ランティはガォルグに手を伸ばして、その服の裾を掴んだ。ガォルグがそれに気が付いて、「ん」と言いながら手に手を重ねてくれる。

ランティはもう片方の手も伸ばして、ガォルグの大きな右手を両手で包み込んだ。自身の手の中の幸せを、ぎゅう、と。

「幸せ、ちゃんと掴めましたよ」

そう言うと、ガォルグもまた手を握り返してくれた。

「俺もだ」

少しだけとぼけたような表情をしてそんなことを言うから、ランティは「ふふ」と笑う。

「手の中から溢れるほど、特大の幸せですね」

「本当に」

手を繋いで、それぞれ手の中の幸せをたしかめる。熱を伴ったその幸せを逃すまいとするように、しっかりと、力強く。

恥ずかしくなったランティが「そろそろ放しましょうか」と言い出すまで、ずっと、ずっと。

*

あるところに、そんなに優しくはないけれど、幸せに貪欲なΩの青年がおりました。宿屋の下働きとして働く彼は、ある時街角で筋骨隆々の男を見つけます。

「やぁこれは騎士様に違いない」。そう決めつけた彼は、男に結婚を申し込みました。そうです、玉の輿に乗る気満々です。

しかし、なんとその男は騎士ではなくただの木こりでした。当てが外れた青年は絶望して、男の粗末な山小屋でさめざめわんわんと泣き濡れました。……が、そこで終わる青年ではありません。何故なら彼は、幸せに対してものすごく貪欲だったからです。

持ち前の逞しさで木こりである男の仕事の幅を広げていった青年は、どんどんと金を貯めていきました。さらに男と協力して船を作り、それを使って栄えた街へと次々進出していきます。

その間に、色々なことがありました。男の夢が発覚したり（これは後ほど勘違いとわかります）、青年が本当の意味で男に恋をしてしまったり、思いがけぬ発情期を迎えたり……。波瀾万丈(はらんばんじょう)とまでは言えずとも、決して平坦な道のりではありません。いくつかの悩みや困難が、常に青年に降りかかりました。が、青年はやはり彼の武器である逞しさで何事も切り抜けていきました。

それからそれから。なんやかんやとありまして、男は木こりから騎士になり、青年は宿屋の下働きから国都に店を構える店主にまで登りつめました。幸せを求める力のなんと強いこと。青年は見事、その手に幸せを掴み取ったのです。

さてさて、物語はここでめでたしめでたしと相成ります……が、こんな調子の青年なので、これからもたくさんの困難や壁にぶつかることになるでしょう。時には涙を流して、落ち込んで、そう簡単には立ち上がれない時もあるかもしれません。

しかし大丈夫。何故なら青年は幸せに対して貪欲ですから。一度その手に掴んだ幸せを、手放すことは絶対にありません。持って生まれた逞しさと、隣に並び立つ騎士の男との絆(きずな)を武器に、どんな困難も乗り越えていくことでしょう。

幸せに貪欲なΩの青年と、騎士かと思いきや木こりの、かと思ったらやっぱり騎士だった男のお話でした。

めでたしめでたし。

幸せになりたいオメガ、騎士と初めての番休暇

ガォルグ・ダンカーソン。以前はハイサンダーの姓を名乗っていた彼は、自身の仕事での失態を理由に四年間騎士団から退いていた。しかし、先だって開催された秋の剣術大会で見事に優勝し（かつ、暴行の現行犯も捕らえたというおまけつきで）、冬に入る前に副団長として復帰した次第である。

以前は「鬼の副団長」なんて呼ばれていたが、今はΩの伴侶（はんりょ）もできて穏やかになった……、なんてことはもちろんなく……。

「制服の襟が折れているぞ」

「ひっ、すみません！」

騎士団詰所。すれ違い様にガォルグに指摘された騎士が姿勢を正した。ちなみに自身の襟のあたりを指すガォルグは、頭の先からブーツの先、腰に下げた剣に至るまで一分の隙もなく整っている。

「さすが。見逃しませんね、副団長」

横で穏やかに笑うのは、四年前ガォルグの直属の部下であったナイジェルだ。当時無茶な作戦のせいで怪我を負い一時期騎士の仕事から離れていたが、現在はこうやって無事に復帰している。ちなみに彼の嫁はガォルグの嫁であるランティと同じ宿屋で働いていたΩだ。行方知れずとなったガォルグを探す、という任務を任され全国を飛び回っていた際に、運命的に出会って恋に落ちたのだという。

「服装の乱れは心の乱れ。騎士の制服であれば尚更だ」

ガォルグが短くそう答えると、ナイジェルは「相変わらずですね」と笑った。ナイジェルは現在ガォルグの補佐として仕事を共にしている。

「復帰したばかりでなにかと不便があるであろう副団長を補佐するように……と配属されたわけです

が、俺、必要あります？」

笑って肩をすくめるナイジェルをちらりと見やってから、ガォルグは「あるさ」と頷いた。

「今日の午後にでも第八番組マルロー隊のところに抜き打ちで監査に入ってくれ」

「マルロー隊、ですか？」と、首を傾げるナイジェルに、ガォルグは「あぁ」と頷いてみせた。

「さっきのはマルロー隊の新人モーガン・テイリーだ。新人の教育を怠っているのか、それともそちらに手が回らないほど忙しいのか。いずれにせよ一度確認した方がいいだろう」

基本的に、新人の面倒を見るのは同じ隊の歳が近い団員だ。仕事はもちろんだが、服装や所持品の確認など身の回りの小さなことまで指導していく。それができていないということは、なにかしら問題があるはずだ。隊の雰囲気か、それとも指導すべき団員に仕事が偏っているのか。

その確認も含めて、ガォルグたち上層部による監査が必要なのだ。きつく絞り上げるためだけではなく、手が足りない場合はそれを配する必要がある。

「え？　まさか復帰してひと月足らずで全員の顔と名前と所属部隊を把握している、なんてことは……」

「もちろん、把握している」

ナイジェルは乾いた笑いをこぼしてから「恐れ入りました」と頭の後ろに手をやった。

「ふふ。あ、でも副団長、まさか家でもこんな感じなわけじゃないですよね？」

どこかからかうような口調でそう問われて、ガォルグは顎に手をやり「……」と無言で考え込む。

「違う……と思う」

珍しく歯切れの悪いガォルグにナイジェルが愉快そうに眉を持ち上げた。

「襟の乱れひとつ見逃さないきっちりした副団長が？　家では違う、と？」

ガォルグは「ふん」とだけ返してから、ふと思い出したように咳払いをした。

「今日は少し早く帰る。そして、明日からしばらく休暇だ」

「お、珍しいですね？　復帰してからこっち、残業することはあれど、休みを取るなんて初めてでは？」

驚いたように目を見張るナイジェルにガォルグは軽く咳払いをしてみせた。

「番休暇だ」

ガォルグの言葉に、彼と同じくΩの妻がいるナイジェルは納得したように「なるほど」と微笑んだ。

番休暇とは、いわゆる「発情期のための休暇」だ。発情期を迎えたΩ、そしてその伴侶が発情期を過ごすために取得できる、公的に許可された休みである。

「それなら一週間は休まなきゃですね」

素っ気なく「さぁな」と答えるガォルグを見ながら、ナイジェルは内心「副団長、本当に家では違うのかなぁ？　相手の方、苦労されてないといいけど」なんて少々失礼なことを考えていた。

もちろん、口に出すような愚かな真似はしなかったが。


「ラン、ただいま」

ガォルグが最近国都に借りた家（絶賛ランティが整え中だ）に帰ると、いつもはすぐに漂ってくるご飯の香りがしない。代わりに、ふわ、と甘い花のような香りがガォルグの鼻をくすぐった。途端、どっ、と心臓が高鳴って、ガォルグは誤魔化すように「ラン？」ともう一度伴侶の名前を呼んだ。

昨日から妻であるランティは「なんだか熱っぽいんです」と言って寝込んでいた。今日は仕事を休んで看病しようと思っていた……のだが、それはあっさり断られてしまった。

「動けないほどではないので大丈夫。ただ……」

「ん？」

「時期的に発情期じゃないかなぁと思うので、できたら、今夜は少しだけ早めに帰っ……」

「帰ってくる」

食い気味に答えたからか、ランティが目を見張る。そして仄かに赤くなった頬を嬉しそうに緩めた。

「お願いします」

普段しっかり者の妻が、ぽや、と微笑みながらそんなことを言うのだ。「なんなら今すぐ抱きしめたい」と言い出しそうな口を持ち前の忍耐力でどうにか引き結んで、ガォルグは仕事に向かったのだ。

そしてきっちり仕事を終えて、足早に帰ってきたのだが……。

「ラン？」

おそらく寝室にいる、とわかっていながら、ガォルグはそれでも名前を呼ぶ。リビングを抜けて、廊下を通って一番奥にある部屋。近付けば近付くほど、甘い匂いは濃くなっていく。

（これは、間違いなく）

発情期だろう。以前、ランティが国都のパイ屋で偶発的に発情期を迎えた時に嗅いだ、あの匂いと同じものをガォルグは感じ取っていた。頭の芯がじんと痺れるような、喉の奥がキュッと狭まるような、下腹のあたりがズンと重たくなるような……そんな香りが。

「ラン、ここにいるのか？」

コンッ、と寝室の扉を指の節で叩く。と、自身が思わず舌舐めずりしていることに気が付いて、ガォルグは顔を引き締めた。こんな表情を浮かべていたら、ランティが怯えてしまうかもしれない。

「ガォ、ルグさん？　あ……、待って、まっ！　やっ！」

制止の声が聞こえたのはわかっていたが、ガォルグは「開けるぞ」とひと言だけ断り、扉を開く。

「ラ……ン？」

……と、目に飛び込んできた光景に、さすがのガォルグも動きを止めてしまった。

「ガォルグ、さん」

目の前には、こんもりと小山ができていた。人が一人中に入れる程の大きさの、小山。ランティはその山の真ん中で「あ、あ」と恥ずかしそうに顔を赤らめながらも、キュッ、とその山の一端を握りしめている。何でできた山かというと、それは……。

「それは、俺の服か？」

そう、ランティが包まっているのは、ガォルグの服だ。普段着ているシャツにボトムに、昨日着ていた寝巻きに、きちんと皺を取って掛けていたはずの騎士の制服も見える。ランティが手に持っているのは……下着だ。

「うっ、うあ、わからないんです。わっ、わからないのに、ガォルグさんの匂いのするものが欲しくなって、たまらなくて、おかしくなって、僕、僕……」

問いかけた途端、ランティが顔をくしゃくしゃにした。服の散乱した床にぺたりと膝をつけて座り込んだまま、握りしめた下着を隠すように脚の間に持ってきて。そして、ひくっ、としゃくりあげる。

「ごっ、ごめんなさいぃ……っ！」

ランティは赤い顔をしたまま泣き出してしまった。どうやらとても恥じ入っているらしい。

「ラン、ランティ。大丈夫だ……」

思わず駆け寄って側に膝をつき肩に手を置く……と、その時にちらりと見下ろしたランティのボトムの前が寛げてあることに気付く。その隙間から下着を押し上げて主張しているものを見て、浅ましくも喉が鳴った。一瞬で湧き上がってきた欲望に無理矢理蓋をして、ランティの肩を撫でる。

「きっ、騎士の制服まで、こんな、に、しちゃって、ごっ、ごめ、ごめんなさ」

日頃ガォルグがぴしりと皺ひとつなく整えていることを知っているからだろう。ランティは羽織るように肩にかけた制服にすりっと頬を寄せて、上目遣いでガォルグを見上げる。

「いいんだ。ぐしゃぐしゃにしてくれて構わない」

先ほど「服装の乱れは心の乱れ」と言っていたのと同じ口で何をほざく……、と思いながらも、ガォルグは騎士の制服ごとランティを腕の中に包み込む。

ランティの行動は、典型的な「Ωの巣作り」だ。

発情期が近い、もしくは発情期に入ったΩは「巣作り」という、本能に基づいた行為をしばしば行う。巣作りとはまさにその名の通り「巣」を作る事である。鳥が、自身にとって安全で安心な場所である「巣」を作り上げるように、Ωも、自分にとって最も安らげる場所を作るのだ。

その材料は木の枝や藁ではない。巣作りの主な材料は、「好意のあるαの匂いが染み付いた私物」。

αの香り、それは、Ωとってなによりの精神安定剤となる。

「その行動はΩとして当たり前だ。発情期中のΩは……、好いた相手の私物を集める傾向にある」

「好いた……」

ぼんやりと呟いたランティが、もぞもぞとガォルグの胸に額を擦るようにして顔をあげる。

「あ……『巣作り』ですね」

ランティも「巣作り」という行為自体は知っていたらしい。ぼう、と惚けたような表情から見るに、どうやら巣作りという意識すらなくガォルグの私物を集めていたようだが。

ランティは相変わらず、ぽや、とした表情を浮かべたまま、股の間に挟み込んでいた手を恐る恐るといったように持ち上げた。

「じゃああの、ガォルグさんの服に包まれて……こうなるのも、変じゃないんですか？」

「……あぁ、そう、だな」

先ほどちらりと見たのでわかってはいたが、ランティの股間はしっかりと勃ち上がっていた。

ランティがゆるゆると股を開く。と、先走りが溢れて、下着の色がじんわりと変わっているのが見えた。くち、という濡れた音と共にランティの匂いが一段と濃く立ち上ってきて、ガォルグは衝動を堪えるように内頬を噛む。

「だい、丈夫だ」

ランティがそんなガォルグを潤んだ目で見上げて、そして、視線を横に流した。

「あのぅ……」

もじもじと言い淀(よど)むランティに「どうした」という意味を込めて首を傾げてみせる。と、赤らんだ顔の妻は唇に折り曲げた指先を当てて、恥ずかしそうにねだってきた。

「発情期なら、その……今日は最後まで、したいです」

今度こそ、太い両腕で欲望のままにランティをかき抱きそうになって、ガォルグは「ぐっ！」と先ほどより鋭く声を上げてから、拳(こぶし)を握りしめた。

結婚して、発情期は二回目だ。しかし一回目の発情期は体の交わりもないままに終わった。あの時は、本当の「夫婦」ではなかったからだ。その後、気持ちが通じ合ってからも夫婦としての交わりは時折行っている。……が、しかし。実のところまだ一度も「挿入行為」にまでは至っていないのだ。

「駄目？　駄目ですか？」

切なげに見つめられて、ガォルグは「まぁ」「その」と言葉に詰まる。

「駄目……ではないが」

挿入をしないのは、もちろん理由がある。ガォルグの、体格に見合った太く逞(たくま)しい陰茎を受け入れるには、ランティの体が行為に慣れていないのだ。なのでガォルグは、ランティに何度ねだられても、「もう少し慣れてから」「また今度」「いずれな」と流してきた。

「ガォルグさん……っ」

煮え切らないガォルグに痺れを切らしたように、ランティがキッと眦(まなじり)を吊(つ)り上(あ)げた。そして、ガォルグの腕をはっしと掴(つか)むと、それを自らの股間へと導いた。

「ラッ、ランッ？」

「っ、僕、発情期だから、ここが……」

ゆるりと膝を立てて、ランティが脚を開く。ボトムの中に無理矢理引きずり込まれた手は、狭い場所でぎちぎちと動きを制限される。と、指先に滑りが触れて、ガォルグは肩を跳ねさせる。とろりと濡れたその感触は……。

「すごく、あの……すごく濡れてて。今なら、は、入るかな……って」

ドカンッ、と頭の中で爆発音が響いた……ような気がした。指先が触れているのは、ランティの尻穴だ。下着越しにすら泥濘のように濡れそぼっていることがわかるそこに触れて、ガォルグの心の中の「理性」という防波堤は決壊寸前だ。

ガォルグは「ラン」と妻の名を呼びながら、掴まれたままの腕をどうにか引こうと動かした。

「ぁんっ」

運が良いのか悪いのか、指先が尻穴を擦ってしまったらしい。ランティがあえかな声を上げる。かぁ、と顔を赤くしたランティが、困ったようにガォルグを見上げてきた。

「うっ……、ガォルグ、さん」

まるで「助けて」と縋るように見つめられて、どうして拒否できようか。先ほどからランティの甘いフェロモンの香りは漂い続けているし、そもそも愛しい妻が自分の服で巣作りをしていたことも嬉しいし、股間に手まで導かれて「して欲しい」と請われて。

「理性が、持つわけがない」

「え？　……っん！」

ぼそ、と呟いた声が聞き取れなかったのだろう、首を傾げたランティの、その唇に唇を重ねる。というより、まるで食らうかのように唇ごと包み込む。

「わかった。今日は、最後まで……させてくれ」

唇を離し、真っ直ぐに目を見つめて頼み込む。すると、ごく、と息を飲み込んだランティがふにゃりと笑った。笑みにあわせるように、透明な涙がぽろりと目尻から落ちていく。

「……嬉しい」

その笑顔を見て、ガォルグは「これは、休暇が延びるな」と確信に近い思いを抱いて天を仰いだ。


「ランティ、痛くないか？」

「あんっ、あっ……んぅ、だいじょ、ぶ、れす」

寝台にうつ伏せて尻だけを少し持ち上げたランティのその尻の狭間では、ガォルグの筋張った手が行き来している。ガォルグはランティの中に挿入した人差し指と中指を、彼の中で、くぱ、と広げた。

「んやっ」

尻穴が広がったことがわかったのだろう、ランティがひくひくと腰を蠢かしてから、腹の下に敷いたクッションに股間を擦り付けた。

「気持ちいいのか？」

ちらりと視線をやると、「ん、はい」と頷いたランティの耳の先が赤く染まっていくのが見えた。

反応を見ながら、もう一本……今度は薬指も揃えて尻穴の中に挿れる。途端、ランティが「んぐう」と呻いたが、その股間の陰茎は萎えていない。どうやら、本当に痛みは少ないらしい。

「あっ、あぁっ！」

気持ちの良いところを指先が掠めたのだろう。ランティがシーツを握りしめながら、きゅっと尻穴を窄める。陰茎の先から、とろ……と雫が垂れているのが見えた。どうやら軽く気をやったらしい。

ランティも発情期で快感に溶けているが、ガォルグだってもちろん影響を受けている。触れもしないのに先ほどから先走りが滴って止まらない自身の陰茎を見ればすぐにわかる。

「んっ、あぁ、ガォルグさん、ガォルグさ……気持ちいいっ」

そろそろ頃合いかもしれない。ガォルグはランティの尻穴から、ぬぽっと指を引き抜いた。

今のランティにとってはそれすら刺激になるのだろう。「ひんっ」と漏らして背を反らすように顔を持ち上げたランティが、ひくひくと尻穴を収縮させてから、次いで、だら……と脱力した。

ガォルグはそのまま、荒い息を吐くその汗ばんだ肩に手を当てて、ごろ、と体の向きを変える。

「あ、ガォルグ……さん」

ランティの顔は、もうすっかりと蕩けていた。いつもは吊り上がり気味の目はゆるゆると下がってガォルグを熱く見つめている。上下する胸の上には薄桃色の突起。ぴん、と尖っているそれにむしゃぶりつきたくなって、ガォルグはすんでのところで堪える。

「あっ……」

ガォルグはゆっくりと、だが確実にその間に体を埋めた。ぐっ、と前に身を乗り出すと、ランティの膝が曲がって持ち上がる。

「ラン、無理な時は言ってくれ」

片手でランティを支えながら問うと、彼は「ふっ、ふ」と笑った。

「ガォルグさん、いつも、僕の心配ばっかり」

「そりゃあ……」

それはもう仕方ないのだ。ガォルグにとってランティは唯一無二の存在である。ランティに好かれたい、愛されたい。同時に、ランティを愛したいし、大事にしたい、慈しみたい。自分の中にこんなにも大きな感情があることを、ガォルグは知らなかった。

仕事柄、人に好かれることは多かったと思う。なにしろ騎士団の副団長だ。放っていても「ぜひ私とひと晩過ごしてください」と迫ってくる輩は近付いてくる。

思えば、ランティとてそうなのだ。そもそもガォルグを騎士と思い込んで(いや、実際に数年前まで騎士だったのでその慧眼は素晴らしいが)声をかけてきた。もし出会い方が違かったら、果たしてガォルグはランティに興味を持ったか……。

(いや、違うな)

そこまで考えて、ガォルグは内心で首を振った。きっと自分は、何があってもランティを好きになったはずだ。初めて出会ったあの時、大きな紙袋の隙間からこちらを覗くどんぐりのような眼に、すっかり心惹かれていたのだから。

きっとどんな出会い方でも、ガォルグはランティのその真っ直ぐな目に惹かれ、すずらんのような香りに心くすぐられ、その逞しくも繊細な心に触れて……どんどん好きになっていただろう。

（まるで、運命の番のように）

現実主義者の自分らしくない考えに「ふっ」と笑ってから、ガォルグはランティの頬に口付けを落とした。

「ランを、心から愛してるからな」

「……っんな！」

目を見開いて、ぱくぱくと口を開け閉めして、そして「僕だって、いっぱい愛してますよっ」と張り合うように喚くランティが愛しくて堪らない。ガォルグは「あぁ」と口元だけで笑った。

「ラン」

そのまま、自身の陰茎の先をその尻穴に押し当てる。しばらくぬぐ、ぬぐ、と先端を出し挿れしてから「いいか？」と問うと、ランティは緊張した面持ちで頷いた。

「いいで、すっ、……うあっ、あっ、んん～っ！」

ぐぅう……っ、と挿入すると、押し上げられるようにランティの体が持ち上がる。ガォルグは咄嗟（とっさ）にその腰を掴み、離れないように引き寄せた。

「ラン……っ、くっ、ランっ」

あまりの心地よさに、ガォルグは思わず「神経が、焼き切れそうだ」と歯の隙間からこぼすように呻く。ランティの中は柔らかくガォルグの陰茎を包み込み、まるで挿入を促すように蠢いている。

「あぁ……っ、んぅ、ガォルグさ……気持ち、いぃっ」

そしてまたランが煽（あお）るように喘（あえ）ぐのがよくない。細く震える手をガォルグの背に回し「もっと、ふかく、いれて」とねだってくる始末だ。ガォルグは射精欲を抑えながら、ゆっくりと挿入を進めた。

「んっ、……んんっ、んっ、あぁっ！」

ざり、とランティの柔らかな尻にガォルグの強い陰毛が擦れる。陰茎の根元まで挿入できた証だ。

「ぜんぶ、はいっ……、たぁ」

ランティはぶるっと腰を震わせてから「はふ」と息を吐いた。そして、その小さな体でガォルグを包み込むように背中にしっかりと腕を這わせる。

「あぁ、ん、ガォルグさん、ガォルグさ……ぁ、ひ」

「ラン、……ランティ」

その手に促されるように、ガォルグは少しだけ腰を引いて、そして再度打ちつけるように挿入する。ランティが「ひぐっ」と喘いだが、一度動き出した腰は止まらない。

「あっ、あっ、いぁっ、がぉうぐさ、っあん」

ランティの喘ぎ声、ガォルグ自身の荒い息遣い、そして濡れた挿入音が寝室を包み込む。ランティに引き寄せられるまま、その首筋に顔を埋める……と、甘い匂いが鼻腔いっぱいに広がる。それでもうすっかりと理性が焼き切れて、ガォルグは「ランっ」と、その言葉しか知らない獣のように呻いた。

どんどん挿入が激しくなり、ランティの腰が浮かぶ。それでも、ガォルグも止まれない。ランティの首筋を、じゅうっ、と強く吸い上げて、鬱血したそこにさらに歯を立てて、舐めて、また吸って。

「ガォルグさっ、んっ、欲しい……ナカに、ほしっ、あっ！」

何をねだられたのか瞬時に悟って、ガォルグはランティの腰を強く掴んだ。そして……。

「ランっ、ランティ……、っ、愛している」

思いの丈を言葉と行動でぶつけるようにして、自身の陰茎をランティの最奥までずっぷりと挿入したまま、射精した。ランティの尻の内壁が歓喜するように蠢いて、そして、熱い奔流で満ちていく。

「んっ、……、あ、あぁ……っ！」

無意識なのか、ガォルグの背中から震える腕を下ろしたランティが、自身の腹を、すり、すり、と撫でる。満足そうに、へにゃ、と笑うその表情を見て、ガォルグの背中を痺れるような快感が走った。

「……っあ、え、わぁ？」

自身の腹の中で力を取り戻したガォルグの陰茎に気付いたのだろう、目元を赤くしたランティが困ったようにガォルグを見上げてくる。

「がぉるぐさん？」

舌ったらずに名前を呼ばれて、思わずガォルグは「すまん」と謝る。いたいけな少年に無体を働いているような、そんな心地になったからだ。

「だ、大丈夫です。大丈夫なので、あの。…今度はガォルグさんの服を着たまま……したいです」

照れたようにそう言うランティは、しかしどうやら本気らしい。ベッド脇に放っていたガォルグの騎士団制服のシャツを掴んで、ゆるゆると自身に引き寄せる。

「思いっきりガォルグさんの匂いを嗅ぎながら、抱かれたいです……駄目？」

抱きしめたシャツに鼻先から口元までを埋めたランティが、上目遣いにガォルグを見上げた。

「騎士としての威厳」「制服の乱れは心の乱れ」「服よりも自分を抱きしめて欲しい」など、様々な言葉が頭の中をぐるぐると回る。が、それもランティの「ガォルグさん？」という声で一気に霧散する。

「もちろん、大丈夫だ」

ガォルグは思わずランティの顔の脇に、彼を囲い込むように左右それぞれ手を下ろしてから力強く頷いた。ランティの弾けるような笑顔を見て、やはりこの回答が正解に違いない、と確信しながら。


それからきっちり一週間。騎士団の「鬼の副団長」ことガォルグは、番休暇を消化した。

その間に彼の部下であるナイジェルはいくつかの部隊の監査を済ませ、部隊内での仕事の偏りが発生していることを確認した。やはりガォルグの見立ては間違っていなかったのだ。

「さすがですね、副団長」

「いや」

休暇明けでもピシッとした雰囲気で仕事をこなすガォルグを尊敬の念を込めた目で見やりながら、ナイジェルは「それに」と続けた。

「シャツも制服も、相変わらず皺ひとつなくきっちり着こなされていて凄いです」

「……」

「あ、洗濯したてですか？　洗剤の良い香りがしますね」

「いや……」

ガォルグの「いや」の歯切れがいつもより悪いことには気付かないまま、ナイジェルは「尊敬する上司と仕事ができて、家には愛する妻がいて。俺は幸せ者だな」と上機嫌で机上の書類を開いた。

あとがき

初めまして。伊達（だて）きよと申します。この度は『幸せになりたいオメガ、騎士に嫁ぐ』をお手に取ってくださり、ありがとうございます。

今作は「逞（たくま）しさ」をテーマに書いた作品になります。Ω（オメガ）という他者に侮られがちな性別でありながら「幸せになりたい」と強く願い、願うだけでなく実際にそれを掴（つか）みとるために転んでも間違えてもへこたれないランティの逞しさ（と、思い込んだら一直線な猪突猛進（ちょとつもうしん）さ）。α（アルファ）でありながら山奥で一人木こりとして淡々と生きるガォルグの身体的な逞しさ（と、元騎士団副団長でありながら惚（ほ）れた相手に振り回されがちな不憫（ふびん）さ）。そして、二人が一緒に過ごす中でどんどん強くなっていった夫婦としての絆（きずな）の逞しさ。色んな逞しさを感じ取っていただけましたら幸いです。

ランティは、幸せに貪欲（どんよく）です。たとえ傷つこうと失敗しようと、顔から倒れて泥まみれになろうと、そこで泥水を啜（すす）ることになろうと。それでも「幸せになりたい」と立ち上がって、涙を拭（ぬぐ）いながらひたすら歩き続けるような、そんな人物です。

あまりにも幸せにまっしぐらすぎて壁にぶつかったり、巻き込み事故のようにガォルグに迷惑をかけたり、その姿は滑稽（こっけい）で、いっそばかばかしくすら見えるかもしれません。

しかし「周りからどう思われようと、自分で自分の幸せを掴むんだ」と迷いなく断言できる、そんなランティと一緒にいたからこそ、幸せに背を向けていたガォルグも、引っ張られるようにそちらに向かって歩けるようになりました。周りが羨む……かどうかは不明ですが、本人たちにとっては互いが唯一の、仲良し夫婦です。

　物語はここで終わりとなりますが、登場人物たちの人生はこれからも続いていきます。

　副団長として騎士団に復帰したガォルグ、国都に自分の店を構えこれまで以上に商売に精を出すランティ。お互い忙しい日々を過ごしているかと思いますが、休みを合わせて自分たちの山まで（野宿しながら）歩いて帰ったり、ランティの趣味である甘味処巡りをしたり、ザッケンリーやアレク夫妻と交流したり、楽しく、逞しく生きていくと思います。何にしても、ランティのことなので、幸せに向かって邁進していることだけは間違いありません。

　それぞれが、それぞれの場所で生きていきます。そんな彼等の未来に、ほんの少しでも思いを馳せていただけましたら、嬉しい限りです。

　最後になりましたが、どんな時も的確なアドバイスをくださった優しい担当様、逞しくも愛らしいランティ、そして色気滴る美丈夫ガォルグを描いてくださった本間アキラ先生、校正、印刷、営業の各担当様方、この本の作成に携わってくださった全ての方、そして、数ある作品の中から、本作を手に取り、このあとがきまで読んでくださっているあなた様に、心からの感謝とお礼を申し上げます。

　またいつか、どこかでお会いできましたら幸いです。

伊達　きよ

幸せになりたいオメガ、騎士に嫁ぐ

2023年6月30日　初版発行

著者　伊達 きよ

発行者　山下直久

発行　株式会社KADOKAWA
〒102-8177
東京都千代田区富士見2-13-3
電話：0570-002-301（ナビダイヤル）
https://www.kadokawa.co.jp/

印刷所　株式会社暁印刷

製本所　本間製本株式会社

デザインフォーマット　内川たくや（UCHIKAWADESIGN Inc.）

イラスト　本間アキラ

本書は書き下ろしです。

●お問い合わせ
https://www.kadokawa.co.jp/（「商品お問い合わせ」へお進みください）
※内容によっては、お答えできない場合があります。
※サポートは日本国内のみとさせていただきます。
※Japanese text only

ISBN 978-4-04-113741-3　C0093　　Printed in Japan